中国散文 60 强

冻土的家园

冯秋子 / 著

北京联合出版公司
Beijing United Publishing Co.,Ltd.

图书在版编目（CIP）数据

冻土的家园 / 冯秋子著. -- 北京 : 北京联合出版公司，2024. 8. --（中国散文60强）. -- ISBN 978-7-5596-7787-7

Ⅰ. I267

中国国家版本馆CIP数据核字第2024ZL2598号

冻土的家园

作　　者： 冯秋子
出 品 人： 赵红仕
出版监制： 张晓冬
责任编辑： 李艳芬
特约编辑： 和庚方　张　颖
封面设计： 立丰天

北京联合出版公司出版
（北京市西城区德外大街83号楼9层　100088）
三河市同力彩印有限公司印刷　　新华书店经销
字数150千字　650毫米×920毫米　1/16　14印张
2024年8月第1版　2024年8月第1次印刷
ISBN 978-7-5596-7787-7
定价：65.00元

“中国散文60强”丛书

中华散文的文脉与发展

——"中国散文60强"总序

邱华栋

中国是诗的国度，亦是散文的国度。

穿越千年时空，从明清至唐宋，再由魏晋南北朝至两汉先秦一路回溯，汉语言文学中的散文实乃根深叶茂，硕果累累。无论是"唐宋八大家"之雄文美文，还是骈俪多姿的辞赋，以及名垂史册的《史记》《左传》，均为中国文学史上的璀璨明珠。"散文"与"诗"一道，成为中国文学的"嫡系"。尽管，后来从西方引进嫁接技术所催生的"小说"，大有"喧宾夺主"之势，终究还得"认祖归宗"，血脉和基因是无法改变的。

在中国散文流变历程中，曾出现过两次鼎盛期。一次是被文学史家所公认的"先秦散文"时期。其时，伴随着春秋时期的思想解放，诸子蜂起，百家争鸣，一大批散文家以饱满的气血、驳杂的学识和破茧的精神，创造出了散文的繁荣和辉煌局面，对后世产生了极大的影响。

到了"五四"时期，中国散文迎来了第二次鼎盛期。白话文如劲风激浪，吹刮和涤荡着神州大地。沉睡的雄狮醒来了，偃卧的小草开始歌唱。许多学贯中西的进步文人，肩扛文化变革的大纛，冲锋陷阵，掀起了一波又一波的新文学浪潮。《新青年》上刊载的散文，犹如一束束亮光，不但给人以希望，还给人以力量。“五四”以来的散文作品，无论是观念和主题，还是形式和风格，都跟以往的散文迥然不同。最具代表性的，当属鲁迅先生的散文（包括杂文），其刚健、凌厉的文质，疗救了中国散文长久以来颓靡不振、钙质疏流的顽疾。此外，周作人、郁达夫、朱自清、萧红、沈从文等一大批作家的散文创作亦各具特色，呈一时之盛，影响深远。

时代的前行催生了文学的发展，然而文学与时代有时并不同步甚至充满了“张力场”。“五四”的个性解放虽然催生了一批个性鲜明的散文精品，但这样的生态并未持续多久，中国散文的波峰出现了向低谷滑行的趋势。有论者指出，“散文在50年代既是对解放区散文文体意识的放大，又是对五四散文文体精神的进一步偏离。这种放大和偏离表现在个体性情的抒发让位于时代共性或者时代精神的谱写，政治标准优先于艺术标准，批判性为歌颂性所取代等诸方面。”（董健、丁帆、王彬彬《中国当代文学史新稿》）1960年代初，散文创作一度出现了活跃，“专业”从事散文创作的作家群凸显出来，刘白羽、杨朔、秦牧相继登场，迅速成为散文界的三位名家。但他们的作品后人评价褒贬不一，认为其中颂歌式的写法较为单向，这种模式化的写作，不但对散文的建设毫无益处，反而扼杀了散文的个性和神采。

“文革”十年，中国散文更是一片凋零和荒芜，乏善可陈。1970年代末，一些历经浩劫的作家开始复血，解除思想枷锁，重新拿起笔来写作，中国散文才又凤凰涅槃，焕发生机。加之各种文学刊物纷纷复刊和创刊，以及大量西方文化读物的译介出版，更为这些饥渴、桎梏太久的散文作者提供了登台亮相的舞台和瞭望世界的窗口。

1980年代初期，伴随改革开放的热潮，思想解放大旗招展，文化随之繁荣，诸多承续“五四”精神的作家以笔为旗，抒发胸中压抑既久之块垒，出现了一批抒情性质浓郁的散文，使得现代散文这块“百花园”芳菲争艳，蔚为大观。特别是1980年代中期，随着作家主体意识的不断强化，中国文学开始呈现出一个崭新局面，作家从“集体意识”中抽身而出，重新返回“个体”，注重对生活的体察和内在情感的表达。这一时期，散文的艺术性得以强化，文本的精神内涵和表现空间得以拓展。

进入 1990 年代，社会发展日新月异，城镇化进程锐不可当，文化领域亦呈多元格局。各种文学思潮相互碰撞，人文精神的讨论更是打开了作家们的创作思路。“大散文”概念的提出，引发了散文界对散文的内涵和外延的重新讨论和界定。风靡一时的“文化散文”热，成为文坛上一道靓丽的风景。“新散文”“原散文”“后散文”“在场散文”等散文流派“你方唱罢我登场”，争奇斗艳，各领风骚。

及至二十世纪末，一批深具先锋意识和文体自觉的新锐作家，像一头公牛闯入瓷器店，使散文天地发生了激烈的碰撞和变化，形成一股新的散文潮流，提升了散文的审美品质和精神向度。

纵观 1978 年至 2023 年四十多年来，中华大地在“改开”的黄金时代中，社会生活奔涌激荡，各种思潮风起云涌，散文创作更是云蒸霞蔚、气象万千，涌现了众多成就斐然、风格各异的散文作家和具有思想深度、艺术上乘的散文作品。岁月的流水冲走了枯枝败叶和闲花野草，中流砥柱却巍然屹立。时间留住了新时代的散文经典，经典在时间的长河中绽放光芒。以沙里淘金的经典散文向“改开”的时代致敬，是我们不可推卸的责任和义务。

别看散文的门槛貌似很低，要真正写好，却实属不易。优质散文是有难度的写作，它不但需要作者的智识、胸襟、眼界、修养和气度格局；更需要写作者的态度、立场、慈悲、良知和批判勇气。遗憾的是，散文创作繁荣和光鲜的另一面，却是大量平庸甚至低劣之作的泛滥，不但败坏了读者的胃口，而且造成了物质和精神的极大浪费。散文作家层出不穷，散文作品汗牛充栋，可真正能让人记住的散文佳构却凤毛麟角。

散文要发展，文学要前行。发展和前行就要从平庸的樊篱中突围。在突围的过程中，散文作家不可太“聪明”，不可太世故，要永存对文学的敬畏之心。一言以蔽之，散文的尊严来自散文作家的尊严。也可以说，要想散文繁荣，首先需要有一批人格健全，品德高尚，铁肩担道义的散文作家。什么样的人写什么样的文章。特别是写散文，最容易看出一个作家的内在品质和境界涵养。一个人格不健全的人，哪怕他作文的技法再高妙，也很难写出撼人心魄、抚慰灵魂的散文来。作家精神品质的高低，直接决定其作品的精神向度。

为了散文写作的突围和发展，为了建设独具特质的当代散文，也是为了更好地从经典散文中汲取营养，我认为有必要正视和重申一些常识性的思考。高头讲章的理论是灰色的，常识之树却蕤葳常青。

一、作家的个体精神决定散文的优劣。常言道，散文易学而难攻。难在什么地方，不是难在技巧，而是难在作家个体精神的淬炼上。倘若作家的个体精神不够丰富，不够深刻，不够清澈，纵使他手里握着一支生花妙笔，也写不出令人称赞的散文。那么，如何才能做到个体精神的丰富性呢，这就要求作家时时刻刻不背离生活，要知人情冷暖，体察人间百态，关心民瘼，有忧患意识，不要做生存的旁观者。一个冷漠甚至冷酷的人，是不适合从事散文创作的。

二、真诚是确保散文品质的基石。散文创作跟作家的生存经验息息相关，可以说，真正优质的散文，无不牵连着作家的血肉和心性。作家的喜怒哀乐，悲欢离合，都或隐或显地暗含在他的作品中。假如在一篇散文作品中，读者既看不到作者的体温，又看不到作者的态度，那这篇作品或许就是失败的。说明这个作者在他的作品中“说谎”或“造假”，缺乏真诚之心。作家一旦失去真诚，为文必定矫揉造作，作品也必定会失去生命力。因此，真诚是散文的“生命线”，也是“底线”。

三、个性是促进散文生长的养料。人无个性便无趣，文无个性便平质。当下，每年都会诞生数以万计的散文篇章，但能够让人记住，且读后还想读的作品并不多，何故？概在于这些数量庞大的散文，无论题材，还是语感都千篇一律，像是从“模具”中生产出来的，缺乏辨识度。散文要发展，必须要求作家具有“个性意识”。“个性意识”不是标新立异，更不是哗众取宠，而是一种“创新意识”和“审美意识”。但凡在散文创作方面被公认的那些大家，都是“文体家”，他们以自觉的写作实践，开创了散文写作的新路径。不合流俗方能独步致远，推动散文的建设和繁荣。

当然，以上几点并非创作散文的圭臬，谁也没有资格去为散文“立法”。

散文是自由的创造，散文精神即自由精神。我之所以提出来，仅仅是希望引起散文同行们的重视和参考，共同为中国当代散文的发展尽力增光。

我们策划、编选“中国散文 60 强”（1978—2023）的初衷，旨在对新时期以来的中国散文创作作出梳理、评价和选择，试图精选出风格各异的代表性散文作家，以每位一部单行本的形式，呈现出中国新时期优质散文的大体样貌。此项目的发起人为资深出版人张明先生。多年来，他一直追求做高品位的纯文学书籍，也曾连续多年与中国散文学会、中国小说学会合作，出版年度《中国散文排行榜》和年度《中国小说排行榜》。2023 年他策划出版了《中国小说 100 强》，反响不俗。身处喧嚣、纷杂的环境，能以如此情怀和心力来为文学做如此浩大的工程，不能不令人钦佩！

感谢张明先生邀请我和叶梅、冯秋子、陆春祥、吴佳骏、张英、文欢组成编委会，共同遴选出 60 位作家。我们在召开筹备会的时候，即将作品的思想性、艺术性、代表性以及影响力作为编选的基本原则。在确定入选作家名单时，我们认真商讨，反复研究，生怕因为各自的眼力、审美和趣味之别，造成遗珠之憾。好在我们的工作得到了作家们的积极回应和鼎力支持，惠风和畅，大地丰饶。

60 位入选的作家，既有令人尊敬的文学大家，如孙犁、张中行、汪曾祺、史铁生、邵燕祥、流沙河、刘烨园、宗璞、贾平凹、韩少功、张炜、梁晓声、阿来、冯骥才等。这批散文大家的作品，文风质朴、清朗、刚健，充满了“智性”和“诗性”。无论他们是写怀人之作，还是针砭时弊，歌咏风物，都有着鲜明的文化立场和审美取向。他们或出入历史，借古观今；或提炼人生，洞明世事，输送给读者的都是难能可贵的“精神营养”。

也有被散文界公认的名家，如李敬泽、王充闾、马丽华、周涛、冯秋子、叶梅、筱敏、张锐锋、周晓枫、于坚、鲍尔吉·原野等。这些作家的散文作品，特色鲜明，风格独特，诚挚内敛，从内容到形式，都作出了各自的探索和尝试，为当代散文注入了活力。从他们的作品中，我们不但能够领略汉语之美，更可以借此反观生活与存在，寻找人之为人的价值和尊严。

还有散文界的中坚力量和青年才俊，如彭程、谢宗玉、江子、雷平阳、任林举、塞壬、沈念、傅菲、吴佳骏、周华诚等。从他们的作品中，我们见到的，不只是中国散文的文脉传承，更是自由精神的张扬。他们文心雅正，笔力锋锐，不跟风，不盲从，始终保持着独立的思索和判断，在各自所开辟的散文园地中精耕细作，以崭新的姿态参与和推动当代散文的变革。

其实，细心的读者不难发现，入选本丛书的老、中、青三代作家都有个共性，即他们均在以自己的作品审视心灵，心系苍生，弘扬真善美，鞭挞假恶丑，充满了正义感和人道主义精神。这自然与时下众多书写风花雪月，一己悲欢，充塞小情趣、小可爱的散文区别开来。正是因为有他们的存在，中国当代散文才呈现出一幅绚丽多姿的长卷。

需要说明的是，有些重要的散文家，如张承志、余秋雨、王小波、苇岸、刘亮程、李娟等人，由于版权或其他不可抗原因，未能将他们的作品收录进来，我们深以为憾。

我们还要感谢北京立丰天文化传播有限公司的资金支持，感谢北京联合出版公司的精心编校，他们慷慨和无私的义举，对于繁荣中国当代散文创作、对于赓续中华优秀散文文脉、对于中国新时期的文化积累，均具重大价值和意义，可谓善莫大焉。这套丛书的出版意义将同《中国小说 100 强》一样，旨在给读者以经典的指引，这既是一项重要的原创文学工程，同时也是助力推动全民阅读和研究传播文化的公益工程。

郁郁乎文哉，中国散文有幸!

是为序。

2024 年 5 月 12 日星期日

（作者为全国政协常委，中国作协副主席、书记处书记）

目　录

Contents

蒙古人

有一天，孩子问我内蒙古有多少山？我们正乘坐一辆破旧的长途客车从通火车的城市出来，吃力地翻过一座山。流浪汉背着渍满油光的布袋四处游荡，或者坐在街边晒太阳、吹小喇叭（当地人叫它毕什库尔）的那座城市，像小人书里撕下来的一张画，已经遗落在遥远的阴山谷里了，隐隐约约会从那里传出一两声干燥的火车笛鸣，酷似深秋向南飞逃的最后一只孤雁在呻叫。我说："从这座山开始数，数到车停下不走，你来告诉我。"

可是才看见四五群土黄色的羊，他惊喜一阵就倒在我怀里睡着了。土道上趴伏着一堆堆风干的牛粪，汽车一过，牛粪骨碌碌跟着跑出去好远，跑进道路旁边的荒地。这条被勒勒车轧出来的土道无限延伸，在浩瀚的戈壁草原划出坚定的走向。当年勒勒车慢腾腾跋涉这条土道，赶车人倒在车板上呼呼大睡，偶尔遭遇了狼或者豹子一类野兽，埋头赶路的牛立刻死死钉在原地，竖起犄角哞哞大叫，赶车人坐起来，抽出猎枪……紧张的对峙之后，牛车慢悠悠继续赶路，野兽留在身后引颈张望，双方互不伤害，要有怎样的默契和分寸，内中奥秘只有当地人和同在那个环境生存的野兽们长年累月地揣摩了。一场虚惊算是远途旅程的一部分内容，更多的时候，勒勒车满载而归，野兔、狍子、沙鸡应有尽有。长途大卡车第一次出现在这条土路上，就像喝醉酒的小伙子那样直着脑袋往前冲，几十年过去，颠破的长途大卡车几乎跟爬墙上树的孩子磨破的衣裳一样多。

长途客车颠簸着前进，嘎啦嘎啦轰响。孩子不管不顾一直酣睡，他看见这片大草甸子就觉得踏实，有了安全感，怎么会被吵醒呢？他尽可以在动荡的梦里，挥舞他的塑料刀剑，冲锋在前英勇无畏。连清醒的我也对汽车后面拖带的滚滚黄尘幻影幻现，和十七年前跟随一辆大卡车捕猎黄羊的惊险混淆在一起。那是哥哥开枪以后，受惊的黄羊反扑过来，猛追卡车，气势浩荡汹涌，那感觉真是落荒而豪迈。

长途客车停下，已是黄昏，没风的日子，黄昏柔和极了，房屋黯淡，炊烟缥缈。疲惫的旅人走下长途车，回到自己的栖息地，这是一个看见风筝就喊“好家伙、好家伙”，想和风筝干杯的草原小城。

孩子很懊丧，一路睡觉把时间睡完了，问我怎么办呀。我说：“没关系，日子长着呢，你以后还能看到，山呀草地呀牛羊呀，草原上多得没有办法，你记着它，它就永远跟你在一起。”他说：“你是说一辈子也数不清楚啦？”“是的，数不清楚。”我说，“这地方想数清楚东西不是一件容易的事，我从小就想知道这座小城一共装了多少人，哪怕光数出老人和儿童，也没做到。”他显然知道他跟这里的关系，他出生不久，我就把他送回来，上幼儿园才接回北京。我们一想家的时候，就听回家时录下来的内蒙古的歌曲。此刻，他的眼睛明澈而专注，这使我又一次相信，和孩子的交流早在他出世以前就进行过，也许使用了语言，也许通过神情，也许就在一个深夜，我的灵魂，或者他的灵魂，骤然照耀过对方。

我有什么错吗？没有。这里的孩子们，专门盯着那朵白云，热布吉玛额嬷叫她察干达拉额赫，也就是汉语说的白度母，他们盯着云彩从小城上空飘过，盯着小城像进入傍晚似的一下子阴凉昏暗起来。这时，云朵和她的影子快速飘移，孩子们跟着跑，大声呼喊云朵——他们心目中的天马：黑莫里！黑莫里！让自己跟上浮云，让天马的身影多在自己身上停留，以庇护他们这些常干一点小坏事的孩子那小小的愿望。不知不觉，跑出了小城，吉祥的云朵回到她的世界去了。他们又跟着另一片云朵投下的阴影奔跑，直到累晕了，两只眼睛看什么都是黑的，孩子们只好折转身往回走。他们不能跑远了，他们的翅膀还没有长坚硬，哪儿也去不了，只好在他们的出生地，一边玩耍，一边等待时机。

太阳和云彩总是在明媚的午后创造一个又一个奇迹，孤寂的孩子们一次又一次掀起脚板往远处跑，他们向往的远方神秘莫测，他们清楚去到那里需要很多的力量，投下影子安慰他们的云朵，就是天马就是方舟，总有一天会帮助他们离开小城到想象的天地里驰骋。在等待中，孩子们长大，而他们的长辈——草原上的老人，终于在祈祷了几十年之后，乘骑这种上天赐予的神驹，走向通往天国的路。老人与孩子，什么时候开始的这种膜拜旅行，只有上天知道，但生命的轮回从此依照了这种执着的惯性，真的一往无前。

蒙古人居住的这块高原，冬天漫长，冰天雪地，寒潮频繁侵袭，夏天短暂干旱，温差悬殊，去过的内地人描述那里，“早穿皮袄午披纱，晚围火炉吃西瓜”。一到六月，人们就开始祈求雨水浸润他们的土地，但是雨水偏偏对他们极尽吝啬，牧草常年疏黄、低萎，难得葳蕤。一场大雨在人们的千呼万唤中好不容易落下，却来得桀骜不驯、异常疯狂，无情地鞭挞草地和生灵。人们陆续走出家门，站在天空下，他们仿佛听到了神灵的召唤，在滂沱的雨水显现出远古声音的那一瞬间，洗涤灵魂的时刻便来临了。雨水浇淋他们吧……

沉寂多日的土地先是微微战栗，而后剧烈震动，地下的蕴积隆隆滚沸，如千军万马奔腾呼啸，霎时间日灭天陷，混沌一片。牧人们深深弯下他们的腰，倾听远去的祖先悲怆的昭示，承受故人痛苦的省醒，挖掘自己已经蜕变得微茫、虚妄的灵肉，羞惭的眼泪混着雨水流下来。浇淋吧……他们诚心实意祈求，草木的枯萎没有心灵的枯竭可怕……浇淋吧！

草地上浑然升起诵经声，像众声齐唱一首节奏柔缓的歌，低沉地唱下去。他们的灵魂还能复苏吗？蒙昧的日子实在过得太久了。此时，他们的虔诚感动了上天，雷声融进了他们的祈祷声，一阵阵撞击着他们的灵魂。大雨如注，吟诵的男女伶仃在风雨中，任雷火在头顶上闪烁。许久，他们抬起沉重的头仰望上苍，目光却像死去的人一样痴迷不动。雨水真的冲刷了他们的罪孽吗？但雨水和眼泪的确都埋在他们的脚下了。

马背上的民族，沦落到今天，仍然是一个谜。

谁能数清那里的东西呢？数字可以帮助牧羊的孩子数清他率领的羊群，可他默默凝视羊儿，心里涌出的却不是孤零零的数字，是他为羊们起的名字，他熟悉每一只羊，像熟悉自己的脚指头。他站在羊栏出口、坐在野外的山坡上，看着羊儿，就在和叫汉娜或是莫日根的羊对话。他把听来的故事讲述给它们，也听它们绵绵不绝的叙叨，他和它们常作倾谈，快乐和悲伤悠悠地相互传递过去，到日落西天，他虽然感到身上有些疲乏，但心里已然舒畅，无怨无悔地踏着晚霞走回村庄。有时他实在回想不起别人讲过的故事还有哪一个藏在他的肚子里，他皱着眉头苦苦地想。想不起来，就自己编造一个，他把它讲得神乎其神。讲完故事，他为说不说出这个故事是靠他的大脑想出来的犹豫不决。朗朗嘎嘎晃荡在他屁股后头的两片羊肩胛骨，是他忠实的伙伴，在野外他有时候想放开喉咙唱歌，就敲这片“骨钹”伴奏；撵羊的话，两片琵琶骨又能拍出好多种信号。那些活到两岁的羊，已经被他训练得像个合格的兵，可它们两岁的年纪已经到了中年，日子所剩不多了，三百六十五天？不，重要的是它们能不能顺利越过这个冬天。他还用两片羊骨头拍打羊的屁股，以它们的白骨威慑它们中的捣乱分子，这个办法真的很灵。当然，他知道什么时候从羊皮口袋里掏几把晶盐撒在山石上，让他的宝贝们像嚼糖果似的享受一下。

数字在草原真的不是一个特别有价值、特别有力的东西。

蒙古人的祖先习惯随着季节迁徙，在北方荒漠的土地上一代一代地走过来。后来，选定一个牧草还算肥美的地方落脚，许多小小的、兴旺的牧村就这样诞生了。然而，土地实在广阔人实在稀少，千百年的演变未曾改变这一点。那里的山雄健、厚实，但是光秃秃的缺乏色彩，草地奈何不了天灾人祸，留给牲畜的只有山羊胡子一般的茸茸纤草，而稀疏的草地里乱石兽骨比比皆是，一派荒凉。时间淹没了发生在那里的无数故事，横亘在荒山野岭的历史早在这群人到来之前就已经是赤裸裸的了，历史袒胸露背，而他们无法装饰山头。

历史留给这个民族的荣辱是沉重的，千百年来，一步一步往前迈进，驮载了只有自己才知道的历史的重负。深长的往昔确实有很多残酷的时候，令人无以收拾。偶尔，也会有一点糊涂，是不是，有没有，从前的人们都充当了辉煌的牺牲？后来的人又与他们的历史割裂开来？

……沉缓的山涌出大地，山峰凝重地屹立，一座接着一座，山里山外都是草原和戈壁滩，曾经开垦过的土地留下了劳作的痕迹，黄土壤上一簇簇绿色马莲花随风摇荡，村庄和附近农田里的绿色植物悄没声息。回头看，还是山脉，是的，山脉。山脉富有韵律地起伏，和沙漠里风势造就的一个个沙丘似的那样延绵，与天相接。天湛蓝悠远，干涩的风习习吹拂，羊群散落了半个山坡，星星点点仿佛雨后草地里冒出来的一堆堆白蘑菇，孤独的牧羊人就坐在山丘上。苍茫、悲壮的山，沉寂得的确太久了，生长在那里的人感觉到他们和那里的山一样学会了沉默。

小时候，常看见热布吉玛额嬷跪坐在后脚弯里整理她的黑发，一条粗粗的大辫子，最后被她盘在后脑上，随后，她从衣袍里掏出小镜子前后照一照好看的发髻，这件事就做完了。她露出笑容。把一天的活儿干得差不多以后，已是后半晌，她要唱歌了。她想说的话，尽在歌声里。是不是深刻，有没有人在听，她不去想，后半晌是安宁的，她喜欢寂静的午后，她发现那段时间心地开阔、舒坦，说不出的幸福，而内心蹁蹁欲动，很想对蓝天诉说，对不谙世事的孩子诉说，对她自己诉说，她就唱出歌来。唱完天就黑了，她又要忙碌一家人的晚饭。

她出生以后和别的地方别的孩子一样，很多时候混混沌沌睡觉，但在她的睡梦里，蒙古人的歌声憧憧，她学着走路即从那种抑扬跌宕的节奏中找到了平衡，那种音乐从此在她的血液中繁衍，她把蒙古长调变幻出无数种旋律，每一种旋律都是她吟唱那一时刻才萌发创造的，是那一时刻她想说的话，她想说的就是这样表达的，那声音、那旋律，就是她心里埋藏的秘密。因此午后，或太阳西下时，她常被自己激励得泪水泫垂。

艰难的生活和人的尊严，在热布吉玛额嬷的心里竟然有简单的母子关系，一个孕育另一个，她唱。她还反反复复吟诵太阳：太阳帮助我们的心灵脱离黑暗。不朽的是什么呢？她问自己。是力量。她唱道。有时她哼唱的是没有歌词的歌，也许是词语不如音乐之声更能表达额嬷的内心？额嬷的歌，出落在那片土地，出落在传统的蒙古调式里，仍旧带着无法抗拒的沧桑感，在高亢辽远中，在自由奔放中，在大幅度的回旋跳跃中，仍旧潜藏着深邃的忧郁。那时节，草原上行进的只有额嬷的歌，万物祥和、静谧，额嬷回过头来看望我们，我们才知道还有自己的呼吸。蒙古谚语说：活着，我们亲如兄弟；死后，让我们的灵魂一同成佛。我就是从热布吉玛额嬷唱歌，开始理解一个生命怎样孕育出他的世界，并且理解了世界上有一种哭泣，不是为着艰难痛苦哀戚，仅仅是你看见了你吟唱的万物，看见了上苍，你为之感动。

有一回额嬷讲起她的母亲，那件事发生在很早以前，她母亲放牧归来，母羊们和圈里的幼仔纷纷团聚，有一只母羊此时大发脾气，用后蹄狠狠踹踢挤到它身边的两只小羊羔，它们刚出生四天，它们的妈妈竟然不认它们了。额嬷的母亲喝喊那只母羊，试着帮助母羊和它的孩子重归序齿。但无济于事。老人无奈，坐在羊圈旁唱起歌来。歌声娓娓地叙述了一个古老的传说，那是一场旷日持久的战争，部落里的成年男子奋力抵抗入侵者，终因寡不敌众全部战死，血水淹没了草场。敌人驱赶着俘获的牛羊和儿童，踏着血海凯旋。为了庆贺胜利，他们宰杀了一些牲畜，而命令那些俘虏的孩子们“快去逃命”，只见背后乱箭齐发，孩子们在奔跑中全部丧生。孩子们曾经栖息的家园从此凝结成马蹄般坚硬的板块地荒废了……归圈的羊儿静静地倾听这如泣如诉的苍老歌声，那只被邪恶迷惑了眼睛的母羊早已泪流满面，没等额嬷的母亲唱完，就揽过自己的幼子，让它们在它的怀里拱动，急迫地吮吸它的乳汁，母羊复又慈爱如初。

这不是童话。我亲眼见过歌子把牛唱哭。

我听过很多蒙古人唱歌。在北京的蒙古族歌手腾格尔有一回唱起他创作的《你和太阳一同升起》，大家听他粗犷中稍带感伤、嘶哑中略显压抑的歌声，喝下很多白酒，然后笑着擦掉眼泪。

我常想，蒙古人唱歌就是那些沉寂的山的动静。

寂寞的天

这个叫科布尔的小城，遍地是杂草，只有一条公路跟通了火车的城市连接着。你能看见穿厚重蒙古袍的男人和女人，看见他们弯着腰，一摇一晃地倒替脚步，朝一个他们并不抬眼去看的地方走去。他们买好盐巴、火柴和炒米，牵上马，顺着来路骑回去了。有时，他们带着狗。

你听见的声音，除了怆冽、凄婉的鬼哭狼嚎，就是牛车嘎啦啦、嘎啦啦地经过。你跑到街上，几个别的孩子也跑到街上，他们跟你一样，追赶牛车，跟牛倌对骂：嘚来来球，球赶牛……男孩和女孩说一样的语言，因为他们从小穿一样的衣裤，翻一样高的山，跑一样多的野路。牛倌的长鞭前后左右抽着，粗话一字不剩地说着，两边的人并不生气，反而哈哈、哈哈地笑。牛车走了，孩子们也散了。如果前一天或这一天孩子们没有打架，没有结下恩怨，也许会聚在一块再耍几个时辰。

天黑了，路面上孤灯只影，孩子们全部跑回家了。狼和狗开始抖擞。

我的世界是一个黄土包。我要在黄土包上望父亲母亲，望大哥和二哥。大人们总有做不完的事，从早到晚，他们的心都被外面的重要事情占领着。只有深夜，你睡不着，而他们以为你跟他们隔在两个世界，他们才说他们自己……好些话，说的是什么，你听不懂。终于母亲和父亲提到我的哥哥，谁又跟谁打架之类的麻烦。没人想到我。我想听他们说一说我，说说我长大了，我想如何。其实，那时我就想生病，生了病人们才会记起你。虽然父亲有时候会说“跟我来”，他带你到那些蒙古人骑马进城要去的商店，告诉你：“敞开肚皮吃。”他在一旁看着你，和站柜台卖东西的人说话、开玩笑。店里的人对父亲很尊敬，大概是他能让他们豁然开朗、感觉到快乐，让小商店充满生气。他去哪一个地方人们都表现出敬重，而他和人们打招呼、拉家常、说笑，现场的人们很活跃，看得出来他们那时心情十分舒畅。你想跟父亲说点什么吗？没有机会。而且，你也太小，你没有父亲的腿长。他一胡噜你的脑袋，你就得远远跑开，他要做他的事情了。他喜欢你，只会带你出去，买东西让你吃进肚子。半天工夫，肚子瘪了，他还是他，你还是你。你永远够不着他，他就像是你的天。

哥哥们则要尽手段欺骗你，只为了能够巧妙地丢下你，比如去十多里以外的小水库凫水，比如骑马，比如合伙偷出谁家父亲的枪去草地打野兔、打野狍，比如策划打狼，比如打架。小城外面，就是草原，辽阔的草原。歌儿里唱：“远方飞来的大鸿雁哪……”我已经唱过一百遍了。远方在哪儿？大鸿雁从哪儿飞来、要飞到哪里去？为什么它从不在我们这里降落？是我们科布尔没有足够的水流、树林和英雄吗？大人说，打起仗来，用不了半个小时，敌人就会开到我们家门口。所以家家户户挖了战备防空洞。反修、防修，备战、备荒，从全旗各个单位，落实到各家各户，再落实到每一个人，这条紧要时刻的战线一贯到底，没有遗留下哪怕一个死角。

从远处看，挖战备防空洞挖出来的土堆，像坟墓一样，散落在小城的各个角落。我的两个坏蛋哥哥每天让我留守在家门前的黄土堆上。他们说，敌人随时会发动战争，你守卫这个黄土高地，站得高看得远，一有情况就像儿童团员那样报信，别的事你就别管了，打起仗来，有哥哥呢。每次听他们叮嘱，安顿给我“正经工作”，我就想，他们肯定又编瞎话骗人。可是，听他们讲“现在国际形势逼人”的道理，会有一种严重真实和严重迫切的感觉，以为自己又通过了战备考验，又一次光荣地被哥哥信任了，他们正托付我新的责任和使命，而我又要接受一次新的考验。

我长得太慢，追不上我的哥哥。他们昏天黑地在野地里蹿来蹿去玩打仗游戏，我就守候在这里，半信半疑。

我想象出一个城堡，黄土高原不一会儿就矗立起一座周围插满树枝的大房子。房里安放了一只火炉，是我用黄泥捏的，这种泥炉子我捏过不下一百个，除了我哥哥，别人捏得比我的差远了。火炉捏好，放在阴凉处，阴干四五个钟头，就可以点燃马粪、牛粪或者羊粪蛋，让它走火，让它作为炉子过烟、经火、燃烧。这时，白色的浓烟迷漫了我搭建的这座大房子，我在忙碌中鼻涕眼泪一齐流淌。但忙乱半天，房子里的烟雾还是排放不尽，这才发现是忘了设计烟囱，可你无论怎样聪明，烟也不走自己的通道——没有办法，只好将泥炉子请出来了。不幸的是，搭建的房子被我的手指头碰触了一下，竟然闷声闷气一下就倒塌了。

我开始摆弄自己用铁皮瓶盖做的大大小小的盘秤。秤杆上刻画了准星，大秤能称起一个苹果——是想象中的，假装苹果放上去秤的是几粒石头子，小秤放一颗骨卯就翘屁股。你能想出这种秤是怎么做的吗？有时间我告诉你。

日头依然高。

我能望见的地方尽是老样子。几座青山，一些房子，几棵杨树，牛、马、羊、狗，和风、水、沙。我除了发呆，百无聊赖，便在黄土包上挖起了地道，又操纵了一场手忙脚乱的地道战。我家的门还是紧闭着。

牛车少得几天也不过一架。那个常和孩子们对骂的光头牛倌死了。哥哥说那家伙赶着、赶着牛车，突然倒在车板上，老牛拉着他进了深草地。人掉在哪儿、哪儿就是他的葬地。黑老鹰吃他，狼也吃他。黑老鹰和狼开仗。

深夜，你把头缩进棉被，捂得严严实实，仍然能听见号丧、厮杀、吞噬；你封闭了双眼，还是看见黑血淋漓，汪洋一片。外面是一个黑洞洞的沉重的战场。家里堆聚着驱逐不出去的黑暗。枪眼伸展进家里，鲜血顺溜溜地渗漏进来，浸透一个又一个梦。你像潜泳那样扎进棉被里，憋得喘息不了，就悄悄探出棉被呼吸一口空气。于是等待天亮。等待战争结束、和平到来。等待小孩不再害怕那一天。天亮，如此困难。想象太阳，心中浩瀚无敌，蠢蠢欲动。

事实上，小孩子就在被窝里蜷缩着成长。你渴望力量，在黑夜来临以后，像父亲一样，走出家门，去风声凄厉的草地里走步……大人可以走进黑夜，大人不怕战争，大人经常杀牛宰羊，刀枪就在他们身上，大人的胸脯能够跑马，大人的吼声惊天动地，可你害怕长大，你喃喃自语。

你愿意自己永远是个儿童？站起你的小小的高度，让风沙刮迷你的眼，冰雪坼裂你的脚，你的呼喊埋没在微弱的心跳里，震撼不了自己？

天白了，太阳升起来，跟昨天一样。

黄土包上卧了几堆狼粪。

远处一所房子前围了几个人，他们家昨天夜里被狼咬死几只羊。人们顺着狼粪去刺探狼的踪迹，找狼可能没吃完、埋藏起来的残羊，找它们尚未完全撕毁的羊皮。

我在离家不远、人们经常经过的土路上挖了一个坑。搭几根树枝，盖一张纸，上面撒了一些黄土。

我回到黄土高地。守到傍黑，终于看见邻居家女人惊叫一声跌坐在那里。我站起来，心跳不已。

她冲我喊，招呼我过去帮她一下忙。

我说：我……

她说，得把脚腕子扳一把。

她把歪出去的脚尖往回扳了一下，咔嚓一声响过，她就想站起来。脸上是那种无可奈何的表情：这地方的小子哪个不整小把戏？哪家没有这样的小东西？等我找出来他再跟他算账！

可这……是我干的。

没有人想到你。

没有人想听你说完。

女人提拎着脚，一升一降，走了。

那个死去的牛倌，他是六十岁还是七十岁？他跟那件磨掉了毛的腻腻糊糊的白羊皮袄谁更老？他猫着腰，坐在牛车左胯上，银黑色的锡酒壶窝在抿裆里。他笑眯眯地、闪闪烁烁地骂人，骂你家的爷爷娶了他家的奶奶，你姥姥没你姥爷的时候就生了你二舅……他的嘴漏风，跟掉了鸡毛的风箱一样。

他从来不放过跟他对骂的小孩。

牛车经过的日子，在记忆里快活地保存着。

日子依然如故。

往远去，有一个废弃的战备洞，防空演习前因为地理位置不合适，被废弃了。这无疑是个更深、更有意思的去处，我伪装了洞口。但是人们早已忘记了它，不往它跟前走，不去闪那个洞。

好，没人理，就没人理。看看哪天有人过来，会有意思的。

一个新的想法让我兴奋得跃跃欲试，我从丢在垃圾堆的旧竹篓上揪几条竹片，泡足了水，削薄、磨光滑，捆绑出骨架，糊上麻纸……半天后，我拥有了一个屁帘风筝。这是不是科布尔城第一只风筝我不知道，孩子们却早已在我的风筝哆嗦着要往高处升起时，围在了我身旁。跌跌撞撞、哩哩啦啦，一大群孩子跟着我跑。这是一个难忘的日子，我有了许多朋友。

我扯着线绳，跟大家一起在风中飘移。屁帘风筝有一搭、没一搭，歪歪斜斜地升腾起来。

天有多大呀，孩子们突然发现，天空大得谁也没想起它。

天大还是地大?

天上没有房子，当然天大……

我踩出一声响，身子倾斜着堕入黑暗。

线！快抓住线！别让它飞了……孩子们惊心动魄地喊叫着，朝一个方向拥去。

我在离蓝天遥远的地下，昏沉沉地睡了一些时间。

一个深不可测的地洞。

苏醒过来，发现洞里有一点亮光。我的身体浸泡在一滩泥水中，泥水里浮漂了几只野鸡或者乌鸦的羽毛。我身体下面压着几根细木条和一个草帘子，这是我曾经盖在那个准备闪人的战备防空洞口的东西。噢，原来是我掉进来了。

我竟然忘记了那个秘密处所，忘记了在那个秘密地点下过的力气。那个掩蔽，真的是为我自己准备的吗?我用了那么多时间装备它，瞭望它，盼着有人掉进去“扑通”一个响声传来……我怎么会忘记它呢?

从洞口传进来孩子们欢腾的声音，不一会儿，他们就远走高飞。他们和风筝在一起。小东西们彻底遗忘了我。

我看见一片比洞口大的天。

天上没有风筝。

往出爬，我才知道那个洞有多深。

生长的和埋藏的

我在北京生活四十多年了，比在内蒙古生活的时间长，但我写蒙古高原的人和事比写北京的多。说不清楚什么原因。我觉得像是心里埋藏了一些歌，有一天，当我能够唱的时候，出来的，是内蒙古高原那里的声音。

一九九二年深冬的一天，家里来了十几个外地的朋友，有做音乐的，有做纪录片的，有画画儿的，在盖了桌布的大床垫子四周围的地毯上盘腿而坐。我把做好的土豆烧牛肉、沙拉等热菜冷菜、好喝的酒和调制的饮料、还有熬的奶茶端上来，然后在方便照应大家的靠近门口的地方坐下。

过了一会儿，我说："我唱一支歌。"

巴顿的父亲不加掩饰哈哈大笑："真的假的？"

真的。

他说："没事儿吧你？"他是职业歌词作家、音乐制作人，他没听过我唱歌，知道我不会唱，唱出来走调。

看我坚定不移，并不想收回刚才的话，他说："不知道动物园的笼子关上没有？冯要是唱，动物园的动物不会四处乱跑吧……"

那天的那个时间，我想出声。

实际上，在他开玩笑，下意识替我铺垫、开脱时，连我自己也不知道要唱什么，词和旋律在哪里，那支歌儿在何处，这些我都不知道。但是我的土地，深埋在我心里的土地，已经开始伸展。遥远而长存在我梦中的青色山脉，把我的声音驮载起来，爬过山去。声息滚滚涌流，在起伏的草地里颠簸，颤动，向着草原深处走。那是我即兴唱出的蒙古长调，词和曲是走到那里的时候，自然而然生长出来的。我唱着，眼泪竟顺着面颊流下。我怕自己不能坚持到底，就闭上眼睛，继续吟唱。

等我唱完，看见大家都在擦拭眼睛。

巴顿的父亲说，他听呆了，中间他想去外屋取一张纸，记下我唱的旋律，但是舍不得离开，生怕漏掉一句。他知道我再不能重复唱出这支歌。他一边听，一边在心里默记旋律。

对我来说，这支歌是第一次唱，也是最后一次唱。

二十多年，我在心里唱没出生以前就游动在睡梦中的歌。在远离家乡的地方，依照自己的节奏生活。巴顿父亲知道我很多时候心不在焉，不知道我心里正有一支歌的动静。他知道我高兴了，就是高兴了，知道我悲伤的时候也许正感觉到幸福，但不知道我悲伤或者是幸福的时候，不只会沉默，许久以后，还想唱一支长调歌曲。

每天，太阳一升起来，我就开始为这一天忙碌。我是妻子、母亲、报社记者和编辑。这些是我想做好的。业余时间，阅读，写作，采访，拍摄纪录片，参加体育运动，进行舞蹈剧场作品的排练和演出。也常跟朋友们听音乐会、看演出、相聚叙谈。

而我最大的愿望，就是让经历了很多曲折的父亲心里能永存着光亮，他前些年因糖尿病并发症导致双目失明，现在重病在身；让苦难深重的母亲幸福、安详。当记者以前，我做过大学教师、出版社文学编辑，去过很多地方。在藏北那曲，我采访一位当年名震青藏高原的大强人，他病得很重，已经不能说出完整的话，但那一声高远、洪亮的笑，就像我的父亲。我至今没有动手写一写那位老人，像我还写不动我的父亲，我得磨炼多久才有可能真正读懂那位老人呢。我不会担心自己也在一天天老去，我能等待。

生活在不同地方的人，一起组成了现在我们看到的这个庞大、新奇而又艰苦异常的世界。我体会和感受到的东西，注定了自己一生都将朴素地生活。我告诉我的孩子巴顿，人的地方看起来很大，其实越来越变得狭小了，人心也是这样。深夜，你聆听外面的世界，世界中生长的和埋藏的都在呼吸。这就是你跟大地之间的关系。无论将来遭遇了什么，都要热爱你生长的土地。我当初像你一样，盼望长大，可又害怕长大。我待在黑暗中，或站在蓝天下，经常默默祈祷:给我力量。但是，力量是在承担和创造中生长出来的。

我跟巴顿讲，日久天长呢，慢慢体会吧，你能做好。我也一直这样鼓励自己。

老人和琴

这是一幅镂刻在铜板上的蒙古老人拉马头琴的图画。老人个头不算高大，身着草原牧民的日常服饰，半盘着腿坐在草地上，正沉浸在拉动马头琴所生发的乐曲声中。十几年前，这幅铜版画斜插在北京潘家园旧货市场一个地摊的杂物中，我远远看见，朝它走去。没有比它更合适了，我获得的，进入到心里。不敢想象和指望，它这样子真实地跟我回家了。我心满意足，将其悬挂在抬头就能看见的墙壁上。

吉祥的云朵，野草茫茫。老人身着传统蒙古棉袍，细密的镶边，和老式牛皮靴上常见的人工缝制的祥云跨边，风中飘忽的伴随人经风沐雨的光荣战帽，还有结在马头琴颈的哈达，柔顺飘逸，随琴声的苍茫律动和拉琴人的凝重朴质互为内外的补充……蒙古人天性中的浪漫柔情，从哈达轻盈、绚烂的舞动中传递出来。夕阳西下，牧羊归来，席地盘坐，满足的幸福感，内心深处的孤独与庄重情怀，使马头琴声自胸中悠然升起。琴声，与干冽的草地、宁静远阔的天空、老人如静似动的神韵、帽顶起舞的缨带，浑然凝结，指示出回家的路径。北方土地深埋的秘密，严整而清远地昭示着。

蒙古老人的安宁持重，和土地寄存的简洁，深到一致；人的生活气息与自然万物的收放秩序一致。马头琴连接起人和万物，把人对土地的认知与感触梳理成序曲，把人的念想和体悟渗漏成水渠。手指与日行千里的步伐，或急促舒缓，或强劲碎细，高低远近，娓娓地流淌，先是自己，后是他者，感染于琴，萌动湖海。

日月起降，声息存身。马头琴告诉世人：我在哪里，万物安宁与否。

离开草原的人，听到马头琴声，就想念草原，想念父母双亲。即使远隔千山万水，见不到马头琴，它的声息早已像马莲的根须扎进心田。在有知觉的每一个时间缝隙里，马头琴的声音总是流动着，牵住生长于草原的大小人们的手。不管走到哪里，身处苦乐悲欢哪一种境况，琴声与你的脚步一道往前。你有东西在怀中，你揣抱着无限大的和无限小的，脚步无论怎样乱不到哪里去。何况还有生长中的节奏作支撑，长调歌子一支又一支蓄积在心里。

长调歌曲，因马头琴埋伏的性能方向，而拥有传递的力量。

这是蒙古人找到的抒发思想和情感的方法吗，马头琴和长调歌曲？

但是铜版画上，柔和单纯的情致里，犹存着面容的寂然忧郁，老人触动了琴弦，有声之处隐约浮现着无言之痛。这位长者是擅长消化悲喜的人，面孔里依然镂刻下曾经的悲壮、酷烈和罪孽之旅，那种烙印，深进骨髓。

即使是倾听《鸿雁》，这首改编自三百年前受人尊重的敬神喇嘛心缘意起时吟唱出的歌子，这首因思念亲人、感恩故土而有动力萌发的《鸿雁》之歌，后人接续吟唱、心被牵动，几经转辗改动，歌词回转到欢乐与沉静地面对那一时刻心愿吟唱的敬酒歌，因为仍旧保留了原始曲调，以蒙古长调的形式行进，悠扬，苍凉，辽远，高亢，感染于心而情不自禁。每回倾听《鸿雁》，幸福与悲伤相并而生。二〇一一年最后一天，我跑回内蒙古匆匆看望了一下朋友们，飞机在呼和浩特白塔机场降落后，迟迟没有打开舱门，人们等待走出机舱的时间，广播里响起《鸿雁》乐曲。我止不住流出眼泪。我别过头，藏起自己的脸孔。我知道，那样的时候，没有道理站在人群里流眼泪。大家一路同行，终于平安落地回到家乡，自然、放松和欣喜溢于言表，哪里是这种形状。而眼泪却是不管不顾悄悄地流，我悄悄地擦去，它又悄悄流出来，怎样努力也是枉然。我心里着急，天哪，不能够这样啊……朋友。

一只鸿雁来，两行眼泪不由自主地出来。不光是我，我看见别的人也有悄悄擦拭眼睛的。

我想到艺术和孩子，自然万物和灵魂，怎么样就成为了律条。做什么，不做什么；有什么，不有什么；想什么，不想什么，已在心里生根、结存。

收藏于家中的是有限的，但从中获得的东西与日俱增、无限地多。常常感念于心的，是事物本身，它保存着悄默的气息和觉悟力，长久地在土地里生长。

在我心里，有一条路通向你

一

我离开家乡几年以后才意识到家乡和我的关系深重。离开之后的生长，对原本生长有了重新发现，有了不少再植的东西。灵魂是在后边的日子里感觉到并被它牵引的。我对自己走出去，感到高兴，有距离，能更多地了解自己，更深入地体察原生地。我用了很多时间去思考我生长的土地。它在我的觉悟里，也在我的日子里。这些年我没有间断借助写作、阅读和思想了解和认识它。

时间越久，越理解了生长和断裂合为一体的一些意义，那个过程，有非常多不可逆转的因素，无论悲喜，无可动摇。

在那里，劳动和土地，都在自己的轨道上运行，没有声息和渲染。尊重劳动和土地，尊重那段时间里，劳动、土地与自然规律千百年间形成的相契相就而深浅不一的交融回合，成为我能够试着去做的事情。

劳动和土地蓄积了那里的历史，它的现实，就是今天需要去面对的内容。

但是那里的土地对一个人的浸洇，到底有多少，都是些什么；那片土地的苦难历史和光荣，它的质性，颜色，传统因袭，它的宗教文化和思维理念，它的地形地貌和自然灾害，狂野的风沙和无法无天的雨雪，它的音乐和哭泣……启蒙了土地什么？土地埋藏的秘密和人有没有关系？如果有，是怎样的关系？它有没有通过草稞庄稼沙石盐碱湖海山和沟，传递过什么信息？不拘怎样，后人真能理解其中的深意吗？它对我们活着、活下去有什么样的意义？

永远想不完全。这样,人在哪里又有什么不同呢。有与无——比如，家乡的土地在不在身边，与在不在心里，是不同的，可是“有”和“在”，说到底，能够长久留存下去的是心灵里的“有”和“在”，而不尽是现实中的“有”和“在”。心里有，在心中，形同于“有”和“在”更深广的意义。

二

比利时的列日老城有一个“星期五早市”，在剧场旁边，我们去剧场路过那里。正赶上早市收场，技术总监苏明居然搜寻到一把马头琴，只有一市尺那么长。不知道是哪个年代，上天赐予哪个欧洲人这把蒙古人的乐器，苏明要我辨识。

从粗糙的历经磨砺的琴身、琴弓，和配置的新弦，从马头琴拙朴的未及演绎的形状，我似乎看见成吉思汗之子太宗窝阔台发起第二次西征，雄师劲旅长驱直入欧洲大陆，某位蒙古男儿怀袍里贴揣着这把小臂长的马头琴，在漫漫无期的马上，饥寒交迫的深夜，刀箭纷飞的空隙，揩拭斑斑汗渍，抒发思乡的深长情意，修整偶发的迷惘灵魂，祈祷上苍饶恕暴烈，企求内心哪怕一丝的安宁，由是，在遥远的欧洲，拉响马头琴，吟诵魂牵梦绕的蒙古高原，他的家乡。这把马头琴，是想家的蒙古人无暇顾及的遗物吗？这段长长的历史镶嵌了什么样的虚骄酷烈？物是人非，蒙古远征军的亡灵，今安否？今安何处？

就见苏明摩挲着马头琴，知足得在原地乱走，眼睛眯成一条细线，嘴角挂起，对他意外获得的宝物爱不释手。这也是蒙古人的福了。想一想，地球原也是理路一致的，人人爱家，该回到自己地方的人和物，迟早回去。只是，有些断魂回归无路了。那把手臂长的马头琴，是不是远征蒙古人的心爱物，已无关紧要，它出不了原有的声音了。

忽然想起刘欢唱过的：千万里，千万里，我追寻着你……

上苍保佑大地。保佑灵骨慈安。

离开同伴，我对着地图，独自往城北方向走。沉重的身心渐渐清静。来不及细看的古老教堂，拍摄下来。为了看它们，我会不会再来这里？很多地方，我去了就知道有一天还会来看一看。但是，在原处和来他处，都是可以瞭望的，都是可以完成瞭望的，对于瞭望而言并没有本质的分别。

三

远离家乡，常会想念。

那一年的一月，应邀参加比利时列日市的国际艺术节。因为想念家乡，迟迟不能入睡。

我去船屋甲板上待着。

在远处的一点灯光下，在河水映斑的微晃中，在城市汽车的滚动中，在船舱里客厅传来的音乐声中，在天空漂下的细雨和冷风泠泠的吹拂里，我一个人静静地坐着。想到很多事，但又像不断被海浪冲没了一样，除了细碎的沙石和漂落的海草，没留下什么。

没留下的东西，不知不觉印染到了心里。

我穿着薄棉袄，黑围巾围裹住头和脖颈。手很冷，有点僵硬，缩进袖子里。这是一个一生可能只来一次的城市。就像舞蹈与我，是偶然接近的。但毕竟舞蹈进入到我的心里。不知道往后的日子，人们会飘浮到哪里，在那个地方，能不能看见寺院，房屋，生长的土地，看见水和草？我们都有一些别样的记忆，比如战争，饥饿，流放，暗伤，争斗，泪若血汗，洪涝冰雪霜冻和风暴。这些记忆跟我们的向往一样，根深蒂固，挥之不去。

在浑湟的记忆里待着，很多时候是那么想唱内蒙古的歌曲。身在哪里，也会想念内蒙古，想到内蒙古，心里就有源远流长的声音。上苍赐予那片土地的东西南北、苦乐悲欢，几乎都埋在地下，稀疏的人们，游走在有草没草的地面上，出没在村庄边缘被开垦出来的一片片不太结果的无效地方，任干冽的西北风吹拂着，看见往日的脚印被沙石淘汰，日渐掂量出荒原的亘古、渊博，深不可测。寂静的、黑蓝色的夜空下，地下的千古埋藏，从草地和耕种的庄稼地的缝隙里传诵出去。那些沉没了千古牺牲的滋味，有血海浮游出的真性，随西北风掠过每一根草，来到人心上。那就是草原上的声音。

它来到心里，又从心里传递出去。那声音消解了沉重吗？不会的，沉重和血液一样。它在心里，也在躯体里。

声音自黧黑中显现的时候，已经融化了千百年的苦难，它回旋着，担负人们，穿越远古和天空。老少人们在混沌中学习默然领会。什么时候脱离过苦难深重的人呢，什么时候背弃过温善勤勉的心呢，可怜的人。千年的草籽在哪里，万年的鱼子在哪里，山坡上端坐的人啊为何哭泣，可怜的人……即兴词曲，我可以一直唱下去，唱到天亮。心灵自由得竟有些悲伤。唱到后来，明晰了一点点，心底最悲伤的地方，原是草地不复为草地，草地里的人不愿意相信人、不愿意真的去爱人了。

最勤奋的草，终于不再生长，最爱人的人，终于削减了心动。这样的沉重，什么样的歌也唱不了它啊。

那片土地剩下挽留和摇撼，继续出落一些声息。

听见东方大陆腹地的干旱声音，就想一个人待着，守卫着那个声音，任由它在心里自由流动。是因为血在流。血往里流，也往外流，流到所有我能看见、听见、想见的地方。我的血是北方那片草地蓄养出来的，这使我有力气走路，有力气在看见圣洁灵魂的时刻，感到亲和与温暖，感到安详与宁静。只是悲伤与日俱增。

四

在日常劳动中，在阅读、书写中，在留顿舞蹈中，我感觉到健康和力量。由此对赖以立足的土地，更由衷地尊重，向往着对于土地的更多发现。我知道，土地和我们的关系，是穷尽一生也不一定能够懂得其真义的，但是，人可以拾敛时日的埋藏所给予土地和人的光泽，给予土地和人的自由的烛照，这些都是得来不易，珍重更其不易的东西。人可以做的还有，就是去灌溉。人拥有的自由，说到底，其实只有思想和灌溉。别的还能有什么。

寸断柔肠

察哈丽玛和我两家都住在北京和平里二区一大片筒子楼里，她的孩子散斯尔和我的孩子巴顿同岁，还是上幼儿园的时候，有一天巴顿把散斯尔领到家里，告诉我："妈妈，这是散斯尔！"他们的友谊就开始了。察哈丽玛和我由此认识。巴顿和散斯尔同一年上了同一所学校，现在已是五年级学生。每到新年，两个孩子互赠自制的卡片，巴顿写了什么不让我看，散斯尔送来的，开头结尾总是这样写：亲爱的巴顿……忠实的散斯尔。

察哈丽玛担心散斯尔离蒙古语言越来越远，问我愿不愿意让巴顿学，她想正儿八经教这两个孩子。巴顿能学当然好，不过这件事，我觉得不大容易实施。但是察哈丽玛不这么认为，每天和孩子们说蒙语，给他们讲草原上的故事，他们会听不进去？他们都在内蒙古待过，有感情，听多了，自然就能领会蒙古语言的魅力。察哈丽玛兴致勃勃，越构想越觉得时不我待。可孩子们刚一听说这件事，就拧着脖子将她顶回去：已经学英语了，还要学啊！老师没说这种，为什么要学？再说每天写作业写那么晚，哪儿还有时间啊！

察哈丽玛百折不挠，下班后在院子里碰见我，跟我细数。

“这叫什么话嘛，英语它是外语，蒙语是我们自己的语言，怎么能说已经学英语了，不能再学蒙语了，说的什么嘛！不会说自己的语言，说英语再好管什么用，没准儿更不好呢，因为你不知道你是谁，哪里能算好？哪里是一点时间没有？彭（她总是把冯说成彭）——你都看见了是吗，散斯尔放学以后尽在院子里骑车，巴顿又踢球又跑步……我生气了，出来问他们，散斯尔说：‘我那是练习转弯道哪。’你们巴顿说：‘我报了四百米和八百米，不好好跑，浪费我们班两个名额，那不行。’你看你们巴顿老是斩钉斩（截）铁，弄得散斯尔跟他学，不听话了。”我笑了，其实老师没让巴顿参加长跑，每年春秋两季的运动会他都惦记报一个四百米、一个八百米，总是成竹在胸，但老师确定径赛人选时每回都把他报的一一拿下，给他换成铅球、跳远或者别的什么。所以每次校运会，巴顿都拿不到名次。可下一回他又会如此这般地准备。巴顿执着的热情不减。

察哈丽玛替孩子们做了决定，说：“那就定周末吧。”她觉得差点儿就要成功了，孩子们被她说的历史故事打动，有点同意了。可最后，他们还是说，周末恐怕也不行，巴顿报的美术班有课，散斯尔周末要骑车出游……他的计划是一个礼拜天去一个地方，他已经去过圆明园、元大都旧址、西客站、昌平县城。而且撒斯尔的不少出游计划，巴顿参与其中。

察哈丽玛从孩子们四岁那年就设想了教学蒙语的计划，至今没能落实，似乎也看不到落实的希望。

我想，我该安慰察哈丽玛。就说：“哪儿找这么想教孩子的老师呢？他们不懂。不懂，收兵算了。等他们后悔的时候，我们教不动了。过去在老家，我天天听人们说蒙语，不往耳朵里收啊，现在想学晚了。

他们不懂。”

没想到，察哈丽玛听了，竟高兴得拍我肩膀一巴掌：“嘿，彭——现在学也不晚，我一天教你三句。”

“燕子在无云的天空飞过”，我哥哥曾经每天教我一句他胡编的蒙语诗，到现在我只记住这一句。在我心里，蒙语就像大雪天里踊跃的脚步，听得到声音，却看不见、摸不着它们的脚印。我摇头。

“没事的，我教你读蒙文诗，我那儿有那么多蒙文诗集呢，你不知道那些诗有多好。”她情绪高涨，一副不达目的决不罢休的架势。“现在就说好，你来我家，还是我来你家？”

天哪。我叫出了声。

太好啦。察哈丽玛满心欢喜。

就这样，孩子们跑掉了，察哈丽玛收我做了学生。

怎么说呢，我是学一天断两天，学得快，忘得也快。察哈丽玛每次见到我，都微笑着问：“我说什么来的？”我拼命回想，头一天还记得，今天就忘了。我说：“你说什么来的？”

请喝茶，想喝茶，喝不喝茶，什么时间喝茶，细微区别在……我感到惭愧。我没时间弄清楚，或者弄清楚又忘记了。那些情形，安静地流淌，在遥远的故乡，在人们的眼睛里，心坎上，一碗奶茶，接下它，幸福地托在手心里。一个世界，一片湖泊，和一碗奶茶，融化了每一个想念它的人。有什么话，说吧。我用心听着呢。这是谁说的？我怎么想起了这句话。

唉，对不起，怎么说，请喝茶，我的朋友？

我辜负了察哈丽玛一片苦心。

自此，每次见到察哈丽玛我都有压力，深怕她对我失望，也怕这件她很看重的事情，因为我跟不上脚步而伤害到她。

察哈丽玛确实有点伤心，在我家地毯上坐着不说话，脸红扑扑的，对着屋里那扇高悬的窗户，一个人在那里静静地整理遭受了打击的心情。缓了好一会儿，她说："不能坚持就算啦。"

她真想把这件无可奈何的事情放下？

"你没生气，是吗？"

"不要问我。我生气呢。现在不生气了。"察哈丽玛叹了一口气。

这件事儿就算过去了。我们又可以轻松愉快地聊天了。

我告诉察哈丽玛，那年夏天，我去内蒙古西部的白云鄂博参加一位作家的小说研讨会，会议期间组织大家去了一趟察哈尔草原的新宝力格苏木（公社）。三十多年前，为保护集体的羊群，和暴风雪英勇搏斗的草原英雄小姐妹龙梅、玉荣，就出生在这里。

离苏木不远，有一片红石山丘，奇峰异岭，使草原看起来更加悲怆、雄阔，苍莽无垠。当年哈巴图·哈萨尔统率的几十万大军，就驻扎在这座红色圣山上。苏木专门在山地边缘辟出两间房子，做这位英雄祖先的纪念馆，墙壁四周用蒙汉两种文字书写着先尊的功绩。那天，我们在苏木食堂吃午饭，我喝了三大碗敬酒后，感觉有点头晕，就悄悄走出那排房子，坐到远处的草坡上，眺望这片紧邻着我家乡的草场。从这儿往西、往北，草越长越稀，短得都快盖不住沙土了。开垦的土地日益沙化，即使往东、往东南，到我家乡那里，沙尘已经填死了一个个碧绿的海子，狂风苦沙四季迷漫。青草惜惜相连，一堆堆干牛粪向四处延绵，风吹日晒沙袭，牛粪盘被穿凿出洞孔，犹如茫茫的戈壁草原的耳朵和眼睛，不，是北方土地的呼吸道孔。牛车得走上二十几天才可能到达我家。

我开始唱歌。那是我第一次像当地的妇女那样，坐在开阔的草地里，看见什么唱什么。那时，眼里的东西全都进入到心里，于是，蓝天，飞过天际的鸟，远近跑动的马和小孩子们，草地，沙石，牛羊粪土，这片古战场和营区废墟上破败坍塌的勒勒车，还有卧到我身边的那只小山羊……都在我的声息里漂泊。

很久以后，这支歌停下来。远远近近地，坐着我的同伴，听我唱完。残阳已经西落，我们该乘车返回白云鄂博了。

时空流转，我即兴唱过的那支长调歌曲，就在成吉思汗的胞弟哈巴图·哈萨尔的领地上空永远消逝了，即使我想重温一下那一年的那一时节，古老的土地带进我心灵深处的苍茫律动，再次感受地狱的火焰升上天空，顽劣的人性在广袤的墓场接受来自宇宙的锻造和沐浴。但是无能为力，那个声音永远消逝了，这件事再也无法办到了。

察哈丽玛在那种环境长大，她的灵性映照在她的脸上。

我们能够说很远的话，也能从眼前的话里找到共鸣。

比如说，我每一天下来累得腰酸背痛，只知道人一直在不停地旋转。察哈丽玛说，她也是。

艰难是我们的孪生兄弟，它创造的诗意永不磨灭……我们那里有一首歌这样唱。我说，我慢慢明白艰难跟我们一生是什么样的关系了。

不知苦之苦，就是甜啊，就是福啊！察哈丽玛说她母亲常讲这句话。

“你注意没有？”我说。北京有很多外省人，一上年纪就把操练了很多年的普通话忘记了，说不清楚了，一开口，全是走了调的家乡话，还掺杂一些别处的音调、词语。我接触过很多这样的人。中国社科院近代历史所有一位姓吴的四川籍女士，五十多岁以后突然说不好带四川口音的普通话了，那一阵我因拍摄采访抗战题材纪录片经常和她见面，听她说话越来越吃力，而我是熟悉四川话的，公公是四川人、婆婆是重庆人，我的很多朋友不是四川人、就是重庆人。前年吴老师去世，据说临终前完全不会说普通话了。你说怪不怪？

“察哈，等我们老了，再做这件事，我们俩坐在墙根底下晒太阳，说蒙古话。我先死的话你为我唱一支长调歌，我就没有悔没有怨没有任何痛苦，能勇敢地去见上苍了。”我郑重请求她。察哈丽玛答应了。

我和察哈丽玛再不提学什么语言的事，也再不勉强孩子们。

察哈丽玛的长相介于欧洲人和蒙古人之间，眼窝深，眼眶、颧骨很高，皮肤白净，棕栗色的眼睛柔和清澈。察哈丽玛自己特别喜爱那一束棕黄色的长发，不是扎成辫子，就是盘在脑后，整个人看上去挺拔、健硕，生机勃勃。她刚来北京上学时，很为自己的长相自卑。当年蒙古人南北东西连年征战，走到哪里，哪里就浸泡在刀霜剑血中。察哈丽玛觉得，她的脸上带着马蹄踏过以后留下来的烫灼，就像她金发碧眼的三哥，因自己的相貌，至今感觉不自在、感觉伤痛，抬不起头。

在辽阔的内蒙古草原，到处都能见到这样的蒙古人。内地人来到内蒙古东部或者西部草地，常常为那里的一家人同时呈现古典式、欧亚混合及蒙汉混合等等好几种相貌类型惊奇不已，而那里的人却从不探究。这是历史留给他们的印记，他们无言以对，他们个人的历史深刻在他们的阅历中。他们想不出，他们心里到底拖拽着多少过去岁月里的东西。

实际上，成年累月埋进东西各部草原人心里的骄傲，仍像气流一样，吹拂得一代又一代蒙古人豪放不羁。我无法描述他们怎样用烈酒燃烧自己，又怎样用烈酒浇灭自己。我只能说他们喝酒残忍无度，喝完酒又寸断柔肠。祖辈驰骋不懈的努力，其精神元质尚残存在他们的内心里，可是看着他们极尽挥霍自己的优越和痛苦，真不知道历史太久远、太辉煌，曾经无比虔诚地恪守宗教信仰，而后又不知不觉地在岁月的磨砺下散失了它，对一个民族来说是不是一件好事。他们内心的自豪、尊敬和深深埋藏的忧郁，像几个连接脑髓的孪生兄弟，无法分离，而随着时间的流逝，每个人都发现，它们变得日益强劲，而他们的痛苦也随之增加，这是他们需要承担起来的，属于他们的那部分东西。那些东西显然是沉重的，还将陪伴他们终生。他们顽强、勤勉生活，随着时代勇敢前行的努力，也将陪伴他们终生。

因此，男女老少，独自一人时，常在浓烈的幸福感中默然饮泣。

察哈丽玛和图门永远离开了家乡，他们在北京家里的墙上钉了一张奔马挂毯，每天早晚喝几碗奶茶，吃几块奶豆腐。察哈丽玛不像图门，图门一见朋友来就拿出酒说："喝酒吧！"察哈丽玛平常不喝酒，偶尔陪老家来的人，或者过年过节来看望和问候的同胞朋友喝几杯。

她妈妈来了以后，我问给老人送什么礼物好？察哈丽玛说，给她买两瓶二锅头吧！

我看老人抽烟，问察哈丽玛她抽什么烟，我去给她买。她说要买就买高乐吧。那时候高乐一块钱一包，我好几个作家女友都抽这个牌子的，都说还行，因为抽不起别的。我咬咬牙，给老人买了两条比高乐贵一倍的都宝。没想到老人一直舍不得抽，弯着腰，抽自己卷的长烟炮，烟叶是她自己种的，她来时带了一大捆。临了，要回老家了，察哈丽玛只好把两条风干的都宝给她带上，而女婿图门孝敬她的一条希尔顿她死活不带，说是太贵重了，抽了浪费。

察哈丽玛的父亲在她很小的时候就去世了，她母亲独自抚养七个孩子，苦得没法说，就喝一杯酒，抽一支烟。老人返回老家以后，察哈丽玛想起这些事就难受。

察哈丽玛难受就来找我，向我描述了她和母亲上五台山的事，就是我为老人买都宝烟那次。察哈丽玛的母亲在北京住了大半年，天热以前，想返回科尔沁老家。临走，老人有什么话要对察哈讲，但欲言又止，饭量明显减少。察哈急得直冒汗，母亲才嗫嚅相告：想上一趟五台山。她的最后夙愿，就是去朝拜一回五台山，可女儿的日子过得紧紧巴巴，她不忍心再给女儿添麻烦，为此她愁得吃不下饭睡不着觉。察哈丽玛听了，第二天就领着母亲从西直门坐火车，直奔五台山。

母女二人住进空旷的广仁寺，开始朝拜大小寺庙。离开的前一天，她们决定上五台山的最高峰北台。她妈妈认为，这是圣地里的圣地，去过了才能表示心诚。

时值五月底，山区阴冷异常，察哈丽玛和母亲冻得直打哆嗦。拾级而上，母亲说："爬一级台阶，减少一点罪孽。人就是为了这个活的。减少一个恶意，少做一件坏事，才能增加福分。"母亲竟然上得比她快，边上边把右手举到脸中间，诵念六字真言，还不断回转身为女儿遮挡风寒，或是拉女儿一把。

终于爬到山顶，西北风呼啸，阴云雷电在头顶翻滚。不敢久留，母女俩赶紧下山。但下神山讲究不走上山的路，须从另一面下去。另一面是山路，没有台阶。刚走了三分之一路程，下起雨来。她们的衣服很快淋透，眼睛也睁不开了。山路泥泞，踩一脚，滑出一截。察哈丽玛扶着母亲小心翼翼往下挪。

但意外还是发生了，母亲的小腿肚突然抽筋，整个腿肚子扭转到前面了。上山时她出了很多汗，靠着信念硬撑着上了山，到底年迈体衰，加之受了风寒，此时，她站立不住，倒在泥水里。

听着山涧的霹雷，看着山下寄宿的寺庙那么小，察哈丽玛感到无助，在心里哭喊："什么时候才能回到那里去呀？什么时候才能回家呀？"

察哈丽玛抱住母亲的腿使劲揉搓，然而手太冷揉搓不见效果。她把母亲背起来，可走了几步就走不动了。她的泪水跟着雨水一起往下流。雨越下越大，雷越打越猛，母亲的嘴唇变成黑紫色。察哈丽玛突然想起母亲有心脏病、高血压，万一犯病呢？她从不信仰佛教，这时她虔诚地相信了，心里默默念诵："佛祖保佑我妈妈，别让我妈妈出事。"

她们坐在泥水里，又搓又打，但母亲转了筋的小腿肚还是回复不到原位。母亲安慰她："我这个腿经常这样，不会出什么事，别担心。"母亲想试着自己往下走，可是她的鞋子滑得站不住。察哈脱下自己的旅游鞋和母亲换，没想到母亲的脚竟比她的大，根本穿不进去。察哈只好把母亲的大半只脚套在她的鞋里，她自己赤着脚走，泥地里石头草根扎得察哈丽玛一步也走不出去。最后，两人索性坐在泥地里，顺着山势一块儿往山下滑溜。

终于下到山底。雨还在下，雷还在轰隆隆地响。

回到寄宿的寺庙，察哈丽玛赶紧去商店给母亲买毛衣毛裤穿上，所幸，母亲没有感冒。第二天，母亲脸色苍白，浑身疼痛，但母亲感到特别满意，去五台山的目的达到了，该捐的钱捐了，为子女，为子女的孩子们求了福，也为乡亲们求了福，她的心意已经满足。

回家的路上，母亲皱了一辈子的眉头终于舒展开了。她告诉察哈丽玛："姑娘，这回我死而无憾啦！"

在北京，察哈丽玛有一次乘公共汽车，上来一群农村人，其中多是小孩，售票员喊："快买票，不买别想下车！"不知是听不懂，还是没钱买票，十多个农民互相看看，都没有动。察哈丽玛帮他们买了票。她对售票员说："你别喊他们，你那么凶为什么呀。"那些农村人什么表情也没有，察哈丽玛也没说话。她说她这么做，是因为去过了五台山。

送走母亲，察哈丽玛哭了好多天。"彭——"她缓过来一些对母亲的思念，就来找我，她和往常一样，把冯说成彭。"我老是止不住想哭，怎么办呢？"

我深有同感，当年我的母亲跑到北京看望我，看望刚出生的巴顿，三十多天里，她高兴地、自觉自愿地做着巴顿爷爷奶奶家和我们一家共计七口人的饭，谁说她包的饺子好吃，她改天又去包一顿，累得腰都直不起来，人还是眯眯地那样子笑。而在那之前，她腰腿病痛已经多年，走路十分困难。我们兄妹离家之前，谁都没舍得让她干什么活儿。听到我生孩子了，她突然爬起来，对我哥哥说，把她送到集宁，她要坐火车，去看我和孩子。她在拥挤的火车过道站了一夜，突然来到我居住的公婆家。她返回内蒙古老家那天下午，巴顿的父亲送她去火车站，他们一出家门，我就呜呜地哭起来，完全收不住自己。婆婆走进我的房间，十分不解，说："哭什么？看都看了，还哭什么呢？"这位理性的知识分子母亲，确实从不掉泪。而当时，我心痛得恨不能把一辈子的泪水哭完。

就如眼下伤恸的察哈丽玛。

我和察哈丽玛一起哼唱老家的歌，唱了一个下午，度过了那段说不出任何语言的时光。悠远的旋律，埋藏着我们的忧伤，我们迈动脚步，送去思念，双手合拢，送去祈福。与母亲，与老家的连接，使我们无时不在祈祷：上苍，请降福祉于可怜的人们吧！

我和察哈丽玛能像亲戚一样相处，皆因为有老乡这层联结。她家在内蒙古东部，我家在中西部，虽然东西跨着四千三百多公里，比北京到广州要远。她们那里的蒙古人除了放牧，还学会了种地，这一点跟我们那边的蒙古人仍旧单纯从事牧业不同。察哈丽玛的母亲多年来一直跟着她大哥生活，前两年，察哈的三哥盖起新房子后，母亲搬到三哥家，因为离三哥家不远有一个卓尔湖，察哈丽玛的母亲想放养鸭子。察哈丽玛说她母亲每天早早跟鸭子出去，一起到草地上溜达，快到中午，湖水被太阳晒暖了，她母亲把鸭子赶下卓尔湖。

察哈丽玛家的亲戚不断从东部出来，到北京、再到西部呼和浩特或别的什么地方，然后再返回老家。第二年复又上路。走一趟，心里踏实了，便在家干活儿，可是在故乡顶多度过一个季节，干完那个季节的活儿，就又出发了。神灵召唤他的灵魂，神灵让他存念谁，他就想去看看，了结心愿。来到谁家，吃饭，喝酒，唱几支歌子，就要走。

察哈丽玛把她写了字的一张纸拿来给我看，我看不懂蒙文，她就试着翻译出来：

> 蒙古人心灵自由，不愿意被具体事情缠住，他们活着就像是一只沉重的船，可是他们不觉得自己沉重，他们唱着歌，四处飘游……蒙古人的家在每一个他想去的地方，一旦去到那里，又想回家。他们永远从老家瞭望远方，在远方思念家乡。
>
> 蒙古人为什么总是在想念谁呢？

“我们不住在北京，他们也会来，随便睡在哪儿，不挑地方，来的时候穿上最好的衣裳，去天安门照个相，没钱的话不照相，去看看也能心满意足。”

察哈丽玛和她丈夫图门的亲戚，常把他们家的两间筒子房住得满满的，她从自由市场买回羊肉给大家做手把肉，还做家乡人吃不到的新鲜蔬菜，好酒招待，走的时候带足盘缠和北京的干粮。然后她和图门利用短暂的空隙，省吃俭用攒钱，等待家乡人到来，或者他们一家人带着大包小包回老家去。

每一年，他们为来来去去的人、来来去去的事情做着准备。

额　嬷

额嬷一家搬到这个地方，比我家晚两年。两家合住一套从前的富人盖的石头房子，宽敞的堂地，把两户人家分隔在左右两边，门对着门。母亲和额嬷，总是一前一后，不断怀孕，不断地生。一旦孩子降生，就在两户人家共同进出的大门外靠近新生儿所在那一边，按照边区居民的遗俗，挂上红布旗子。有红布旗子飘扬，就是新地，人们在远远的地方就停下脚步。

人畜肃静的黄昏，空旷的草原小城穿透了野风，红布旗子在家门口哗啦啦、哗啦啦地飘。

母亲生产的日子，额嬷早早煮了奶茶递到她手上，两个女人守着一铜壶奶茶，守着骨肉分割前稀稀拉拉的安宁，一碗一碗地喝。母亲生头胎难产，后面几个还算顺利。额嬷呢，每生一个孩子像过一次鬼门关。母亲说，替钦格勒接一回生，她掉一地头发。

钦格勒，是母亲对额嬷的称呼。我父亲叫她梅林。我不知道她的名字究竟是什么，我喊她额嬷。

额嬷听我说大城市很多女人生孩子要剖腹、侧切，或者任由自己撕裂，就问我：她们愿意吗？有没有人管这件事？大城市的女人都不确实啦？我说，也不是。她愁苦着脸说：不可以，不好，回来吧，回家……她的汉语操练了几十年，仍然僵硬，她夹杂着蒙语告诉我，人们都回来生孩子，也可以来她这里，这里地方很多很多，告诉你的朋友们需要她帮忙，可以过来的。额嬷说，她生的孩子个头很大，虽然难生一点，但没有一个孩子损坏她什么。

母亲说，钦格勒生孩子生不够，生不厌烦（她用的词是钦格勒“生不草”），她可有些害怕了。母亲的小臂上至今镶嵌着一块额嬷挣扎中咬伤她的疤痕。母亲说，看钦格勒红天黑地流血，很怕她闭上眼睛再不睁开。

额嬷的男人，阿木古隆阿玛在哪儿呢？他离开房子的时候，老婆还像一头母牛在地上拱来拱去，还有奶茶给他煮好端上来，也许是半夜，也许是下一天的哪个时辰，他东摇西摆找到家门，家门口飘起了小红旗，孩子已经出世了。额嬷的火炕上，又多了一个占地儿的人，阿木古隆不看也知道占地儿的是个人物了，他也有高高的鼻梁、厚厚的嘴唇和金黄色的鬈发，跟他的父亲一样。阿木古隆摸到一片空地儿躺下来，他得醒一两天酒。

生吧，哪个女人不生育呢，哪只鸿雁不远飞呢。

孩子的动静，在男人的梦里。

我母亲说，她是害怕，真实的一个人说过去就过去了。

还好，没出什么事，母亲缓了一口气。可是不久，母亲有了，额嬷也有了。

我和巴拉登都出生在一月，那是北方最寒冷的月份。人们数不清入冬以来下了多少回大雪，白毛风刮过来多少沙土雪花，又刮走多少破衣褴袍。冰雪覆盖着，大地惨白。早晨，趴在羊皮门帘上的积雪被抖落下来，一个勤快的人走出户外，去清扫一条通向远处的小路。太阳升高了，雪地晶光闪耀，遮挡在玻璃窗外棉褥子似的窗帘终于被卷成一个卷儿靠在墙角，遥远而清淡的阳光刹那间渗入沉寂的房屋，孩子们立刻看见屋子里尘埃上下左右拥挤着飞扬。夕阳西下，棉窗帘又严严实实封闭了所有的人家，一天就这样结束了。从早到晚，玻璃窗始终没有解冻，那上面纹刻着悬崖沟壑、椰林草丛，还有刀光剑影、妖魔鬼怪……每一天，每一块玻璃上的内容重新开始，就看风怎么刮。

风犹如刀子，磨砺所有成活在那里的生命。

土地冻裂了，噼噼啪啪地响，等到冰雪消融，土地上就有了无数纵横交错的缝隙。孩子们始终解不开土地的秘密：某一天，原来的裂缝不见了，田地又龟裂出新的深不可测的轨迹。

额嬷的乳房在昏暗的房子里裸露着，像两架皮鼓，跟随她移动，跟随她抖擞。不一会儿，乳浆胀破了奶头，不失闲地流淌，额嬷发出“噢噢”的叫声，她急不可待地拉过巴拉登，拉过我，用她的乳房喂饱两个孩子。

额嬷要是出门，比如去野外挖耗子洞里的粮食，我和巴拉登就在自己家炕上的一点范围里爬蹭，很想爬远一点，但是寸步难行，我和巴拉登都被拦腰捆起，拴我们的那根绳子在炕角一根铁棍上绑死了。我和巴拉登就隔着宽阔的堂地大哭大叫，街上干瘦干瘦的野狗听到我们的声息，跑进院子里，隔着玻璃窗，跟我们一齐蹿上跳下，沸沸扬扬。这时，要么是母亲三步并作两步从工作的地方跑回来，要么是额嬷背着小口袋“噢噢”答应着推门走进来，反正这个世界上只有她们俩能听见我和巴拉登呼叫。母亲急急忙忙说，快吃，她只有半个钟头时间，她的奶胀啊、疼啊……她就知道孩子们饿了。奶水洇湿了她的衣裳，她先过去喂完巴拉登再过来喂我。奶水被我们抽空，她就离开家继续去工作。

太阳昏昏沉沉，不见照进房子里。我们又饿了。我听到巴拉登跟我一样哭那种瘪着嘴巴发出的颤音。我们的委屈说不出来。

清汤寡水……妈妈。

那是耗干孩子们哭声的年代，也是耗干亿万母亲身心的年代。没有人告诉我们的母亲，少生一个孩子，让世界少一张苍黄的脸，是她们的福。也没有人告诉她们那场自然灾害没有人为祸害的话，其实不至于那么严重、那么惨烈。因此她们从不怀疑，无论领袖，无论自己，也无论是岁月。

六十年代初出生的孩子，陪伴了执着得空空荡荡的母亲。

额嬷经受得更持久一些，是靠了她的底气吗？

额嬷的高颧骨幽黑发亮。她眯着一双细长的眼睛，不停地对我和巴拉登叙说，一串音节在她飞快地转动舌尖时滑出来，又一串音节紧跟着混入，蒙古语言就在我们的心田里开垦耕种了。额嬷急了就骂嘿哈赫森！可你判断不出她是真恼还是正高兴呢。有时候她说：我生气啦。可她的脸上慈祥一片。我和巴拉登就在她宣布“生气”以后快乐得忘乎所以，把炕上能搬动的东西推到地下，再把自己跌下去，而她看着我们折腾，在那里笑。只有当我们各自坚守一只乳房，在额嬷怀里拥挤，巴拉登表现出不愿意我在他妈妈怀里的意思，伸出脚踢我，我把他的脚推回去这样来往时，额嬷的喊声才准确无误就是“嘿哈赫森”。两个孩子于是认真起来，停战了。

额嬷跟她的两只乳房终于松缓下来，孩子们已经睡意迷蒙。

她仍旧跪在炕毡上，臀部稳稳地偎进后脚弯里，脸上呈现恒久不变的微笑。蓝布棉袍罩住了她的身子，她跟菩萨一样坐出一座山，坐出一个宁静。突然，从她胸腔里流出悠远跌宕的声音，那是天然淳厚的蒙古长调。那声音粗犷、没有遮拦，自由自在地走，走过沉睡，走过苏醒，万物萌动、天地啜泣……顽强的颤音被送得很远，你相信它已经接近了人生前无法觐见的天堂。我睡着了，但一直跟着额嬷的声息游走。在她的歌子消失得渺无踪迹的时候，我挺起身子，看她是不是哭。

二三十年后，我接触了不少音乐，有了一些作曲作词和演奏的朋友，可我始终想不出额嬷的歌儿是谁能写出来的。人们有了章法，就不能尽情地野;有了些许感觉，就把它加工得离开了原味……山，冰雪，寒流，牛羊，蓝天，和女人，那些流淌不息的东西，安排进去和生长起来，有着本质的区别。

长大以后我远离家乡，一听见马头琴声，就想哭。

额嬷就在琴声里。

额嬷和母亲日见苍老，两个家庭也发生了不少变故。额嬷这边，阿木古隆阿玛患肝癌去世了，额嬷的儿女们远走高飞，小儿子巴耶尔死了。

额嬷独自住在城边上一座开阔的院落。院子有篮球场那么大，杂草肆意丛生，有半人高，星星点点，长出白花、黄花、紫花、蓝花，草原上点缀的差不多是这些碎花。杂草丛中，踏出一条小路，院墙里，组成一个不规则的圆，额嬷早晚就在小路上走动。她埋着头，缓慢地走完一圈再缓慢地走，只是身子更加弯曲，更加笨重，宽大的胯骨拖着她朝前的沉重，在齐腰深的草丛里左边、右边，这么摇晃，摇晃得很有耐心。

我走进额嬷的大院，看见额嬷正在小道上走动，我和儿子站到她面前。她叫了一声，双膝跪地去抱巴顿，随后颤悠悠地托起孩子，托至头顶，混沌的目光在太阳底下闪亮，直到气喘吁吁。她把孩子搂进怀里，在他的小脸上亲，巴顿尖厉的哭声随之而起，我知道是额嬷亲得太重，就像当年亲我，把我的脸蛋深深吸进她的嘴里，想把我吃掉似的，亲得我流出眼泪了，也不放下我。但她放了巴顿。

额嬷和我面对面跪坐在后脚弯里，一人端起一碗奶茶，慢慢地喝。奶茶就像醇酒，你可以喝上一整天，从天亮喝到天黑，又从天黑喝到天亮。

额嬷疲惫地微笑着。从前在她棉袍下拱动的羔羊，如今已经三十岁了……她说："可怜的孩子，你的小英雄坐火车啦……没看清火车长什么样就到家啦？噢，我的孩子。"额嬷摇头，额嬷笑。

她比画着说：女人撕破确实不好，回来生。

做梦都想回来生呵，可是回得来吗，额嬷？遍地都是女人，就像遍地长的草。

是啊是啊……她喊黑狗嘿哈赫森。

黑狗就跑出去了。

黑狗在额嬷踩踏出来的小路上追逐什么东西。

母亲说，钦格勒这些年和人们走动得少了，越来越沉默寡言。她在院子里挖了一口水井，用绳子拴着那个她年轻时就使唤的皮斗子打水，皮斗子用一阵就补一块补丁，里里外外补贴满了，接着用，就是不喝外面水站供应的自来水。除了上街买点儿炒米、奶食、牛羊肉，很难见到她。

巴耶尔，是母亲最后一次为额嬷接生生下来的捣蛋鬼。

他死了。额嬷弯腰从彩绘的硬木碗里抓一把炒米倒进我碗里，又为我兑满奶茶，然后挺了挺腰身，重新坐稳当。当她抬起头时，眼里有了一层浑浑的泪水。

巴耶尔是个头重脚轻的孩子，你简直想不出他的头有多大，有多结实。头上的毛发是嫩黄颜色，嫩得有些透明、发绿。射弹弓的把戏他从小玩儿，长大以后还是玩儿得不亦乐乎，石头子从你家玻璃窗钻进去打你家的电灯泡。这种被他称作"二踢脚"的快乐游戏射击完毕，他掉头就跑。有时候站在原地不动，看有没有人追出来，没有人追，他一脸沮丧；有人追，他兴奋不已，单等对手追到眼跟前，他像只野羚羊一样嗖地逃遁。有耐心你就追吧，巴耶尔正想望有人跟他玩儿，也好有一点儿热闹。一旦跑不过你，巴耶尔就停下来，任你劈头盖脸打他，他弹来弹去像个拳击沙袋。

你打他，他跟你笑，打巴耶尔让人扫兴。

而巴耶尔打人已打得失去了乐趣。

巴耶尔会漫天云雾编造一个故事，把城里七零八落的孩子笼络到自己麾下，如果卡了壳，他就随意揪出一个孩子敲击几下，借机结束他的讲述。

他每天重复自己的游戏。

我知道巴耶尔，尽管他长大的日子我已经离开了家。

他是十八岁闯出人命的。他把皮靴里插的匕首插进伙伴的胸膛，碰到心脏，那孩子当场就死了。这一回巴耶尔终于认真起来，他便失踪了。

警察搜寻了四十几天。

警察都曾经是阿木古隆阿玛的部下。

有一天，人们看见警察从额嬷的菜窖里抬出巴耶尔，那孩子僵硬、直挺，被搁置在一块门板上，头还是大得不可思议。

警察把套过巴耶尔的皮绳递给额嬷，看着额嬷。

她依旧默然无语，直到大院子里的人走尽了，又静静地待了很久，最后在门前的石头台阶上坐下来。

母亲说，本来，钦格勒要受审。

额嬷对所有找她谈话的阿木古隆阿玛生前的同事说，巴耶尔在菜窖里，她不知道。至于巴耶尔每天吃掉两斤多食物，那是法医的说法。额嬷对显而易见的事实，保守得像个秘密：谁提供的食物？

当初警察说，知道巴耶尔的消息就来报告。

额嬷答应，好。

警察在等待额嬷吗？

额嬷几十年来从未去过阿木古隆阿玛工作过的地方，人们记不起来额嬷是不是讲到过阿木古隆这个人。二十多年前，阿木古隆被关起来交代历史问题，专案人员上门询问额嬷：阿木古隆为什么给国民党送信，又给共产党送信？他跟没跟你说过？额嬷神情专注地听完这个问题，沉思良久，终于恍然大悟，好像突然明白，相守多年的这个男人有许多故事是她以前不知道的，这个阿木古隆。但是令人失望的是，她依然答非所问。她说："谁的信我都没送过。"显然你花多大力气，也没有办法让她明白其中的大是大非。专案人员失去了耐心，厉声训诫，额嬷站在靠门的地方，低下头虔诚地倾听。工作人员说："你要和阿木古隆划清界限。"担心她不明白，又说："不要再瞎爱他啦。"额嬷这回像是真的听懂了，她肃穆良久的脸颊松弛下来，点一点头，说："好。"

其实她仍然不懂这里面的道理，不懂要她做的是什么。在她看来，干部们或许是说她的男人还要在外面待一段时间。阿木古隆总是有事出去，从这个苏木到那个嘎查，公社啊大队啊，跑来跑去……即使是准确理解了工作人员的意思，谁又能影响她呢？谁又能改变额嬷身心运转的方向呢？

阿木古隆喝醉酒打她像打一面皮鼓，她爱他什么呢？可是旗里的人从不怀疑，她确实爱他，对于这一点，人们没有疑义，跟阿木古隆再有解不开的恩怨的人，也指望不上什么。多少年来，她望着阿木古隆的时刻倾心尽力，总像是第一次望见他。那一次，她上了他的马背。那是十几岁？从她家乡的草地上路过一个小伙子，她扔下正放牧的羊群，跟着他走了。一走就走了数不清的白天黑夜，走到她既熟悉又陌生的世界。直到她送走阿木古隆，送走小牛犊子巴耶尔，一个人生活在一处静悄悄的院落里。

额嬷为阿木古隆生育了五个儿女。

她两年坐一次月子。阿木古隆说，他是干部，不能按人头分走国家那么多供应粮油票、油票、肥皂票、针线票、火柴票，让她停，她就停下，再不生了。

停在巴耶尔这儿。这个孩子。

额嬷心里埋藏了什么，会让它跟着她一起衰老，跟着岁月消逝。

巴耶尔是她杀的。一个母亲和她的孩子，明明白白选择一种方式，孩子在母亲心里死去，就是这样。

你想知道额嬷如何度过那四十几天？她把皮绳子递下菜窖时对巴耶尔说了什么？你还想知道巴耶尔的最后吗？

我记忆里的额嬷，年轻时候就显得苍老。如今真的进入暮年，动作迟缓了，可还像年轻时候一样有力量。

额嬷每年在蒙古人隆重的小年和大年，买回鲜果、奶食、面点，还有洁白的哈达，煮好牛羊肉，供在炕桌上，然后长时间跪坐桌前默诵真言，祈祷神明。

炕毡上，额嬷经常跪坐的地方磨出一个洞，她在那里放了一块老羊皮，老羊皮又磨掉了毛。

送我们出来，额嬷亲了我，亲了巴顿。

风把人刮成筛子

北方的天气，和有些人一样，想要发作不拘时间，看不见那一时间发作的理由，突然刮起暴风、暴沙，下起暴雪、暴雨。

就说刮风，怎么说呢，出生的时候就在你脸面上刮，它跟矗立在你面前的山脊一样，一直有，好像是日子里的一部分内容。有时太阳普照，云高气爽，晴朗朗的一个天，狂风骤起，太阳眨眼工夫就没了。有些东西没法知道它们为什么来到这里，为什么一下子消失，有没有道理。

再说，漫山的火山石，还有远古海洋生物化石，它们也散布在我们的高山草场上。谁也说不清这块土地上曾经发生过什么样的事情。

随风去刮吧。

看不见山往起长，但看见山背后“一忽海”——长出一片桦树林，一年比一年高大粗壮。小时候，从家里的窗户望出去，桦树林还窝藏在山背后，现在小娃娃不费力看一眼，桦树林就黑压压地长在山上。那片植物，跟他们很早就听见风吹动门窗哗啦啦响一样，都像是他妈妈忙东忙西的日子里的事情。什么时候来的，什么时候会走？没有人问寻这些。只是风把所有的事情都搅和在一起，人们由此产生了不少疑惑。山火就是因为风越烧越大，桦树林被风刮来的山火烧了一茬又长一茬，再烧，还长。

仔细想一下，就像不能细看的满世界的沙石，风把一些沙石一般的事情，全搅进了脚下的荒地，然后让它们漫漫坷坷地晒太阳，忽然一下，就见它们跟着风雨翻天覆地胡乱搅和。

北方的天太干，风太大，消逝的东西太多。唯一的麻烦，就是人们对什么事也记不了那么清楚。风把人刮成筛子了。

而小娃娃管风中的太阳叫大屁股。因为一刮风，太阳就不见了，就如同一个坐在地上做针线的女人，一见风刮来，扯起屁股沟子就走。一瞬间，房子外边什么都没有了，就剩下大黄风。

夏天的午后，天空干裂出一道道缝隙，太阳挪动着薄冷冷的屁股，层出不穷的光芒像粘贴上去的金沙，哩哩啦啦遗漏出云彩，小孩抬起酸黢黢的眼，一会儿就把那片太阳看化了，人朝前扑通一声倒下去。半夜从梦里惊醒，眼珠子还黑乎乎地晕呢。而那些大人，从小见惯了进到耳朵里的声音，和跑动中的风啊孩子啊动物啊，在那个地面上一经过，带起一条沙尘。

小孩在自己家窗台上写一个骂人的字，落下的灰土一下就盖住那个字，小孩就写一个更带劲的字，风再去盖住小孩刚写出的那个字。不写字的时候，小孩满眼睛是院子里的鸡，和他们土湿腥腥的声音。

爱情和死亡

想一想，就是个风，就是个鸡。来来去去。

一百多只鸡，一齐向东墙那边跑，看他们高低是要上墙了，就盯住他们看。奔突了半天，没有上墙上房的办法，一只掉头，别的相跟上，鸡们四散着飞跑了。过一阵，鸡又返回来，又往东墙上乱撞。

一群母鸡，躲避一只公鸡。

我不喜欢那只公鸡。他过于傲慢，过于不讲理，猛追萨仁她们家那只母鸡。花拉她们家的两只母鸡就围攻萨仁她们家母鸡，想抢断那只公鸡。可是公鸡，那个下午，死活咬住萨仁她们家母鸡不放。小孩以前见过鸡在院子里找麻烦，大部分时间里是追逐到一半，公鸡突然改变主意另行堵截。有一搭没一搭看着，小孩终究不知道那些鸡他们为什么这么胡闹。小孩坐在门槛上，一边甩石头，一边骂:你个国民党。你个蒋介石。可公鸡咬住萨仁她们家的母鸡不放，时间也太长了。萨仁她们家的鸡已经累得没力气跑了，翅膀啪啪地扇动，撮起地上的土，那种叫声，听起来和日本鬼子开进村庄以后，村庄里响起绝望的女声一样。

我和萨仁、花拉的弟弟板凳（他其实叫巴登），都跟那只公鸡撮火。

萨仁她们的母鸡更加惊惶失措，没着没落，鸡毛一根一根掉在逃生的路上，有时失去重心，整个身体斜着滑出去，等她爬起来，鸡屁股殷红、失禁，涂饰露在外面。但是谁家的鸡，都不去帮萨仁她们的鸡。萨仁冲进去，把那只拍打着翅膀，不知道该往哪里去的母鸡抱起来，藏在胳臂弯里。但是这种搬运很是徒劳，那只公鸡围住萨仁，愤怒地往上扑棱，啄萨仁的膝盖和脚指头。她们家母鸡也不认为萨仁是为她好，她探头探脑，一面顶撞萨仁，一面联系那只公鸡，很明显她想下来。随后她在萨仁怀里乱拱，拉长已经撕裂的嗓音呻叫，并狠啄萨仁的手背，萨仁在众鸡围攻下闭目塞听，一撒手放了她们家的鸡。那只母鸡又在前头跑，那只公鸡倒腾着大长腿、大长脚去追……

你永远想不到萨仁她们家那只鸡，刚才还像落荒逃难，现在是饱满激越的凯旋。被院子里所有的鸡旋转着脑袋观望，萨仁她们家的鸡既紧张又精神抖擞，照应和协助公鸡，欢叫着引出一条路，绕大圈跑，她往哪边，公鸡也往哪边……最后公鸡追上她，跳到她背上。

前面所有激烈的场面仿佛都是热身和预演，此时此刻，她陡息纭丛。

在那个不算小的院子里，每家饲养了四五只母鸡，母鸡下的蛋，被女人们对着太阳照半天，挑出包含黑点的鸡蛋堆到一起去孵小鸡。孵出公鸡养一段时间就宰杀掉，专剩下母鸡生蛋。全体母鸡跟随那只统治全院的公鸡从前院跑到后院再跑回来。孵出来的小母鸡，长着长着就看不出和生她们的大母鸡有什么不同了。

那只公鸡姓陈，外号“陈点心”，是隔壁院木业社木匠陈国旺的儿子陈淘气，拿一颗鸡蛋让他们家养的一只母鸽子孵出来的。陈淘气每天爬墙过这边院里玩，他们家的鸡跟着他，也跳到这边来。这边院里的小孩有一阵天天踩着陈淘气他们家窗台，扒住房檐底下那个陈木匠做的鸽房，看母鸽子搂不搂鸡蛋，什么时候能孵出小鸡。等小鸡飞出鸽房，就跟陈淘气一起在这边院子里瞎走乱窜，成了这个院——不是陈淘气他们院，最高、最大也最有权威的公鸡，这边院里的人们就把自己家里的公鸡通通杀了吃肉，让陈淘气的金鸡在这边院子独立。

于是，“陈点心”日复一日围追堵截，上午、晌午和下午，满院子轰响着母鸡们的尖叫。

唉，跟旷野的风声一样凄厉。

他们浩浩荡荡的激情斡旋一直进行到“四清”来临。

“四清”分小四清和大四清，是先由地方、后由上级组织分别搞的阶级斗争、路线斗争运动。小孩听得最多的是“四清”“四不清”这两个词。人的事故由是叠起。而鸡的叫声也不再是院子里最热闹的声音。小“四清”中没有解脱的人们，在大“四清”中陷得更深，而全旗哗啦啦一下进驻的从全盟各旗县抽调的七千名各级党政干部组成的“四清”工作总团，和二十一个分团，分散进驻我们旗二十个公社、旗直属各科局和各事业单位。我们院子和陈淘气他们院子，还有农村、牧区合乎政治规定要求的所剩不多的人家，也都住进了工作队的人。他们瞄住这个旗走资本主义道路的当权派，“四类”分子，与“四类”分子有关系的人，来历不明者，和各种名目的“反革命分子”，以及随着运动的推进、发展，上上下下重新划定的新的地富反坏右分子，稳、准、狠地打击，隔离审查，各个击破。那时候领导们挂在嘴边的话常常是这么一句：往人人头上摸一把，再摸一把，摸到他（她）彻底趴下。终于，这个旗人烟寂寥、鸡雀无声了。

就剩下白明黑夜的西北风，刮来刮去，怎么着都不歇息。

短短六七个月的“四清”运动，我们旗有四百余人在逼、供、信中不明不白身亡。

那个经风历雨的院子，仅仅两年以后，又死屁抖擞，迎接了更大的一些事情。院里的人们分成“红旗”和“挺进”两大派系，大批判大辩论很快演变为武斗，萨仁父亲和萨仁姐姐一派，她妈妈选站到另一派，萨仁年岁小只能逍遥观望。萨仁姐姐在家里和大街上，揪住她妈妈的细脖领子，和她妈妈辩论，后来母女俩断绝关系，她姐姐搬出去住到同一派系的同学家。不少人家的当家男人、女人又一次离开孩子，被押往牢狱，偶尔被游街示众或拉回院子批斗一回。院子里长期病卧不起的一个干部的老母亲，有一天一跃而起，扯住原来的邻居、旗里的领导、现在的阶级敌人，扇了三十七个仇恨的大耳刮。至此，没有一个人和他们的心不在运动中。院子里再无安宁，死伤时有发生……院子里的鸡，被冲过来冲过去的人流吓得心惊肉跳，他们不再“彩云追月”，不再制造、生产鸡蛋，而是跳上窗台、跳上菜窖的棚顶，失心乱意地呻叫。天还没黑，他们争先恐后钻进鸡窝，挤到木架上哆嗉身体。

在一个无风而阳光饱满的日子，青年学生棒击了住在隔壁院里的当权派，并把奄奄一息的当权派投进关押地点的水井以后，前来通知家属，说这个历史反革命分子畏罪自杀。两个院子里，吵吵闹闹、不识时务的最后几只鸡，也在这一天，于青年学生们的棒下仆地覆没。陈淘气他们家的公鸡"陈点心"死得最惨，他想保护被追击的一只母鸡，跳起来去啄那个下手的男青年，他就啪的一下被砸烂了。

院墙那边，陈淘气的大陈国旺（陈淘气兄妹称呼他们的父亲陈国旺为'大'或'大大'），去驻了军宣队的木业社上班，和在家里挑灯摸黑加班加点偷工减料做的事一样，他在木业社也是赶制一头大、一头小的白板棺材。

人们再也听不见鸡的哼鸣，倒是有人东一声西一声没断了绝望的失声尖叫。只是，人没法像鸡一样单纯，叫出来的是爱或者不爱，鸡是因为这件事而风吹草动的。鸡真是单纯美丽。人们向往打起背包就出发，哪里艰苦哪里去，哪里就是我的家，但是时辰不是那样的时辰了。现在的情况是，旗帜随风飘扬，杀声顺便响起。许多男人女人，永不停歇地纽结，是为了消灭地球上每一个对方。以致那个院子里，最后只留下不多几个一息尚存的人。

小孩希望，希望他的邻居也能像小孩们曾经饲养的鸡那样，尖叫，看看爱情会不会发生。

尖叫的爱情，声音落下去的时候，就没有了。

小孩当时不相信。后来明白了，世界上最悲壮，最让人忘乎所以，抑制不住想创造神奇，扑棱着翅膀飞出最好看的姿势，就是出现了爱情。北方风中扭转的爱情，就是些这。但是很快，这，也没有了。

如今北方还在北方那里。

爱情在哪里呢。

小孩无聊地想：好意思，唧里格唧，随风飘那个扬。

我们旗，现在把公社，又都叫乡和苏木了，是过去察哈尔镶红旗、镶蓝旗的部分和一个县合并而成的，居住着原住民察哈尔部蒙古族人，和上一两个世纪从口里——即长城里边，移民过来的汉族人。那种时节，工作队的人一背转身走开，口若悬河的老乡，就扯开嗓子唱父辈子唱过，一种和他们已经扎下根的这片土地有着深重关系的爬山调——蛮汉歌，开阔，放任，颤悠悠地出来：

> 芦花公鸡踏草鸡，看见人家想起你……
>
> 你变成个绵羊我变成个狗，咱二人悄悄相跟上走……
>
> 半山崖掏雀掏出一窝鹰，你把妹妹闪下个两世人……

没有结果。让人心慌意沉。

我们院里年纪大的男人女人，行走街头，看谁顺眼，也能对着人家，瞎唱一句半句：

“人走千里一道道心，马走千里一道道踪……”

唱的时候，泪眼汪汪，都像是这种忽忽悠悠的麻烦事里的人。

这里的喜剧和悲剧一直相互缠绕着。那些事，我们旗好像每个人都能演唱两句。

这片土地早已成为长于斯、生于斯的人的土地。演唱完，把心血耗干，然后老了，然后死去。

风就是幕布。刮一场，换一场的人。

记忆里的鸡和现实中的风

一辈又一辈的人，在那片土地上，重蹈覆辙。

“重蹈覆辙”，这个词，词根就在回环，因为不得不陷落回环？显出中庸，但很准确。曾经沧海桑田那样，透出些冷静，遥远，透着出世。人若能如此，世界没准儿会有安宁、和平。不过，可能也就没有翻天覆地、可歌可泣的日子，没有惊心动魄的诗篇，没有腐朽以后的觉悟，没有出色，也没有创造，只剩下心灰意懒，破败零落。人与人之间的距离结上了冰，人变成冰天雪地里的一堆土。板着脸，扳着脚，不是抬头的人，就是低头的人，抬头的人脸上的动意是置你于死地，低头的人只想逃遁，眼睛里只有敌人没有自己人；抬头的人随时遇见可以施以动作的对象，低头的人只看见自己的手尖、脚尖，和冷清凝霜的衣裳。两种人唯一共同的地方，就是任由记忆里的鸡和现实中的风，在他们的脚步里冒险、滋逸。

这样的事情横陈在我们的院子里有些年头了。人们这样站立，行走，已经司空见惯了，愁苦的脸晃荡在我们旗每一条街道，每一个乡和苏木的每一个院落。看那一张张冷酷的脸，你就知道人们之间确实没有信任，更没有爱情。所以，看见这些的时候，宁可听见……尖叫，于尖叫中产生爱情。

大人们已经枯萎了，他们活着仅仅像路面上的一个石头子，每一天，他们早早把自己收拾进要去的地方。你没发现女人早就不长乳房了吗？因为没有爱情，因为不想生育，生育了不愿意哺乳，她们的乳房已经褪化、萎缩。男人呢，他们的灵魂全都窝藏起来，他们的表情越来越阴暗。这是一个人类不长尾巴的年代，没有长久，没有信仰，没有自然，没有生长，只见男子迫不及待展示他们的丑陋，女子使劲把萎靡的东西往外头露，而且男子对男子的丑陋，女子对女子的邪毒，相互之间早有准备。

……

陈国旺因为给反动分子做棺材，被红卫兵打死了，死后他被人扒光了衣服。山西省阳高县移民、一根长长的麻秆似的瘦人陈国旺，被发现的时候像一个光溜溜的死兔子那么弯曲着。

木业社把木料平价卖给职工，就和手工业联社管辖的一个什么社合并了。陈淘气和他弟弟搬回来几块木板，顺那堵断墙垛起来，两头用粗铁丝绑搭住，露天风干。多年以后，陈淘气和他弟弟先后结婚，用去几段木料，请人来为兄弟俩各做了一个大红柜，和一个插鸡毛的老式风箱。

二十世纪初的一个春天，我回到旧院，没有人家再养鸡，跟外面旱地里不长草一样，光秃秃的尽剩下一些弯腰折背的老人。没有谁谈论那些尖叫的爱情和死亡，就像院子里什么也没有发生过。

只是这个西北边缘的旗还刮西北风和沙子。

我去断墙那边院子看望陈淘气。陈淘气的身材也像他大陈国旺那样瘦长，硬让我上炕坐一坐，喝一口水。

他说，听说这二年北京也刮这个风。

我说，原来就刮。

沼泽地

父亲在雪地里走来走去，抱木柴，一筐一筐拎炭，他要搭一个碉堡式的炭火堆，四面留出小孔，从小孔塞进去几根木柴，顶上有升腾烟火的天盖。晚上将点燃篝火，因为我回来了。父亲的光头，雪和阳光，分别照耀着院子，亮光闪闪。我隔着玻璃窗看父亲忙东忙西。我熟悉这个老头，熟悉他喜怒哀乐的方式，但是他的身影不再高大，弯弯的像一把镰刀，昔日震动这个家的全部力量，这时就在外面的瑟瑟清风里迟缓地移动，只是不戴帽子的习惯一如既往。

他到底老了，母亲也老了，两人的听力大不如前。记得有次回家，父亲说他准备再活十年。算起来十年清晰可见，让人惶惑不安。晚上睡不着想这件事，有些恐惧。十年二十年，一现即逝，看看没有火炕高的我长得超过了母亲，再看看我生的孩子一天天壮大，时间能掩住什么呢。经常袭击这里的西伯利亚寒流终有一天会把我的老人们风干的。那幅披婚纱的照片在这所房子的墙上挂了好多年，过去留驻的一个瞬间，常令父母观望。是经历的岁月被发配了，还是他们被发配了？

半个多世纪靠记忆已经无法有序地衔接，流逝的日日夜夜模糊、遥远，未来的日子就算它十年吧，又何尝不是湍急的流水浑然流泻。照片昏黄，像是一块沼泽地，陷进那堵斑斑驳驳的白土墙，而人就在那一小块被框定的天地里拼力呼吸。无奈而且慈祥，面对势将埋葬他们的泥淖，面对终结，沼泽地里的人们都留给后人这样一副微笑表情。

那微笑是永恒的吗？

光阴荏苒，两位老人在冰天雪地的北方定居下来，西伯利亚寒流穿过他们的小屋。那些已经逝去的岁月显得无足轻重，甚至有些陌生、有些单薄。走到晚年，走到今天，一生中艰难的历程似乎就要过去，牵缠身心的东西越来越少，而这间清静的小屋把什么都简化了。他们一点一点地遗忘着自己，遗忘着这个世界，身体也随之变小、变轻，他们正和缓地脱离地球的吸引，与这个世界拉开距离。

哪一天，人对自己感到陌生，而且对此不再惊奇，他就真的老了，生命的考验即在眼前。对他来说，此时最重要的是什么？

我从父母身上得到什么答案呢？

就是那次回家，我想到，以后每年拿出几天回一趟老家，多看到一些父母生存的痕迹，多保存一些有父母的家还在地球上存在的那种感觉。我也想让自己昏沉不堪的心身安静地睡眠。上午十点左右醒来，太阳正拖曳着父母日渐虚无的身影，我看到他们在屋里、院里勇敢地走。

很早以前，我对恋人说，我不能接受哪一天接到家里的电报，报告我老人的坏消息。我告诉他，上中学那段日子，我总是幻觉谁跑到学校推开教室门叫我……母亲从监禁地回来，伤残严重，时常陷入昏迷，我半夜跑去叫大夫，拉着大夫，却发不出声音。每一天，我总是担心有人冲进教室找我。说这个话题时，我心境黑暗，心脏压迫得喘不过气来。以后又有几次对他说起，出现这一天，怎么办。他说什么呢？他把我明白的道理重复一遍，感叹道：父母的艰难，留给你的印象太深了。

他指着面前的一杯水，说，它存在和流掉是自然的一件事，你为什么就会发疯呢？没有理由这样，你要相信自己，你能走过去。不过他明白了，他爱的女子活得并不轻松。在这之前，他一直以为这个女孩很单纯。他喜欢单纯的女孩。在一个傍晚，他邀请我去操场散步，沿大学的跑道走了两圈以后，他说：想没想过你会爱上一个人？

以前没想过，从那以后开始想，想的就是他。那年我二十岁。

他不厌其烦地谈我的“症结所在”，是想让我相信我能挺过去，我明白他的意思。

我需要帮助，我想渡过难关，到达彼岸。他说没有彼岸，那个地方几乎所有人都能到达，那里仍然是个起点。

就是说，人滚滚如潮活着，就是从零到零？

大人的世界演变得太快，我想不明白，那种演变为什么那么残酷。但是，谁能说我没有紧跟他们的脚步呢。

我在心里一遍又一遍诵念：生长，消亡。面对生长，接受消亡，的确是起码的事情。然后，我将像我的父亲的祖先和母亲的祖先那样，义无反顾地踏上生命的路程。一个生命一经诞生，就有了可以展望的一段时日，自然地生，自然地死，每个生命都被赋予了这样的权利。

校园南面有一片核桃树林，很宁静，午后我常坐在树荫里沉思默想。我对父母经历的事情感到茫然，长大以后这种茫然一天天逼近我，有无处逃遁的压抑感觉，无可选择和抗拒。对过去了解越多，心中的迷惘就越加深重。我只好回过头来问自己，我为什么坐在这里？我的眼睛为什么停留在这棵树干上？树干对它自己、对土地、对我意味着什么……独自一人在远离父母的地方冥想父辈的时代，是在寻找那个时代和我的衔接吗？我不知道。

每天清晨，光亮唤醒许多沉睡的人们，也和那些永远滞留在黑暗、就此长眠的人们告别。死的人从一个小小的空间和时间里悄然辞离，活着的人继续摇晃他们的身体。这很简单，真的简单极了，没有悲壮，也不惊天动地。干燥的风瞬间吹散了故人的气息，送来疲惫的歌喉永不停歇的吟唱。

歌中唱道：抵御诱惑吧，去找寻人类的出路。这歌声鼓舞了一代又一代人，有一天，人们发明了文字，又发明了纸张，就把拯救人类和抵御犯罪的定律粗略地写下来，过不了几十年，甚至只过几年，爆发一场恶战，新的条律湮没血迹，白骨覆盖大地，毁灭、创造，真理在武力和心智的较量中艰难地显现出来，引导着世界向前行进。

但是人类从未停止过犯罪。

沼泽地里，气泡春夏秋冬、年复一年地翻卷、喷突，那是人们相互搏击爆发的最后声息，浑浊、滞重，像一个濒临死亡的老人捂着疼痛的胸口咳嗽。

活的时间长短，重要与否呢。

许多事我真的不明白。

我活着。我发现自己越来越喜欢“努力”这个词。

你想努力，它就赋予你激情，是自发的而非强加于人的制约或规定，那里面潜藏着人道精神和乐观迈步的韧性，它融入你的心灵，成为你的信念，又付诸于你的行动，你那样生活的时候，对自己、对他人都勃动着一种信任和鼓励。“努力”，感染着你和他人，努力的人们至死不渝、无悔无怨。这种感觉悄默声息，确实挺美好。

一个女人能做的是什么呢。她的母亲、母亲的母亲们能够做的，她做了，她还做了她的长辈们不能做、无法做的许多事情，不过你可以想象，仍是些司空见惯的事，那些生活、工作范围里的内容，极为平常。但是我努力了，这使得操劳的日月真诚可爱，操劳的心身没有被动承受那种无奈或者难过，在操劳中创造，创造中操劳，天一亮，送走精神昂扬的丈夫和孩子，骑着自行车去上班，心里涌动着我在那一时刻创造的旋律，浑身像运动员一样松快、有力量。我知道，我做事很投入，不过有点散漫、心不在焉，但确实在愉快地做每一件该我做的事。也许沉静地劳作和心不在焉地遐想就是我的节奏，就是我的松弛方式？

但是我说不清楚为什么忧郁。

我很晚才注意到悄悄爬上我面颊的那种阴暗，当它日渐沉重地淤积在那里，折磨我以至于面颊酸痛、内心沉重，我意识到了它的存在。不得不承认，一种深深的痛苦早在我懂得“努力”之前就已植入我的心髓，潜进我的灵魂，无论主观上怎样接近神圣的理想，怎样欣赏健康地生活，怎样点点滴滴去努力，世事怎样于我无足轻重，仍然褪不去莫名的忧虑。

倾听别人时，我常陷入这种情境。

怎么说呢，我努力，实际上是为了鼓励自己活着，能够承担那些理解了的事情。

我努力，是帮助自己，从生活中来，再回到生活中去。

我努力，想多一些韧性、耐力，像我父母一样，不因生活的苦乐悲欢摇晃身体、转移视线。

我努力，是想多发现一些为什么而活着的理由。

我想试试看，通过努力，能够感受和探知那些超越努力本身的远博的东西。

很小的时候，我胡思乱想了一些问题，比如和我同桌、外号叫连长的家伙为什么姓连。怎么连会成为姓，连锅端、连裆裤、南京路上好八连、连夜……连能组合成多少词、都是什么意思？全城只有他们一个大家族姓这个姓。有一次翻我父亲的书，见有这样的字，“连”姓的祖先是金人，把我惊动得够呛，老人们有时候会讲起关于金人的血淋淋的故事……连长他们家和金人不会真有什么关联吧。这个话题越想越玄远，越想越神秘。

连长的父亲整天背一个驳皮出诊箱在我出生的城市里东奔西走，穿的那件蓝色干部服前撅后翘，头发跟野生的枳根草一样支棱着。城里的大人孩子都认识连大夫，但他迎面碰见谁都不会主动讲话。每回给人看病，总是慢沓沓地伸出手指把脉，把了脉不言语，眼睛眯成一条细线，一副什么秘密都装在他肚子里的神态。后来人们有了疑问：连大夫到底是知不道、还是不知道？从效果上看，连大夫知道。知道多少，就不好讲了。看见连大夫背着那只破牛皮箱子往病人家走，我们这些愁闲、恓惶，寡淡惯了，不做点什么事情心慌得没处着落的孩子就尾随其后。那些年除了感染重病被大人禁闭起来，躺着或者靠坐在炕底，两眼无神地待着，孩子们一整天都在外面跑。这时，看见连大夫迈进一户人家，孩子们哗啦啦一大片，一齐趴住那家的窗台，专等进了屋的连大夫亮出武器。听诊器对他们来说太过神秘，简直不可思议。关于这件探测器的想象，牵引着孩子们的注意力，他们想知道，这个家伙的里面有什么东西。不幸被这个凉飕飕的东西触碰到，不少孩子吓得哭出声来。好啊，这声音在窗外的孩子们听来像歌子一样动人。不知连大夫通过那根软管子听到了什么，他接下来做的事情是打针，这就更好看啦，美妙的哭声顿时响彻荒僻的边城。窗外的孩子们紧绷绷地揪扯起自己的脸面，眼睛却不失闲地盯住连大夫，盯住连大夫整治的小人儿，看他有怎样的动静，会出什么状况，制造出的麻烦究竟能有多大，以前他们看到一个“小不省心”，把连大夫扎进他屁股蛋里的针攥拱弯了。这跟看戏差不离，你想看啥总会出现啥场面，你不好好看就什么也看不着。土坯窗台上趴的都是有点经验的“戏迷”，房子里面的动静，一幕幕都看眼里了。但是他们竟然会吓一大跳，有人从他们后面大声喊喝：病人还看！你以后就不得病啦？看你到时候是个啥模样。

连大夫这个人好奇怪，只看病人，好人从不抬头多看一眼。到了别人家里，上炕不脱鞋，左右腿交叉，一下子盘坐成一个访贫问苦的干部形状。不管对方有多大的病，他能不能诊断出来，能不能为人医治、能不能医治好，他都说：不要紧，不舒服，不要紧。

病人忙把不适告诉他，并问连大夫：你老说半个头疼，是不是风吹的？如果患者尚小，大人替小人说：尽说肚里闹腾哩，背不住肚里积养了蛔虫？

连大夫说：背不住。

就完了。

连大夫从没有发明一个特别说法，哪怕仅仅是引导一下人们的思路，让他们知道世界上确实有很多病痛是他们现在不明白的，精神世界是这样，人的身体——物质世界也是这样，还有待大家人们去开发、去认识。世界的复杂万象现在还没办法整理出来个道道哩，所以说早晨八九点钟的太阳茁壮成长、好好学习天天向上才很重要呢。他没说。他不多说一句。他的诊断常常和病家的猜测如出一辙。好像他的使命就是重复一遍，让人们的疑虑有希望寄托，并能在连大夫重复以后心中的麻烦、困扰完全释然。

他的全部说法，由“不要紧”开始，以“背不住”结束。

也许连大夫是对的。身边不断亡故的亲人在人们眼里本是命中注定，即使死去的是中年人、青年人，甚至是孩子，这些不到人们以为死亡年限的人死去，他们的亲人一概不求甚解。好像用不着非得寻求一个什么样的解释。人们不需要知道死亡的召唤不是来自天国，仁慈的佛祖恩赐，他们的亲人尽早地去修炼来世了。大自然与生俱来的威胁、挑战、撕扯、吞噬，经过千百年，碾磨、贮存下一些方法，人们默然接受了它。城里蛰居的人家，不时组成一支送葬队伍，向四野进发。乡村里的埋葬信息．时不时地由城里人家的乡下亲戚传来，比城里的葬礼更加简便，有人没了，送个馍馍，送块手绢大的白布片片，也算是不简单的悼念。

连大夫赶去和每一个即将离世的人告别。看见年纪并不算大而面色苍茫、永远沉默持重的连大夫，临终的人们像宗教徒终于领受到喇嘛或阿訇的指导，心满意足，向另一个世界睡去。乡村的亡命人，也有的能赶上连大夫来为他们送别，他们没有这位背着一只牛皮医药箱的连大夫那么累赘，他们没啥要带的，身轻骨瘦，就要去走他的路去了——哭死人的人，拉长声腔哭述着说，你——可怜的人，想吃口馍也没舍得吃，急急忙忙往哪疙瘩去呀……

父亲不信任连大夫，拒绝请连大夫给家里人看病，谁生了灾染了疾，他就说：多喝水，出去晒太阳。

感谢水，感谢太阳，我们一次次从病魔的掌心里逃生出来。

可我不明白，为什么让连大夫给妈妈接生生出我妹妹。

连长一上学就和我同桌，我们共用一张长课桌，可将近四年两个人没讲过一句话。在我印象中，他像只灰狐狸，满肚子鬼主意。我们的接触仅限于他用粉笔在课桌中间画一条线，我写作业一不留神就把胳膊伸出界线，这样，他为保护领地出击，当老师转过身去的时候，狠狠砸一下我的胳膊肘。后来，他用小刀把那条不容置疑的中线永久地刻画下来。那天早晨，我一落座就发现了那条充满挑战意味的边界线；连长那个家伙的黄眼睛保存了神秘和威力，欲笑不笑，正偷偷观察我。我想，再长大一点，能揍动他那天，一定把他打出这个座位。

我一直没有机会给他一点厉害，是因为我一直没有厉害起来。我终于长到不踩板凳也能够着灶台去清洗一家人用过的碗筷时，他已然又高又大，挑着满满一担水颤动着好看的大步，一会儿挑来一担，把水倒进他哥哥挖好的土坑里，他们每天早晚在旧城墙根底下挖土、和泥、脱坯，然后一百块一排码得整整齐齐晒太阳，土坯晾干就用手推车拉到工地上。老师在课上大声说，用你脱土坯挣的钱买一根铅笔呀。连长听是听了，但是不做，照旧把他哥哥用剩的铅笔头掏出来使用。他写字特别用力，小铅笔牢牢掐住埋在手心里。

我常常想，连大夫是他爸爸。他爸爸是连大夫。连大夫也给他接生了。

一个谁也不觉得异常的早晨，一股血腥味夹裹着羊粪的膻气和炊烟在小城上空缭绕。

连大夫家出事了，人们呼吸着浓烈的死亡气息，围住了连大夫家的那几间房子。连大夫的老婆动手杀了四个孩子，而后自杀身亡。这位母亲先杀了那个能脱土坯的老大，接着是和我同桌的男孩连长，然后是连长的妹妹和两岁的弟弟。孩子们死后，连大夫的老婆把两个大男孩劳动三年所得的二百来块钱放进天天烧饭的大铁锅，一把火烧了。天蒙蒙亮时，要做的事做完了，她踩着炕沿把头套进房梁上搭挂的一根粗麻绳索，把自己悬吊在空中。人们把直棍棍一样的女人放下来，铁锅里燃尽的钱币纸灰扑扑索索被小风吹散，有一些沾在血泊中凝固了。

后来，从东部大兴安岭转来了一个鄂温克族男孩，老师让他坐进我旁边的空座位，我和他渐渐熟识。在那个城市的大人小孩看来，我依然是个好孩子，学习成绩不坏，但我的大脑开始混乱，那天早晨看见的景象变幻莫测，越来越不像真的。

寒风瑟缩，沙石迷蒙，在上学的路上，我低着头等待一阵风把我吹走。但是天暖了，风小了，飞到南方的大雁返回来了，又往西伯利亚飞。

一夜一夜，我睡不着，守着黑暗。那个叫连长的人曾经坐在我身旁吗？此时此刻他在哪里？好几次刮黄风，我看见连长在离我不远的地方低头走路，可是没人相信我的话。在班里，我还坐那个座位，还坐在我那一边，每天小心翼翼不去跨越连长划定的边界线。我从来没有仔细看过他的眼睛，在他黄比黑多的眼睛里，除了狡猾和幸灾乐祸还有什么？他闭上眼睛永远不再睁开了？我甚至想不起他在班里和谁说过什么话。连长这个人是不是真的存在过，真有一个叫连长的家伙坐在我旁边那个座位上吗？有一天，我从课桌里看到一截连长用过的铅笔头，我不再怀疑曾经和我同桌的男孩的确是连长。可是连长长到十二岁突然不长了是为什么呀？他妈妈到底是谁。我只远远地见过她在井台上挑水。那是个身材不高，但穿戴整洁的瘦削女人。她有什么想法，不愿意告诉连大夫，也不愿意给孩子们放生，无声无息地把什么都解决了。那天夜里刚躺下，连大夫被敲门的人唤起，去离城二十多里地的牧村给一个吞下一粒玻璃球的男孩喂了几口糖水，返回城里，已是旭日东升，满屋殷红。

这件事发生在二十多年前。

老人们回忆不起连大夫的老婆在那件事发生前有过什么异常。

连大夫的医术到了也没有长进，做阑尾手术仍然控制不了双手颤抖，出诊治病仍然是把别人的疑问略加阐述，然后呢，自己简明、真诚地相信这就是答案。但是人们都记得他，那座城市五六十年代诞生的孩子大多数是由他的双手托举而出，那些孩子降临到这个世界，见到的第一个人就是连大夫。

对我来说，这个世界连长不复存在，我不遑让他看到我长大，他就放弃了捍卫他的权利，再不与我争夺分毫。一夜之间，连长的生命戛然而止，创造他生命的人让他在沉昏的睡梦中结束。

我长大了。我想，我有力量坚持已经想通的事，三十岁应该是个成熟的年龄。但是我仍然没有把握看清楚世界。岁月的困惑一直真实地存在，我也不知道谁能走出岁月的沼泽。

荒　原

二〇〇一年五一节前，我给内蒙古家里打电话，母亲说风大听不清我的声音。当时风暴中心正从内蒙古向南移动，北京地区的天色开始浑浊。母亲说，这里的天是黄颜色。家里和外边都是黄颜色，天上下黄土呢。

一年的时间，大部分内容，在老人们眼里，是一场风。生成败灭，风起云涌，在四季里不间断地发生，人们早有准备。只是风沙势头见年上涨，沙子越刮越多，沙漠面积越造越大，从小踩踏、摩挲，熟悉于心的土地已经不成样子。今年过完旧历年，风沙就没断了刮，比起往年，刮得格外起劲。母亲说，这回是要把天刮漏了。

我说，你小时候见过这种风没有？她说，印象里，小时候刮风，没这些年刮得厉害。那时候冬季刮干风，实际温度比现在低，冷气重，沙子没有这么多，放眼望出去，看不见沙地，没边没沿儿的尽是白雪覆盖的枯草地、戈壁滩和耕地，整个冬天，湖泊和原野结了冰，得有一米厚呢。道路上也都是冰。现在，要么不下雪，要么下大雪造成雪灾。缺的东西，一直让你缺，好容易盼来了，它已经不是个好东西了，成了灾难。想想这些年，哪一年都有雪灾、旱灾、水灾、沙尘暴。你记得吧？

老人们数节气，说立夏不起尘，起了尘，刮四十天大黄风。而立夏那天，大风一准刮起，于是黄沙源源不断运送过来。其实，立夏以后，风平的日子也有几天可数，也许是长出来的草太过稀疏的缘故，它阻止不了风从草间穿过，拖拽不住大风执着的衣袖、肆意的腿脚。只不过立夏以后，小草初长成，土里有了湿气，卷不起太大的风了，小风二三级、三四级不断地刮。假如不刮风，就是好天气，人们欢欣鼓舞，搜寻千肠百肚，把它们搭挂出来晒太阳，把那一天或几天当成一个节日过，从人到房子通通梳洗、打扫一遍。不管怎么说，总算有几天好日子。

是，有过，好日子出现过，不应该忘记。好日子早已升至人们的理想。只是好日子实在少得稀罕、少得可怜。不过，再少，好日子总是好日子，好日子终有到来的那一天。好日子带给人们的好，比起坏日子只多没少。好日子跟向往、跟理想靠在一搭儿，也跟坏日子纠合在一起，它埋伏在人们的日常生活里。确实好日子总能从日常生活里，从坏日子里蜕变出去，攀升起来，映照人们，像那个被欺负得失掉了脾气的太阳，怎么着，它也是金贵无比的。

大不了，你是处在坏日子里，那又怎样？某一段时间，活在那个不算好的时间里，比方说又是一个大风天。风天，就风天吧，没那么严重，刮多大的风，该出门还得出门，出了门，就在风中了。一旦身处风中，你的眼睛，一定要想办法睁开。假如上有兄长，他会告诉你，跟狼狗咬住人的咽喉不放那样，你要咬住方向不放。他会向你传授一个基本诀窍：不管身体被风旋转到哪一边，都要保持高度的警惕性，记住一个标志。就是不忘记目的地，就是记住自己要去的那个方向，是通向小学校，或者是要回家。万一迷惑了，进到荒无人烟的地带，就想方设法寻找电线杆子，顺着电线杆子走，总能找到人家。我被风沙刮迷糊以后，顺着电线杆子找到的人家，都像埋伏在草原上的战备防空洞，看不见有多大形状，一多半墙体埋在沙子里，但那些房屋多年来确实一直踞守在荒原上，深挖洞——一筐一筐往出倒土；广积粮——动员全家老少常年辛勤开地、种粮；备战备荒——心怀远大理想，保持旺盛的精力和坚强的斗志，尽管每年长出来的粮，比老人头顶上的毛发还少，收获的粮食颗粒比娶进村庄的媳妇还少得稀奇，也从不懈怠，内心挟带着勤劳持重的信念，一年又一年就把时间打发过去了。

风沙沐浴着
太阳穿过风刀沙海照耀着
我们
一天天长大

内心的困扰和忧虑，庞杂混乱地贮藏在我们的身体里和头脑里。比如我们常常呼吸急促。因为心里的复杂感受，对谁也讲不清楚，对谁也不敢讲述清楚，全部龟缩于不算大的心窠，于是日日夜夜，那个不算大的、轻薄伶伶的身心被压迫着。一方面，感受着自己的惊惶失措，另一方面领会着父亲母亲由内到外的惶惑不宁，我们和父亲母亲早早地就有了共同的地方、一致的地方：想要顾自己，没顾上自己；想要顾及其他事情，也没能顾及任何一点其他的东西。我们的能力在那个环境里，显得很不成比例。说起来，有点夸张的感觉，但是确实是这样，一个小身体，在风沙弥漫的塞北草原，在居中国五大草原之首的内蒙古 118.3 万平方公里的土地，其中近 88 万平方公里的草原上，你像一个孤立无援、瑟瑟发抖的陀螺，唯有看不见的家，想念中的父亲母亲，系住了坚决的意识。而父亲母亲，和家的方向，却不在自己的掌握中。后来听到一首歌这么唱：“风儿啊，吹动着我的心田……”后面有一种爱情，是爱情，要出现了。

风把我吹起来了
风不要把我吹起来

那时候，我一遍遍念诵的就是这两句话。我害怕被吹到半空，上不着天，下不落地，像一张绝望的纸片。

没有一个小女孩的脸面，没有杂乱的小黑点点；没有一个小女孩的脸面，不被抽搐成老妇女的形状——我们那里，几乎全是这般印染的成色。这样的环境，持续的年头已久。我们的童年就在这样的风沙中度过。

扬风漫沙，不讲章程。大风产生的风沙流，推举着土地进一步沙化，绿草死去，或者奄奄一息。当时，中国科学院风洞实验数据显示，60% 的沙尘暴物质来自中国的北方草原，20% 来自中国的农牧交错地带，这两股沙尘暴占有沙尘物质总量的 80%。而内蒙古是主要沙源。内蒙古历年开垦的草原，退化的沙质草场，干涸的内陆河床，萎缩的草原湿地，在蒙古高压作用下，形成了风蚀源，以致发生了沙尘过程，也导致了内蒙古暴发沙尘暴。全内蒙古目前拥有的 7491.85 万公顷的天然草原，比二十世纪八十年代减少了 388.6 万公顷，比六十年代减少了 1003.43 万公顷，尤其是典型草原、草甸草原的减少幅度更加明显。占全中国草地面积四分之一的内蒙古，从二十世纪五十年代初期到八十年代中期，有 207 万公顷的草原变为耕地，换来的却是 134 万公顷土地的荒漠化。比较人心的柔韧和遗忘本能，北方的草地是直线的，整齐划一的，固执而刚烈的，千军万马一个步调，如一支不屈不挠、勇往直前的军队，经不起反复、矫情和伤害，不具有变化莫测的实验性。北方人亲见这样一个事实：开垦一公顷草地便会导致三公顷草地的沙化。一年开荒，二年打粮，三年五年变沙梁。冷酷无情的沙梁，呈开放态势，迅速蔓延，以致出现沙进人退的结局，是为必然，不过是早一天、晚一天的事。

其实人们都熟悉，沙尘暴是如何伴随人的无可奈何出现的。

歇斯底里的风，裹挟着从裸露的土地上搜刮起来的沙土，将它们扭转变异，形成强沙尘，横亘、弥漫在出人意料的巨大空间里。强大的内驱动力，使其一面卷入颗粒较细的沙粒，倾泻颗粒较粗的沙粒，一面单刀直入、向南推进。大部分较粗的沙粒，在灌木拦截下，缕进缕落，以灌木为支点形成大小均匀的新月形沙丘，直到沙尘强势地将灌木埋葬掉。被埋葬掉的灌木和周边的植物群落，最终会因为缺氧全部窒息死亡。那些出现在中国北部的一个个沙丘，又在大风的作用下不断移动，遇到村庄，像日本人曾经侵略中国以及亚洲其他国家时，对入侵国的人民实行残酷的“杀光、抢光、烧光”的“三光”政策那样，风沙吞没棚圈、房屋、树木、水洼、河流，直至结果掉整个村落。

那些在草场上形成的新月形沙丘，便是由较粗的沙粒组成的。遇上暴雨，洪水将其冲进草场，平铺在草地上，地表结构由此发生物理性变化，也就是沙化，变成沙漠化的土地。

枯燥的、无边无际的土地上，分布了一条又一条因水土流失形成的沟壑，随处可见裸露的树根，牛马羊骆驼们顽强而悲伤地四处觅草……山坡上满是不知来自何方的大大小小的石头，还有沙丘，阻截了人的视线。人们陷入焦虑，的确比过去任何一个年代都更多地感觉到了恐慌。二十世纪六十至七十年代，每两年出现一次沙尘暴天气，九十年代发展到每年出现一次，二〇〇〇年已增加到每年出现十二次，二〇〇一年出现了十八次沙尘天气，沙尘暴过程为四十一天。二〇〇二年三月十八至二十一日，经历了二十一世纪最强的沙尘暴，强沙尘暴席卷了北方一百四十万平方公里的土地。全球气候变暖虽是大势所趋，但人为的粗暴开掘，和远不是科学有序的管理或者治理，还有就是缺乏保障这种有序能够确立和推进的律法和机制。现实景况令人担忧。

而风沙每年以更大的规模和更深的力度滚滚而至，沙尘浸湮和翻卷着整个中国北部。

我在风沙中，你也在风沙中，我们都在风沙中，彼此身处同样的危险境地。工农之间，城乡之间，大家早晚会因为沙漠化，走到一起。这是我们制造的生活，我们只不过是一步一步地走进了这样的现实生活中。现实生活，像沙漠地带一样，充满皱褶；现实生活也像沙漠化的土地一样，积重难返。一个村庄望而却步，一个城市望而却步。北方的一些农民和牧民，不少人已不得不奉命丢弃老家迁徙他乡。

风沙覆盖了房屋、树木
熄灭了曾经有过的
　　人的痕迹
半个中国
在春夏之间变得浑黄模糊

在外行路的人，总有泪水汪在眼眶里，当大风刮过，他们的脸和眼又一齐窝进胸脯里。他们不顾一切地用胳膊肘和膝盖骨突围，向前移动自己的身体。

走进沙地，总是感受到，在人们的意识深处，隐藏着一种悲悯情绪。在中国北方许多地方，都能看到和感觉到人们来自深处的哀痛。面对一个身体，一群生命，一座房屋，一条水流，一片沙地，无可若何。存活于世的人，因为与地球有真实而深重的关系，并因这种关系太过真切和惨烈，因为这种残酷现状的逼迫、折磨，而不能心安理得。那是一些无以历数的让人痛楚的关于时间和空间的印记。

生命是为众多
却如此脆弱 贫秃
土地虽然辽阔
却不再是立足之地

生存环境和人的生命爆发着尖锐冲突，已到了不可调和的境况。

我母亲讲，那时候，人还能出气。现在风沙天，出不上气来。我说，我小时候做怪梦梦到出不上气来，现在醒着也会出不上气？她说空气少了，沙子多了。她刚从四间平房里扫出两铁簸箕沙土。这些沙土是从窗户缝和门缝钻进来的。这些日子，她每天从房间里扫出数不清多少簸箕的黄土。坐在家里，嘴里也会有沙子。有一天，她吃一截香蕉，吃到一粒石头子，她想，莫非香蕉里刮进石头子了？吐出来一看，是她的牙掉了。母亲的笑声通过似有似无的电话线传到北京我住的地方。

母亲的房子装了双层玻璃、双层门。旗里的一些土坯房子，糊了窗户纸的老房子，风沙洞穿，已看不见和外面有多大区别，都是一片昏黄，沉积，苍茫。

五月一日，我驾车从北京出发，沿 110 国道向西、向北行驶，进入内蒙古兴和县地界。风沙越刮越大，沙石蔽日。时近中午，风沙已经湮没道路，二十米以外看不见道路和行人，砂粒敲击着汽车玻璃，不歇气地咣啷乱响，怒吼的风声震耳欲聋。

逆风行驶半个小时后，见到路面上一位农民正用力往前走，抬起的一条腿，在空中晃悠半天终于艰难着地，另一条离地的腿迟迟放不下去。衣裤包裹着的身体，只在空中显出一种往前的骨骼架势，而不能真正迈到前面几步，虚虚实实地挪动着一个曼舞的人形，有点像太空中人。路上稀少的人和车辆，仿佛失去了地球的引力，要被狂风刮出这个世界。

五月三日上午，我从察哈尔右翼中旗出发。当时只有四级风，太阳悬浮在上，大地刚刚有些解冻，草地仍然枯燥，没有绿色，铺天盖地全埋伏着黄沙；戈壁滩满世界焦黄，碎沙烂石被整个冬季和春季的风暴囤积在一个个坡坎下。大货车超压强碾过的路面，沙土烂漫如花。黑色的沥青日积月累，如一块块新旧交替的补丁，东拼西贴，使得一条野地里的路面补丁摞着补丁，而且补得快，烂得快，补不胜补，在补丁上面照开不败的花，最后落成一个个沙坑。

颠簸了两个小时后，这条由察哈尔右翼中旗至集宁市的碎裂公路，并入集宁市至商都县正在修筑中的三级新公路。汽车刚掉转了方向，风沙鬼使神差般骤然刮起。稀疏地散落在田地里，播种黄豆、豌豆、油菜籽的男女农民，尽量与地面贴近，往下、往里收缩自己的身体，他们瞭望路面的脸，包裹在头巾和棉皮帽子里，五官堆聚着，看不清他们的眼睛，也看不清他们心里正有的麻烦或者兴奋所在。

我已走进风中，没有了退路。

晚上，央视新闻联播报告，这一日发生了当年最大的沙尘暴，呼和浩特市和北京城全部笼罩在沙尘中。内蒙古的许多中小城市和乡村，不在播报之列。缺少抵御设施的中小城市和乡村，周边早已被开辟成了光阴地，生态和土地的结构已被改变。当风沙路经，这些土地被席卷、收编为沙地，不日，行将衍化为沙源。

广播里说，四股来自北部的强劲沙尘暴，其中的两股源自内蒙古。

在内蒙古人眼里，黄沙风驰电掣、横扫一切，无处不在，无所不能。因为，全部的全部都被使用了。看看手里，还剩余下什么，就知道没有的是些什么了。

拥有草原的人，不得不接受沙漠。

若是唱这种内容——是长调歌曲，你有倾听长调歌曲的经验，你以为那是为你唱的，每一个聆听者以为那样的歌是因他而起、为他而出——我是说，唱这样的歌，需要找到什么样的歌词逻辑，需要匹配什么音调、和声，如同经过了上苍的手那样，凝合为一？我见过一把被遗落的马头琴，没有泉水和眼泪浸润，也许有过，而现在它蜷缩在干巴巴的戈壁沙滩上，像一盘腐朽的勒勒车轮，或者是一杆残废的猎枪，触碰它的瞬间，发出碎裂、轰塌、愤怒，或者说是解脱的声音。

拥有草原的人，不得不面对无草的荒板地。

若是唱这种内容——还是长调歌曲，你有倾听长调歌曲的经验，你以为那是为你唱的，每一个聆听者以为那样的歌是因他而生，为他而息——我是说，唱这样的歌，需要栽种什么样的理想根芽，永久地、永久地往起长？需要包含什么样的本真面目，挚爱草原，包容草原，灵魂一直在衍生草原？高远的天空，一如既往，天空下面的人，被浓缩成小黑点点。走近，看见他们暗古色的面容里，跟涌起褶皱的土地一样，千秋万载。追求自由在里面，还有他们十分喜爱的理由，在里面。

故事也在里面。

这一切与过去有着联系。正如美国作家威廉·福克纳说的，过去其实并没有真的过去，过去就活在今天。

祖祖辈辈以放牧为生的蒙古族人，虽处地广人稀之境，但千百年间已与草地建立了和谐共生的关系，他们跟艰难的生存条件顽强挑战的同时，眼睁睁看着有悠久历史文化根基的绿色草原日益风化、沙化，夷为苍黄的一色景象。历史上，仅察哈尔蒙古八旗东部元上都一带，即今锡林郭勒盟境内，在清朝末叶，“山有木，水有鱼盐，百货狼藉，畜牧繁息”；而察哈尔蒙古八旗西部，沙化严重地区之一的乌兰察布盟地区，辉腾锡勒——“寒冷的山梁”一带，昔日四十多平方公里范围内，曾嵌有九十九眼清泉。辉腾锡勒百里沃野，也曾经绿草茵茵，气候宜人，能鱼能猎，鸿雁、天鹅、灰鹤及名目繁多的许多水鸟在此繁衍栖息。史料记载，北匈奴被汉击兵败漠北后，一部分残余与日渐强盛的鲜卑人杂处通婚，其中拓跋鲜卑南下建立北魏，其开国之君拓跋珪命令，于九十九眼泉旁边立石亭作永久纪念；其子明元帝拓跋嗣后也曾率大队人马在九十九眼泉一带长久盘桓。成吉思汗之子、太宗窝阔台在此地骑射练兵，运筹帷幄，并发动了声势浩大的第二次西征。随后辽代五任皇帝先后在九十九眼泉避暑观光，其中道宗、天祚二帝抵达此地有五六次之多。清康熙帝也曾在此游猎、玩赏，流连忘返。

但是到二十世纪六十年代，在九十九眼泉旁出生的孩子们，却只能看到这片土地上稀疏的纤草和孤寂的乱石。曾经矗立的大大小小的庙宇被砸碎了，处决了；往远，山头上像一个人似的坐着一堆碎石头，那是父兄们堆聚的敖包，想给出门远行的人一个志示、坐标，心中始终能够树有信念，清晰明了圣地圣贤；也想让孩子们记住祭祀，这些和他们吃饭穿衣睡眠或者喜悦悲戚洗心革面等量齐观的重要祭祀、祈祷；并且学会以此识别方向。敖包，是老人们与上天，与辽阔久远的历史交换心灵话语的地方。敖包储藏了激情，梦想，愿望；敖包点化了一个又一个冥顽之心；敖包通向远处；敖包既是一个高点，也是一个灵魂栖所，或者就是心灵驿站。对成人来说，敖包包容了他们的日常生活和精神寄予；琐碎的一切，都在它的眼里溶解为水，滋养心田，哺育长久而艰辛的生长。敖包，差不多就是他们心目中的旗帜，是他们启程上路的号令，疲惫迷惘困顿时候的救助塔台。

只有没头没脑的孩子一眼看到本质：那是一堆石头。远远地看，走近了看，好多年以后再接着看，确实是一堆石头。但是，多年以后，他们也像他们的父兄和母亲们一样，走过去，往上堆放转圈诵吟时捡拾起来的石头，也如他们的兄长和老人那样，开始敬重石头，珍重石头映照出的光泽，捧住那些剥削、流失的沙土和滴落下的水珠，不知不觉浸注了自己的体温。

他们想，这是祭祀用的敖包，辨识方向的标识，祈祷时能给予人们的昭示。

而九十九眼泉，只是史书上和人们嘴里边的说辞，他们从未得见，如果真的有过九十九眼泉，也已经萎缩干涸，与曾在那一带活灵活现过的众多灵魂一道灰飞烟灭，与周围的原野连成一片蛮荒不羁、望不见边缘的戈壁滩。但是亡灵和他们的故事至今存活在人们的心里。从小就听到当地的蒙古族人、汉族人神秘而自豪地说："九十九眼，就差错了一眼，要不然咱们国家的首都会建到这里。"说的人脸上一派光荣，表情是那种确定无疑，眼睛里融和着真诚无邪和遗憾。

地下埋葬的，是曾经踩踏、磨砺过这片土地的人和事，所以遗址从石器时代到近现代，遍及辽阔的察哈尔草场，出土文物不计其数。还有黄金。还有……地毛。于是不间断地流动来国内国外的人，对富饶的草场开肠破肚，掘地三尺，致使这片草原遍体鳞伤。那位天才地创造和实践用兵奇术的窝阔台大汗，遗留给辉腾锡勒草原的兵器库，被那些常年遥想九十九眼泉的后人们奉为圣地的兵器库，现在已经脱落为凄凉的土丘。兀然屹立于一片开阔之地的窝阔台大汗的点将台，这一神圣处所，也已没落。装载过奇迹般辉煌的点将台的正中，那个碗口粗细的圆孔里，老人们指出，曾经，高高地插着窝阔台大汗直指西方的大旗。

旧时雄姿，今已丧失殆尽。九十九眼泉，像一个传说，也像一面被风刮漏了的残败旗子。

“风干雨水，哭干泪水，土地的灾难哟，无处安葬。低矮的祖母哟，靠在毡房门上,向远处张望……”等待上天招引他们回轮和轮回的老人，斜垂胳膊，掌心里坐着小半碗清淡的奶茶，口齿不清不楚，迷迷瞪瞪地哼唱。

从小见惯了这样沉昏的老人，听惯了他们忧戚的声音。我那时候以为，他们的那一点点力气一定是窝在脖子里。因为他们低头待着，听见动静，微微转动一下脖子，不抬头便知道我进来了。他们喊我的名字，为我倒一碗淡而薄的奶茶，把几粒炒米、一小片奶酪递给我，跟我说话。我听见的故事，在我长大以后，才有能力把它们串联起来，那些事情很久以后才在我心里显现出一些眉目。

我很久以后才懂得，草地的麻烦，非一日所积。

这之前，二〇〇一年春节前，我匆匆回了一趟内蒙古老家。冰雪覆盖了大面积草场，救灾的人们分批进去，但许多牛羊和人，还是在远离城市的地方被埋葬了。我第一次看见大雪是黄颜色的。城市、乡村、牧区的人们，在那里欲哭无泪。以前，雪在地上，月亮在天上，天地清澈，万物明净，人们站在那样的月光下、雪地里，想干好事、想干坏事，都去干了，没有停下他们的脚步。现在，皑皑白雪已经变成黄颜色的了，自然界的因素没落无忌地滋溢，不知道越来越多出来的狂躁的人会往哪里走。人们干好事或者干坏事，是不是会比以前心甘情愿，或者更加肆无忌惮、了然无有边界？

我在牧区看见一位走不动路的老人，头缩在棉袍里，感觉错综复杂地看着抢险救灾的人们，嘴里念念有词。开始我以为他是说给人们，他死了多少羊。过了好半天以后他抬起眼见到我，拉住我的胳膊说，姑娘，可怜的姑娘。走过来走过去几趟，我终于听清了，他在念诵万物安详的经文。

今日草原，会念这种经文的人，没有几个了。

草地一天天败坏，虽然牧民拥有的牛羊多了，但是草地从他们身边滑落了，眼看着它们沉没，牧民的心凄楚如焚。大量开垦草地，且被开垦的大多是条件比较好的山地草原、草甸草原、典型草原及低地草甸；占用草地，挖矿、掘井、修路；草原边缘的农民每年成群结队流散于草原，搂扒地毛——就是发菜，被列入国家一级保护的一种可食用的营养植物——连带地毛所依附、缠结的其他杂草的草根一同拔去；长期过度利用草地，建居民点、饮水点，放牧强度超出负载极限，并且过量养殖山羊，把草地和山冈上的最后一棵草连根吞食掉。牧民的“有”，使他们更为沉重。

这一行为的结果，也即代价，是整个中国北方的草地，和草地上各民族的人们不得不因为草地退化而改变生存方式，沙漠化已经逼近了各民族珍重的生息之地，没有其他选择。多年来推崇这样一种思维模式和整理手段，并当作政策和策略基础铺展，今日风沙变本加厉袭击实属自然。内蒙古草原的退化面积，现已达到四千六百七十三万公顷，而且仍在以每年数十万公顷的速度退化和沙化。研究草原沙化问题的科学家说，内蒙古的天然草原大部分已经到了“最后治理期限”。

二十世纪七十年代，全国土地沙化扩展速度为每年 1560 平方公里，八十年代为每年 2100 平方公里，九十年代的前五年达到每年 2460 平方公里，后五年则提高到每年 3400 平方公里。南方的城乡已经感受到了来自北方的风沙侵扰。

我曾在送给朋友的书里写过这样的话：愿你端坐在北方吹来的风里，愿你的眼睛里充满幸福。

但是，那样的风和幸福，因为渗透了北方人的泪水，已模糊不清了。

源自北方的沙尘暴，无常肆虐，不顾人的意愿南下了。北方的风中，有了说不出的悲怆滋味。

那句题词只是一个诗意的念想，在强劲的风沙面前，单薄虚弱，不堪一击，我再没有提起它。

丢失的草地

一九九九年七月，巴顿放暑假，我们去了河北丰宁县坝上草原——大滩镇元山子东道自然村，住进旅游站的一个蒙古包。

丰宁满族自治县，紧挨过去察哈尔蒙古八旗“四牧群”中的三大牧群，出产的“口马”“口羊”“口蘑”名声在外。我们住的东道自然村，耕地稀薄，沙地牧场放任自生。它西邻河北沽源，东接森吉图，往北，连接内蒙古锡林郭勒盟的太仆寺旗、正蓝旗和多伦。而正蓝旗是蒙古语标准语言基地，元朝时重要的政治、军事、经济、文化中心。元朝迁都大都（北京）后，正蓝旗境内的元上都改为陪都，每年夏季，元朝皇帝率领众臣僚回到元上都避暑、处理政务。上都和大都并称两都，十三世纪时，上都这座名城通过《马可·波罗游记》远播四海。到明代，此地属北元云需部万户游牧地。清乾隆元年，清廷于察哈尔左翼四旗置四旗直隶厅，四十三年改为丰宁县。以后丰宁划归卓索图盟，成为当时内蒙古地区六个盟制之一，民国以后丰宁分割出去归属热河省。新中国成立后，一九五五年热河省建置被取消，所属丰宁等县市划归河北省。

巴顿比较熟悉丰宁西北部的内蒙古，每次乘火车回去，兴奋不已。从低海拔的京城，攀旋进入中国北部山脉紧缩、沟壑纵深的断块山地，海拔 1000 到 1500 米高处。而姥姥家，是在蒙古高原上，隶属察哈尔右翼旗部，位于海拔二千四五百米处，山势相对和缓，间有望不到边涯的草场、荒野。在那里，开垦的农田，要么沉闷于风雪，要么奄息于风沙，村庄与村庄之间，相距非常遥远，它们被戈壁草原隔断在寂寥的北方。巴顿想在那里上学，我没同意，做母亲的不能放弃抚养孩子的责任和义务，他就说上完学要回到那儿当一名体育教师。但愿他的想法能够持久，他在北京住的院子里踢球，“撩了一下脚”——他这样向我解释，就把邻居的玻璃踢碎了，第一时间赔礼道歉，打扫碎玻璃片，找地方更换玻璃，仍愧疚致歉。有一次玩儿得高兴和小朋友们喊叫出声，被占地建房的一家公司的领导抓住拍了一个耳光。我不确定，有一天，他忘记了在北京踢球的经历，还会不会想去内蒙古当一名他称作“自由自在”的体育教师。

这是巴顿第一次坐长途汽车，不去姥姥家那边的草原，而去另一片草原。这片草原也坐落在那么多的高山上，他感到惊奇。他说，原来所有的草原都是在高山上，所有的草原都离太阳更近。

傍晚，我和巴顿出去骑马。这片低山丘陵草场，蒲公英、黑麦草、羊草、散落的野蘑菇和杂类草，让我和巴顿像置身在察哈尔家乡的草甸子上。

草地里只有两个当地人，牵着两匹马，一马雄健，站着就想往出蹿；一马低矮，闷头吃草。巴顿提出他骑大马，他七岁时在内蒙古学会骑马，嫌小马跑不快。小马的主人刘亚飞是借马来让客人骑的。骑到半途，原主人又送来一匹马，刘亚飞上马，和我并排，一边骑马一边拉呱。刘亚飞借来两匹马租出，所得的二十元费用归马主人（其中两元交税），他另得小费十元。我上马前他跟我讲定价格。刘亚飞是满族人。我问他，现在还保留了哪些满族人的习俗。他说现在没什么忌讳了，讲究也没有了。看了电视剧《雍正王朝》，老辈人讲起过去的礼节，他们就听，只剩下听的份儿了。

满天满地的乌鸦，在夕阳的残红里追逃，那些站在电线上、跟着电线荡漾两下的乌鸦刺刺啦啦地叫唤。我来坝上前一天，跟母亲通长途电话，她说腿疼，不能下地走路了，坐在炕上看天上的乌鸦。乌鸦刚把旗里的广播线扯断，把母亲喂狗的食物也带走了，母亲给院子里那窝麻雀撒的米，麻雀都没吃着。现在她下不去地，出不了院子，她窝在炕上等人来帮她给小鸟送点吃食。

我交了坐骑。返回驻地已是黄昏。微光照射，浅草疲惫地喘息。而乌鸦成群结队踞守在草地里吵嘴。刘亚飞说这是不吉利的东西，但猫头鹰更不吉利一些，老乡从不伤害这些个东西，怕惹出什么麻烦。他们到冬天打一种叫斑什么的鸟。是国家保护鸟类吗？他说管它保不保护呢，到城里，一只可以卖到二十几元。还有山兔，冬天多，夏天也不少，但夏天的兔子有青草味，不好吃，老乡一般不打，到冬天家家下套子。噢，不用操心，当然不能伤到马。狐狸？有，还有呢。现在人们不太打狐狸了。但是打山羊。这里没有黄羊，他们打黄羊要到北面一百多里外的内蒙古锡林郭勒地界打，可那里规定不让打野生黄羊，这边的人悄悄过去偷猎，那边的蒙古人若是碰到，就把人放倒。

说到短处，我一时语塞。我曾经早出晚归，拍摄纪念抗战的纪录片，拍摄活佛转世的纪录片，但没做过一部牧人和偷猎者之间迂回交战的纪录片。想过多次，也没真正动手去做。家乡的野生动物几近绝迹，广袤的草场日暮途穷，悲怆世事时有见闻。说实话，有好多年了，很忧虑，内心不得安宁。

内蒙古人对偷猎和破坏草场者无可奈何。最近几年，每次回家，都能听到发生在家乡的关涉草场的伤人案或命案，以暴易暴，粗陋、悲惨。在日益退化的草场上，牧人白天喝喊、恐吓偷猎者，夜晚打伤甚或偶尔打死搂地毛（发菜）的农民。除附近的农民外，很多偷掠者是从宁夏远道过来的农民，他们成群结队进入草地，将内蒙古的地毛大规模运输回宁夏，挑拣加工，精装成品，包装袋上印“宁夏特产”向全国甚至海外出售。搂过地毛的草场从此裸露，不再有混生草芥。昔日繁茂的草场，就这样被人为损毁、撂荒，沙石泛起，刮得漫天遍野，牛羊无草可食纷纷倒毙。于是牧民拿起猎枪保护牧场。一俟案发，警方去现场走一趟，草草询问一番走人了事。死者扔弃荒野，任狼和秃鹰分解。

一个人自生，可能就此自灭了。一个家走出去一个人，可能这个人再没能回来。一个村庄二三十人和别的村庄的二三十人结伙……很快组合起二三百人的队伍，每隔十来天就出发，去草地做发财的梦。白天像人，躺在坡地低洼处挖掘的等身长的地洞里睡觉；黑夜似鬼，悄悄潜进白天侦察好的草地搂一夜地毛，天蒙蒙亮返回地洞，在睡觉的地洞边上埋伏好裹着杂草的地毛，一觉睡到黑，等待下一个黑夜降临。返回村庄时也许某个同伴已经不在……我曾经跟踪采访内蒙古地域一个搂地毛的青年农民和他的妻子。那位叫郭四清的农民丧失了昔日天不怕地不怕的“二不愣”气概，记忆消退、目光呆滞。他的妻子劳花对我说，她丈夫“一走十几天，哪有吃的带呢，一天顶多吃一个窝头，有水喝一口，没水就干着，实在渴得耐不住了，喝草地的水泼洞积的绿毛水，怕被人发现不敢四处走动，一白天尽窝在地窑里头。能回来算事，回不来那就回不来了。能怎么着呢？”她在地里锄草，顺带瞭望那些出去搂地毛的男人们的身影。“没钱交税，孩子们上学也没钱给学校。”

牧民与草依稀生长，对草场一般不有暴殄、暴利之心，其后生晚辈从小被灌输“要像爱护自己的眼睛和心脏那样爱护草原”。劳花说，这些她也知道。“咱们的铁耙子真的把人家的草败倒了。铁耙子下去，草就连根拔出来。”她丈夫跟村里的男人们冒险在深夜耙搂草地，所有搂到的乱草都塞进编织袋，等逃出牧民的领地，再粗粗挑拣。回家后浸泡，梳理，一根根把地毛细挑出来。搂二十多亩草地能得到一斤地毛，进一趟草地净搂地毛五至十斤不等。有人专门走村串户收购地毛，卖到南方一斤能得二三百元。她说她只能挣个小头。我说郭四清会不会再去？她吭哧了一会儿，说，要是没办法冒死也得去搂呀。

河北丰宁大滩镇元山子东道自然村的刘亚飞说，这些，他们这儿也有人干。

刘亚飞家兄妹四人，他是老大。他有两匹马，靠租马乘骑一年可以收入两到三千元。他们村满族居多，汉人、蒙古人也有，各族人们都会种地。一百多年前，这里是一片深草地——我想，这儿也许跟我家乡一百年前一样，也是风吹草才能低下那种景气。刘亚非说，他们县的地盘在河北是第二大。他笑着说，他们迁移到此地的时候，这里更大。快有一百年了吧，迁到这儿。他们在关里受不了欺负跑出来的。我推算，正是清朝帝虎落平川、下岗歇菜的时候，满族人那时节万马齐喑。

结束骑马，我付了多一倍的小费。刘亚飞很高兴，说明天八点他等我们“娘儿俩”。

第二天，我和巴顿按时出了木栅栏。有农民走上前来让“骑马”，我们说不行，约定下了。栅栏前面都是马，都是当地人，还有拴马的一米半高的木桩子。我们从他们身边穿过，没有看见刘亚飞。终于见到头天租借给刘亚飞马匹的老乡，他抬手一指西北方，说刘亚飞的马在那儿，有人骑呢。那是一片看不见马和人的草坡地。我和巴顿一面等待，一面在草地里晃悠。捡了几个小蘑菇。巴顿问：“我们必须等那个刘叔叔和他的马吗？”我说，头天说好了，得守约。我们踩着露水走到草场深处，希望能够碰到刘亚飞和他的马。直到中午，未果，我们只好返回。在木栅栏前的集中地，见到刘亚飞在跟抽税的人高声交涉。

周末，旅游站举行篝火晚会。百里以外的内蒙古正蓝旗乌兰牧骑的散兵游勇赶过来包场演出，一场晚会，一个队员挣一百元左右，而乌兰牧骑日下已经开不出他们每月降至二三百元的工资。这群特古斯（时任正蓝旗旗委宣传部长，我们认识）的兵，唱《青藏高原》，嗓音条件比李娜天然、宽厚，颤音悠远，但那位姑娘只把歌当作声音，当成别人的而不是自己的声音发出来。没有人相信她的声音不是从里面生长出来。她一出生，一种长草的土地就坐进她的身体里。依照高原的水草熏染，她会日益地朴质、丰腴，因为一生一世，复又一生一世，那种持续的生活信念和精神本分会轮回、生长。只不过，一段时间以来，她忽略了草地，身心脱落，变得既亲近，又陌生和遥远，她唱歌时候呼出的冷空气断断续续地飘忽，也许她也说不清楚从什么时候起，声息挂上了霜。声音里面，不经意、不快乐，已然厚厚地铺了一层什么。还有，造物主安植在心田里的和美、顺应的节律，也被斜插出来的力量搅扰得起伏不定。在听众看来，心不在焉的乌兰牧骑女歌手，对自己的天赋保留着自信，她只是不耐烦自己正从事的歌唱工作。从听者的角度看，是演唱者遗弃了自己的声音，她的心声跑远了。一个人的心声去了哪里？她的眼睛迷茫，虚妄，冷若冰霜。

那种感觉是怎样发生的，怎样发展的？原始的，像土地一样的分量减少了。原本的激情，真心诚意的活法和态度，眼见着消失了。人变得不那么单纯、不那么踏实，不那么自信，不那么相信他人，不那么快乐，不那么幸福，不那么安于现状……她只是一味地输送出颤动的嗓音，她的声波在夜空里来回滚动。歌曲的内容和她发出来的声音的内容已然间歇、消逝。这是我从西部到东部内蒙古常能听到的年轻人的没落声息。

听着司空见惯的公共歌声，无可奈何。

我发了一会儿呆，进去跳舞，又坐下来喝了一些啤酒。见巴顿正和几个半大不小的孩子在沙土地里、在空旷的乐音里，欢歌笑语。跟孩子在一起，还是觉得幸福。

回到草地，放松不少。多年离家在外，现在这些草场，这些原来北方各少数民族，匈奴、东胡、乌桓、鲜卑、柔然、突厥、回纥、契丹、女真……割据活动的地区，真实地铺展在眼前。这片经年流渗鲜血汗水的土地，被一盏高高悬挂的电灯叠映出一些花样，忽忽然然闪动，让人欢喜，又有一点哀痛。默饮了一些生啤酒，感觉稍好一点。可这时，千年古话真就黯然照映了。

许多真实确实已经消失，真实的幸福，真实的悲苦，真实的拥抱，真实的哀悼……还有真实的爱恨恩仇。一种真实逝去，另一种真实生还，好比真实的绿色牧场几十年间一下子消退，冷酷的黄沙走石漫天遍野。

人活着，时常会感觉到真实的干燥和残酷。

突然想到忽必烈和其兄弟之间的征战。成吉思汗之子拖雷的第二个儿子忽必烈，对中原的制度和文化嗜好很深，在他身为亲王时，奉兄长蒙哥大帝之命多次率众南征，每战必胜，每胜必使新征地的新臣民归心于他。一二五六年，他命人在桓州之东、滦水北岸的龙冈营建宫城，三年后完工，命名为开平府，就是今正蓝旗元上都遗址——此地离我们所在的旅游站仅有一百公里之遥。一二六〇年，忽必烈在开平府被推举为蒙古合汗，他的弟弟阿里不哥几乎是同时，在西部大汗都城哈剌和林被支持者推举为合汗，于是兄弟二人多次兵刃相向。开平府升为都城、定名上都的第二年，即一二六四年，大败的阿里不哥及其同党诸王前来向他的兄长忽必烈投降、请罪。兄弟二人在御帐里相隔阂望，潸然垂泪。不幸，元帝国末了，到继元代遗业、统一蒙古各部的鞑靼国，以及各部随后几百年的聚散合分，无不败于蒙古后人间不休的争夺、离析、内乱。生灵一再失声，景致再三荒芜。

有一句蒙古谚语，翻成汉语大意是：覆灭的火焰自燃。

草地连起的城郭，像人的耳朵。它能完成什么呢，只为让人躲在窝廓里面吗？我的家人是在那里。可是我听不见他们的声音，他们也听不到我的。我的忧郁，在这轰鸣着幸福的时刻，那么多地充盈到我的心里。我的心境是那个草地的城郭无法窥见的。

人与人是不是有另一种渠道可以连接，像草地那样式的？草地有生命，和人一样，但也和人一样，颓萎，没落，虽有犹无。谁愿意注意它，倾听它呢？需要草地的人，是些顽冥的人，虚弱地依附于草地，想请草地倾听他、帮助他，而不是谦恭、虔敬地倾听草地、帮助草地。人顾不上草地，顾不过来草地，草地的秘密终将像人的秘密那样，随同季节一起生长和泯亡。

我在这里，等待一个声音。我母亲正在察哈尔西部的家里，等待一个人来帮她给院子里的麻雀送一点粮食。

农民的快乐和苦难

太阳下山，该赶路回家了。

农民悄悄背出去的东西又悄悄背回来。

妻儿老小怨声唏嘘。他们本指望他能换回一些钱，还清年初孩子们上学赊欠的学费。

农民坐在后炕，身体略向一边倾斜，那边的膝盖支撑着他握烟袋锅的手。烟袋锅在他面前升起一缕灰白色的烟柱，烟叶是在院子里人看不见、太阳能照见的地方种的。小儿子四海注意地盯着父亲，父亲脸上是一道又一道永不消逝的皱褶。在农民刚进家门时，那些皱纹轻快地向上弯曲了一下，他坐到炕上，喷出第一口烟雾，皱纹就耷拉下去。

四海想起白天上图画课，那个蹦蹦跶跶、走路踮着前脚掌的男教师说，画人快乐的表情，就把人物脸部的东西画成往上弯曲的。那个老师还说："人不笑才叫怪呢，不想笑也得笑。"这位集音、体、美、语文、算术教学于一身的民办教师，每上一种课，就告诉孩子们一个学习诀窍。

四海想：记住这些秘密诀窍，过一二年，我也能当下这个民办老师。他捡起一截树枝，面冲南，坐到窗户底下喂猪用的石槽子上，就着傍晚灰蒙蒙的光线，在猪一边吃食一边撒尿的土地上，描画他的父亲。他先画一个基本对称的多边形，停顿了一会儿，把眼睛画到了脑门上，而脑门以上不准备再画毛发，他父亲的头发已经掉得差不多了，那部分就让它保持光板一片。父亲是国字脸，颧骨、下巴，瘦骨嶙峋，棱棱角角撑起那些长着胡楂儿的皮……在和撒了喂猪的灰菜汤、拉了猪屎尿的土地里，农民努力睁开儿子为他安装的一双眼，忧郁、惊恐地看着他的四小子。四海猛然惊醒。他画父亲，咋就忘了老师教给他的办法？他来回琢磨地上的画，他的父亲跟老师教他画的那种笑眯眯的人，怎么也配不上套。

他拉过一只脚把地上的画擦掉，开始画新的。这回，父亲长了短寸头，眼睛眯缝着向下弯曲，颧骨还是高昂的，统领着底处的下巴。在这幅画的最后，四海着"笔"小心翼翼，于是农民的嘴角和脸上的皱纹全都向上翘起来了。四海小时候，父亲常用手指头点着四海下嘴唇底下那个小肉坑，逗他："给爹笑一个？"现在该让爹给我笑一个了。

他换了一个姿势，重新打量灰土里的父亲，父亲的眼睛和嘴都是一副勉为其难的样子。这大概就是人们说的苦脸了。长一张苦脸的家伙最难对付，也最难改造。

一张愁苦的脸，怎么才能画出笑容来呢？天完全黑了，四海收兵，想等改天再战。

农民每天收工回家，习惯一声不吭坐在后炕上。那是他作为一家之长理应落座的地方。顺山大炕上，烂苇席上东补一疙瘩布，西纳一疙瘩塑料，只在他常坐的地方铺了一块旧毛毡。几乎每个"海子"小时候都在那块毛毡上拉过屎、撒过尿，白毛毡被他们的娘擦洗得年头多了，陷进去一块，突起来一条，早就变成了世界地形图。那些年，他们的爹一出家门，他们就去抢占那块毡子，好似谁坐上谁就像个王，尽情享受毛毡子软乎乎的好处。爹一回家，他们赶紧腾地儿、让座，躲得爹远远的。

农民似乎什么也没有看见，他一回到家，就沉浸在高强度劳动后身心终于和缓的安适中。脸上的皱褶因为猛吸烟袋，突然鼓胀了一下，随着一口浓烟喷吐出去，那些沟沟坎坎又都弯曲下来了。

农民的快乐是没有结果的，就像农民的苦难没有结果一样。

农民平常不大说话。也许是苦寒惯了？天黑以后凑到队部开会，等书记、队长讲完，他顶多接下茬，说个笑话："大哥念完我念，一步迈到当院，一脚踩塌个猪圈，猪娃子跑下（发 ha 音，四声）一院。"大伙干干燥燥笑了两声，散伙，回家，睡觉。

此时，他心里在想什么？

农民有一次说了一句苦幽默："咱们农民没来由，一年到头背死'牛'。"这话被下乡干部加工加工，变成："这个老汉没来由，一学毛选就走正路。"农民听了，被逗得嘿嘿直笑，一笑："你说人家也爱编排个顺口溜溜啊？"二笑："这话有些道理哩！"他高兴起来。为感谢干部，把干部领到他家吃了一顿尽了全力但干部仍然苦不堪言的晚饭。一撂下饭碗，干部拔腿就跑掉了，农民冲他喊一声："王领导走呀？慢慢走，黑天打洞的！"他跳下炕追出去送走王领导，仍旧坐回后炕，吸他的烟袋锅，吸他悄悄种的几星点旱烟叶。

这是前年的事儿。

农民时常想起那位王同志。王同志如今是县委副书记。今年刚过旧历年，王同志带着县委一班人回到他们村，一下车，就从队部为他们事先准备的一堆箩筐里，拎一个挎在肩膀上，满村庄转悠去了。快到晌午时，每人捡回一小筐粪，倒进大队的冻地里。王书记和县上的领导们走了以后，村里人一直没闲着，积肥，开会；开会，积肥。放寒假的“海子”们，也有积肥任务，每人十筐。四海妈看见四海一吃完饭就去院子把边儿石头围起来的厕所拉屎，然后守在院子里，等着上冻，最后收进自己的粪筐，他的哥哥们无论怎样，也抢不到他的“财宝”。新学期一开学，四海领回的课本，第一面就用红笔写着：“农业一枝花，全靠粪当家。”三海抢过四海的新书，在上面写了一行歪字：“自产自销”。四海气得哭了一鼻子，用橡皮擦掉了三海写的丑字。

一辈子干下来，农民感到有点疲倦。除了孩子们一天天成长起来，他跟老婆，胳膊腿儿动哪儿、哪儿响。他知道，是积劳成疾、过早衰老的征兆，他们散架的日子快到了。

老婆带领他的儿子们，不紧不慢做着临睡前的家务活儿，准备明天下地要用的农具。他们跟他说的话，他一句没听进去。更不知道四海盯着他动脑子，是为了下回给他画出一副好模样。大海盯着他，正在想一句话：“爹天天闷着，让人受不了，真想一拳把他打倒。”当初，儿子们打架打得难解难分，他走过去，从一群孩子里挑出大海，不容分辩，提拎起大海朝门口一甩手，大海在门外打着骨碌往土坡下滚。如今大海的个子早已超过他爹，走进走出，声大气粗。大海妈在大海十二三岁时，就买了一丈红灯芯绒压在箱子底下，等着有一天给大海娶媳妇。这是他们家至今唯一的积蓄。他们家四个“海子”，虽说个个缺肥少料，却没误了疯长。眼看大海二海都到了跟爹妈要媳妇的年龄，大海妈心里着急，火攻了心，早早地白了头。大海妈看着这个既熟悉又陌生的闷罐子老汉，气不打一处来，但又不太敢言声。

农民一直闷头想着自己的心事儿。本来他有些话想跟干部说道一下（同上，发 ha 音，四声）哩。这个王干部水平不低，他来了以后，把村子里春种夏耕的一些农事都编成顺口溜，他还带着顺口溜进城，唱给县上的领导听。结果出乎全村人的意料，村党支部几天后就成了先进党支部，大队成了先进大队。村领导一夜之间名扬全县，弄得村领导真有点忙不迭，但他们认准一条：得拿出过硬的样品来，于是赶紧成立了铁姑娘战斗班，指望那些个女女们，再为村里创造一点奇迹。那些女女们一个个头扬得高高的，跟刚斗罢公鸡、正扬扬得意没地方摆翅膀抻腿的鸡婆似的，大声嚷嚷着从老乡们面前走过。农民心底里看不惯女女们一个个都是这副架势。老人们不是说嘛，“抬头老婆低头汉，子子孙孙全完蛋”。

但村子的确日新月异，这变化鼓动着他。他感觉有一些重要的话需要和人叙说叙说。他还想印证一下，除了毛主席，谁能解答出来？他觉得干部也是一个很神秘的事儿，你不理他，他来找你；你理他吧，他又不尿你了。永远想不明白干部们的事情。

他想问这位王干部的，就是：“时间是从什么时候开始有的？世界是什么时候出现的？宇宙和世界谁大？到底是先有宇宙还是先有时间？……”

国家有难，匹夫有责，骄傲的男人都这么考虑问题。他考虑的问题都很重要，比如：毛主席百年以后咱们国家怎么办呀……那些领导人为什么一面号召打倒地主，一面又好和那些地主家的女女结婚？他们咋都不跟咱贫下中农家的娃娃结婚？还有……那些东西他见天在心里整理，但他死守着到底也不会说，因为他一开口就怕什么都说不清楚。

即便说出来，连他的家人都可能奚落他，对他茫茫的、土地一般辽远的使命感或者杞人忧天不以为然。他和他的思想因而都沉寂如山。

他一生都能保持住他的沉默的快乐，他就有福了。

实际上没有。他看到的事情很多都是残缺不全的，他认为是没有按照道理进行。

他有痛苦，是因为他的想法超出了他的日子。他知道自己管得太宽。没人需要他管这些跟他够不着的事。他老婆有一次鼓足勇气说："你吃饱了撑得？"他在心里苦笑，他每天吃不饱肚子。他的儿子、老婆也没吃饱过。

唉，苦是自己的，没法跟人说。

谁能把苦说清楚呢。

他没卖掉自己的作物，但他认为他的东西是好东西，这就够了。他不为那些没卖掉的东西发愁。人们不敢买卖，也实在买卖不起，偷偷摸摸跟做了贼似的。大家没吃的，手里又缺钱。比起来，咱们没钱，但咱们有一点点东西，这就是件好事情。好事情又跟着他一起回来了。他带着好事情回到自己的村庄，回到自己的家，总还是可以自豪的啊。

于是他那沉重的步伐，又踩踏在田地里，着地时间短促，响动结实有力。

他坐在那里，闷不出声地笑起来。这一笑，把脸上层层叠叠的皱褶卷担着一齐向上翘起来。过了一会儿，笑容就没有了。确实没什么可高兴的，没有由头。可是，说不高兴吧，也没有什么太大的麻烦。日子是自己的，老婆孩子是自己的，苦乐也是自己的，这些事情说不清楚。什么滋味都有，都在心里、在脚步里，在日子里，只是他说不出来，也不知道从何说起，说给谁是个好。谁又会听他说呢。

老乡们说，什么时候迈不动腿、抬不起脚步，人就完蛋了。只要没到那一步，什么都用不着愁，是不是。

说什么呢？

北方农民从不言苦。

四海跟着他哥哥们疯长，再也没想起张罗一下去画他的父亲。

冬　季

二〇〇二年十月八日傍晚，我从内蒙古回到北京。

人回来了，心还留在那里。

内蒙古已经上冻，回去那天夜里，车停在院子里，水箱就冻住了。早晨地上结了冰。气温继续下降。

离开内蒙古的前一天，先下雨后下雪，然后是结冰。

我父亲呼吸困难，拖到不能再拖，他终于同意转院。一大早护送他去呼和浩特住院，从背部先后抽出五斤多积水。我利用“十一”长假，赶回来看望病重的父亲，看望不顾病痛一直照顾父亲的母亲。现在随父亲转战到了呼市。医生说父亲的一个关键手术不用做了、不能做了。父亲问我们几个儿女：结果是什么，跟我说一下。大哥说出医生讲的全部话里的一小部分。父亲问：还有什么？又说出一小部分。没有啦？大哥说没有啦。父亲说：没啦，出院。哥哥和我，一鼓作气驾车开回我们旗。

晚上，向父亲报告央视晚间时事播报的新闻，美国“倒萨”事态，西方各国、各方面的反应，南美洲政变，亚运会，国际象棋大赛人与机器对垒等等。父亲临睡时问我：还有什么要和他讲。我说了三点。首先是关于饮食问题，爸爸一直比较讲究。咱们继续，再接再厉，食物控制好了，糖尿病的指标还是能控制住，好迹象还是能表现出来，这是咱们能做的，不要放弃努力。再一个是跟妈妈说话，要有耐心，妈妈耳朵背，听不见、听不清的时候，不要着急，不要大声喊叫，看把妈妈吓着。还有，最重要的是要有信心、保持好的精神状态。现在，医生把治疗、恢复的主动权交到咱们手上了，我看，咱们天生的强健体魄，健康的内脏功能和循环系统，到了发挥作用的时候了。是不是，爸爸？我讲了一个小故事，在抗美援朝战争时期，志愿军伤病员，别管受伤程度深还是浅，总是恢复得又快又好；那些被俘的美军伤兵，即使比负伤的志愿军战士伤情轻得多，敌我两方伤员使用的是当时能有的相同的药，伙食也一样，但是恢复的效果截然不同。美军伤兵不少人，原本只有一处小伤口，医药处置很及时，竟会出现伤口感染、溃烂，为什么呢，因为伤员紧张、焦虑，没有安全感，生活不习惯，语言有障碍，总之，猛虎落入猎人之手，身陷敌方，那种惶恐和不安没有一时不搅扰他、挫伤他，他们的情绪处在悲观、绝望之中。反过来，志愿军伤病员伤情严重，竟愈合得出奇地好。因为处在他感觉心宽的地方，是自己人主持下的战地医院，使用的是从祖国调运来的设备、药材，听和说的是自己的语言，一句话，他是在自己的营区，那种感觉完全不同，他们情绪平稳，心理正常，思维活跃，精神状态积极，主观能动性调动和发挥出来了。这些积极因素，帮助身体分泌出良性的激素，客观上起到协助治疗和恢复的作用。

这一类简单明了的道理，跟父亲讲，在以前是不可以想象的。在他面前，什么都不用铺展，他就是一个讲道理大王，他讲的事情，过去曾经覆盖了小到一个家族、一个单位、一所学校、一家工厂、一个村庄，大到一个区、一个人民公社、一个旗的大会现场，听他讲话，人们聚精会神，没有一个逃离会场的。我们跟他在一起，差着遥不可及的距离呢。但是现在不同，当我就要离开家、离开父亲和母亲时，他会对我说：你还有什么话跟我说。哈哈，我真应该骄傲，父亲和我，和我们兄妹之间，有了这种平等形式的交流。父亲把我们当作成年人看待。说实话，我们，起码我，还是有一个接受过程、习惯过程的。

抛开敬畏、谨惧，我们和父亲之间葆有一种厚实的情感，只是谁也不直接表达它，触碰它，好像在这个家里，人人不习惯表达情感，但情感没有一天感觉不到。唉。心里又幸福，又有掠过骨质的酸楚滋味。此时此刻，我能怎么做呢，瞬间遮掩起莫名的滋味那一类东西，嘿嘿嘿地笑出声来。好，两个问题——或者三个问题，我对父亲讲。你知道，这些个问题，也是经过了挑选说出来的，既得有，又得是轻重分寸恰当，还得轻松一些，有点玩笑式地说出来。总之，绕过感情，不触碰到感情的丝线，如果不小心挨着了，赶紧跳开，逃离那片地带。

父亲笑呵呵地说，好，谢谢你。我想，可以采纳，照办。你放心，好好工作，照顾好自己。你那边的事情，我都放心。好的，走吧。他哈哈地笑着，让你轻松地走掉了。

离开他们，我的眼泪怎么流，是我的事情。

我是觉得父亲真的老了。对儿女有了一些不舍。

想当初，我去北京上大学，第一个寒假快到了，写信给父亲，顺便告诉他，学生处帮助订了回内蒙古的火车票。他写来一封短信，说了这样的意思：离开家才半年不必着急回来。建议留在学校多读几本书，或者跟同学结伴去别处看看。出了家门，对门外的世界应多作了解。总想回家，没有出息。要有准备，多多锻炼自己才是。

那时候，不像现在，我还是很怕父亲的。回到家，我等着他和我谈话，担心挨说。他好像忘记了在信里表达的意思，多次和我谈论学校，学习，生活，和同学们的相处，老师的教学情况等等。谈完话以后，一如既往地，他对我放下心来。这之后，他一概放开，从不干预我的学习、生活，包括后来我的恋爱。他只是注意了解对方是一个怎么样的人，他认为把握了对方的“人”以后，就不再说什么。由他们两个人自己去相处吧。他对我母亲讲。要我母亲不用过多问询这件事。孩子愿意讲的时候，自然会对你讲，不需要讲，说明她自己能够处理。

他很喜欢从我听来的那个青年。若干年以后，当父亲听到母亲说：XY（他的小名，他从我的男朋友，发展成为我的丈夫）脾气挺大的。母亲是看他有一次对我说话时候表现有点急躁，对父亲有感而发。当母亲的，不愿意看到女婿对女儿耍脾气是自然的。当时家里只有我父母和我三个人。父亲接起母亲的话，说：男人没脾气还像个男人了？父亲竟替他说话。也因为父亲这样讲，那个话题没有再继续。父亲喜欢他。再者，父亲不觉得那么一个细节，跟他的“人”相比，有多么重要。一般情况下，他认可的人和事情，在心里给出的宽敞、能有的包涵，比一般人宽大而且长远。父亲病危、去世前，我回内蒙古照料父亲。XY 因为正在和我冷战，对婚姻有了不同的想法，为了好不容易确立的意志不被动摇，就没去内蒙古看望我父亲，没打电话致以问候，没和我父亲道别。父亲没有一句抱怨，尽管 XY 那时还是他的女婿。父亲临终前对我说了这样的话：沟通不够，好好谈一谈，相互多理解对方……在那之前几天的一个下午，父亲竟然做了一个梦，梦见他打电话了。XY 跟我父亲说，要开车回来看他，问询父亲的病情怎么样啦。父亲说，我让他跟你妈妈讲，我听不清。过后，母亲告诉我，是你爸爸做梦梦见的。那时，父亲时常处于昏迷状态。我母亲说，你爸爸想 XY 了。

高声说话，父亲能够听见。我尽量说得轻松一点，不让他感觉到异常。我自己嗓子疼痛，也不让他感觉到这些。这个家里，谁也不说摇动感情的话。

整个上午，草地里全是白色，草上是霜。开垦的土地，也全是白，和慢慢露出来的发黄的绿色，在视野里慢吞吞地转化。午后，太阳清照一片戈壁草地，一会儿一块浮云挡住太阳，那一大片地方一下就变得昏黄黑暗，阴冷得似山洞里的风掠过。

傍晚，西边的太阳映照出赤烈的红色，天渐黑，红色柔和下来。太阳红红的，非常亲，非常近，也非常快地消失。多次见识，但是还会有悲伤掠过。人孤立无援，永远地生活在空洞的、凌冽无着的深处。

黑夜，许多狗在叫。父亲的盲表也不失闲，清晨时呻报出公鸡叫鸣。

母亲已照顾不动父亲，我上次回家时，哥嫂提议，把父亲和母亲一块搬到我哥哥的院子去住。由哥哥全家照顾我父母亲。

我父母住进了我哥哥家的新房。后墙，通火炉的烟道，天冷以前住进一窝麻雀，大鸟小鸟早晚叫唤。这些鸟们有了两个通道，一个朝向一米以外的天空，一个朝向我父母的新家。于是，一家人不知道该怎么生烤火的炉子，怎么解决走烟问题，或者重开烟道，开在哪里。我哥哥想出一个不是办法的办法，生灶火，烧热做饭的大铁锅，炙烤房子，临时这样为父母取暖。

我踩板凳上去看鸟，小鸟全部挤卧在草木垫里看我。它们的屎尿拉到墙洞边缘。我看到了母亲放进去的那块叠衲了好几层的棉布。其实她知道鸟不会使用她的布，把她的布当作褥子或者床单，它们只会在上面拉一些屎撒一些尿，她还是往里面乱放东西。她怕鸟受冻，又想不出给鸟取暖的更好办法，跟我哥哥一样，她被这窝鸟难住了。

母亲担心小鸟掉下来，让人移走了放在墙根底下的水桶，她在地上铺了一块大棉垫。

母亲搬离自己的院子，院里住了好些年的几窝麻雀搬迁走了。

她养的牧羊犬半个多月不吃东西，只喝一点点水。我哥哥院子里有一只比我母亲院里的牧羊犬更壮、更大的牧羊犬，他们想把我母亲院里的牧羊犬接过去，让两条牧羊犬就伴生活。我哥哥去了一次，孩子们又去了一次，均无功而返。母亲院里的牧羊犬，死活抠着院子的地，身体向后坐下，不愿意跟他们走。我哥哥回来讲，院里没人了，它想守着院子。母亲只好动身前往，回去给它续水、喂食，它吃了两小口食物。母亲和它商量，搬去城西边，就是换个院子，其他的挺好，我们去那边，都在一起。它看着母亲把话说完，还是选择留下来不走。自此，牧羊犬再没有进食，备下的食粮和饮用水，没再动过。一星期后，牧羊犬倒下了。

我们一起去埋葬那条淘气的狗。它的生命结束了。它只存活了一岁半。它把我母亲的用具撕毁，比如扫院子的大扫把，还有压在纸箱子底下的羊皮裹腿……把黄太平果树的皮扯下来，把柴草房里的耗子一只一只捉拿归案，整整齐齐摆放到果树下。夜晚，母亲常忘记锁院门就去睡觉，它一直在母亲的门外叫，实在叫不出效果，就起身趴在家门旁的玻璃窗户上，对着屋子叫。直到母亲爬起来，蹒跚着出去锁上大门，它才回到自己的柴草窝棚躺下歇息。

这个冬天，不那么好过。

冻土的家园

一

流浪者贴着墙根晒够太阳，跺一跺马靴沿儿的粘雪，目不斜视往家走去。再没有事情能吸引他，这一天剩余的时光，他在房子里度过。

房子黑着。不需要灯。要灯有什么用。傻家伙才需要灯。这间低矮的房子不连通电线，也不点煤油灯。他的眼睛亮得很，能看穿黑夜，知道地上跑的一个耗子长了一只眼，一只眼的耗子喜欢上炕，喜欢跟他脸对脸、眼对眼那么看。他能把一只眼的耗子看得不耐烦，嗖、嗖飞射出去，撞上冻结冰霜的墙壁，再反弹到他身上、炕上。有时候，房子里的耗子饿得无精打采，聚到一个墙角，集体打瞌睡，他抄起那把捡来的笤帚扔过去，一阵短促的尖叫，耗子振奋起来，忘乎所以，踩着笤帚乱跳舞。

他对他们说："耗子初十才娶媳妇呢，得翻过旧历年去，现在是二〇〇二年的三九天，欢欣鼓舞早了点。快把笤帚递给俄（北方汉语里的口语，我）。"

上一年的清明节，去坟地扫墓的人将一把糜谷笤帚丢在坟堆上，想望已经烧成纸灰、送给逝者的那对童男童女，陪伴逝者的时候勤劳不怠，常为逝者打扫环境卫生。流浪者转至坟地，一眼洞悉，是谁做下了不该的事。按照当地规矩，下葬时，死者的女子拎把笤帚为死者清扫墓穴，可是这位死者的女子，不愿按习俗将扫过墓穴的笤帚带回她自己的家。明摆着，这是女子为她的老人扫出了一条不归路啊，她不想在此后的旧历年节，把老人的魂灵请回家供奉，不愿意跟她老人的魂灵重新团聚。流浪者不拿供食，单挑了这把遗留在坟地上里的糜谷笤帚。从此，他的土炕上除了他，还弯曲着那把黄颜色笤帚，和一个不知来路、每到年节总会依照笤帚的指引返回人间探亲访友的魂灵。只是耗子喜好捣乱，吞噬了穗秆，笤帚缺齿漏洞。不知那个死魂灵还能不能认出这把笤帚。

他拾起笤帚，放回炕上。

囫囵着身子躺下，两只耗子从他棉袄的破窟窿钻进去，贴住他的后背睡觉，当他是一堵暖烘烘的火墙。“俄一闭气，嘿嘿，”他说，“你们这些家伙准保吃尽俄。”

睡前，他往灶坑塞过几根木棒，火丝幽幽地穿过他盘的土炕。除了跟耗子戏耍，他在黑房子里，前言不搭后语地说话。常年不忘的话，有一句是：“祝毛主席你啦（你老、您）万寿无疆！”他已是五十大几、六十来岁的人了，还没有见过毛主席。有时，他也对毛主席说：“俄在这儿呢，俄好着呢，你啦过得咋样？等一下俄去看你。你要看俄，你就来。”于是又想，毛主席来了给他吃什么。这个大问题想了好多年了，想不好解决问题的办法。他的食粮非常简单，他就吃马粪，吃了好些年了，吃马粪不麻烦任何一个人。再就是捡树枝烧他的炕，取一点点暖。有人见了面掏钱给他，他一概回绝。对方转而递给他一根纸烟抽。接纸烟或者是不接，全看那一时间他是不是高兴，那个人看起来是不是顺他的眼。旗里面，他接受过整包纸烟的，有那么一两个人，其中来自黑龙江绥化那个，是位满族人，从东北一个什么鬼学校毕业，自愿要到几千公里以外他待的旗。“俄不认得你，你找俄做啥。”他感到奇怪。他见那个家伙，是在苗圃捡树枝的时候，喊声从他背后响起，吓走了他面前的几只乌鸦。原来是一位锈铁嗓门在那里叫嚷，说他是苗圃技术员。技术员就技术员，你想球咋？育种修枝四五十年了，还是个技术员，苗圃的树越来越少，你倒说一下，咋球回事。在他眼里，这个从东北密林窝子钻出来的技术员跟他相差无几，一个育种、剪树，一个捡树枝，眼睛里只有太阳，只有树，所以他们待在这个地方，有树有太阳，一直活得不赖，不嫌少也不嫌多，不嫌近也不嫌远。技术员说过的话不比他多，岁数也许比他还大，比他小也说不定，前几年从苗圃离职，离世了。

他去苗圃捡一些残棍断枝，没人出来喊叫，他确信技术员真是死了。

他想起技术员这么多年以来，一直叫他“特努勒沁”（蒙语，流浪者）。

“特努勒沁”抱着一小捆树枝离开苗圃的时候，心想：你才是特努勒沁。俄是陕西绥德人氏。

二

一九六四年，七千人的“四清”工作队开进旗里，几个月整肃下来，死了四百余人，拿下几百名干部，然后撤出。接壤旗的一位“四清”工作队员，是汉族干部，奉命留下来，到一九七一年四月开第六次旗党代会时，被定为旗委书记。全国的气候有所回转，推动着这个僻远的蒙汉杂居的旗出现了一些转机。但是这个政治运动的重灾区，一九六七年，旗人民委员会和所属职能部门全部陷入瘫痪，一九六九年开始实行全面军事管制，长达三年之久。以后，在街上或是举旗上下的誓师动员大会上，再见这位新上任的旗委书记，一副严峻面孔，身着藏蓝或黑灰色简易中山制服，冬天走到哪里身上都搭挂一件军大衣，两只手不通过袖管，而是从大衣前开口伸出，握住大衣边，一副随时准备开步、随时准备慢吞吞就坐的姿势。念诵讲话稿时铿锵有力，只是节奏缓慢，抛开讲话稿发挥时，将“这个、这个——啊”拉长，但是临了说出来的话跟秘书写的套话一样寡淡，留给望眼欲穿的全旗父老乡亲“你说咋就咋哇”的印象。秘书写的，没有一句是错的，抄写报纸磨炼的功夫，好比他就是报纸上的人。报纸没错，他就没错，报纸错了，他也没错，因为那些东西不算他的发明。书记更没错，因为讲话稿里没有一句是“我这一个人”说的话。而“我这一个人”说的话，不知道是哪儿跟哪儿没搭配合适，那个调调子，总是唱不进怀抱一些念想的父老乡亲他们的心坎里。人们说起书记在大庭广众自由发挥时讲的话，就像说起那位六十年代初从北京支边到此地的女播音员“粉粉”，“粉粉”曾在喇叭里郑重其事地说：“什么什么广播站，刚才广播的都不算。”

书记的老伴是家庭妇女，前后养育了六个儿女，裹过脚，又放开，走路有些蹒跚，除参加街道组织的学习会，不肯出门。她的女儿与我同学，去他们家玩，见同学的妈妈手里总是拿个布，拿个木棍，拿个碗，小脚板挪前挪后，不停地做活儿。

十月上冻以后，天没亮，院子里就有地富反坏右分子走进走出，一手挎筐，一手拿锹，咔咔地劈砍冻结的人畜粪便。那时候昔阳的大寨村像突然升起的巨星照到了我们旗，旗里的人们知道了要学习大寨，但是还没有养成农村老乡那种五更起身的习惯，虽然每人分配下了拾粪的定额。地富反坏右分子不敢偷懒，先行一步。上学路上，在旗委大院对着的丁字路口，我碰见了同学的爸爸、旗委书记，他挎着柳条筐，蒙头不语，把马路上不多的牛马干粪铲进筐子，他走到旗委大院后面，将几朵粪花倒进科布尔镇所属的人民公社第一生产小队的农田里。

学校师生紧急动员起来，争先恐后为农业学大寨贡献光和热。我和两个女同学分在一组，我们借出我父亲机关的手推车，另一同学的父亲帮我们弄来两张铁皮做围墙，三个人商量以后，去当时还喂养马匹、辟有马厩的公安局、法院、工商局，包括旗车马运输社，央求“叔叔”“大爷”，把好听的话翻卷一遍又一遍：“让我们替你们打扫卫生吧，给你们铲马粪，晒马圈，我们就要一点马粪，农业学大寨，工业学大庆，万众一条心，革命到底不分离，一个马粪，有马就能拉，给一点有什么不好嘛……”之类。撤离的时候，手推车的围墙里，加了又加，拍瓷实了还拍，高高耸起如一顶蒙古包，前辕后辕还搁着几只装满马粪的筐，我负责驾车，两个同学一边一个助推，因为兴奋难耐，没看见路面的情况，右车轱辘磕碰了大石头，车辕突然弹起，绑在车把上的厚铁皮戳进我的手心，结果缝了四针，留下一道疤痕。

后来书记一家搬离了我们旗，书记在新任上没干几年就因病去世。前几年我回老家，同学们讲起书记的老伴、我们同学的妈妈，去上海看望四儿子，心脏病发作，客死异乡，她和书记生前都表示过愿意土葬，合葬。于是儿女们弄了一辆丰田越野赶赴上海，将老人安置在后排座上，像活人睡觉那样躺着，以冰裹身，持续冷冻，硬是从火化尸体没有商量余地的上海，闯关过卡，日夜兼程，运抵北方故土，平展展地入土为安。这个行动不可谓不大。老书记在任时虽没创下什么业绩，但也没做过什么坏事情，没往自己身上、自己家里弄过什么好东西。人们至今说起他，说：“这就不错啦，这样的干部现在上哪儿去找。”

心里无限怀念。现在说他好的人，比当时多出好多。

三

忆苦思甜的会场有时设在居民家，有时占用教室，有时在会议室、大礼堂，不拘场地大小，一律用毛毯、棉被堵死门窗，外面的光线渗不进来，里面的人尿急了也不容易挤出去，全场笼罩出一幅黑暗的旧社会的图景。人们齐声合唱："天上布满星，月儿亮晶晶，生产队里开大会，诉苦把冤伸……"地主和什么"抢走了我的娘……止不住的心酸泪呀……"唱着歌，怒火已然满腔。坐着或者站着作报告的人，泪水滂沱，哭诉的声息，吹拂着面前一盏煤油灯，小火苗扑啦扑啦地颤动。大人小孩呜呜咽咽跟着哭。有人站起，振臂高呼："打倒万恶的旧社会！""打倒吃人的三座大山！""打倒……""毛主席万岁！万岁！万万岁！"

会后发放的忆苦窝头，像宝贝一样揣进人们的口袋里。街道也按人头分配一些，女人们带回窝头，欢欢喜喜放到炕席上，又硬又馊又涩又圆，窝头骨碌碌地在炕席上转着圈跑。窝头好，窝头好，窝头窝头就是好。一边吃，一边念叨，生活幸福又美好。窝头缓释了一个又一个孩子饥饿的肚子。我哥哥养的那只瘦骨伶仃的鸡，也分享了一个忆苦窝头。

听完报告，知道了遥远的西藏，吃人的农奴制，可怜的巴桑。我说："长大我要去西藏。"我母亲讲，还没有我的时候，我父亲曾接到命令，让他进藏，因为他已经从南下的队伍北上，开进内蒙古边疆地区了，就没有继续往南、往西去西藏。我说："去多好啊，可以见到巴桑。"

可是母亲是这边的人。走啊走，走到这里停住。理由是这个半农半牧地区也需要干部。

其实不见得。

旗里每年腊月召开旗级、公社、大队三级干部会议（简称“三干”会），农村、牧区来了那么多干部，缺一个两个，我猜想肯定没人数出来。这些男干部和一些女干部分散住进城区居民家，每家一间房，一盘大炕，一个大红瓦盆搁在地中央，没尿几泡，尿就往出摇晃。男女老少人挤人睡下一大排，一黑夜憋住满肚子尿不能尿出去，实在算不上幸福。中午和晚上两顿饭，代表们按规定在所住的那户人家吃。“三干会”散会前最后一顿晚饭，全体干部云集旗委招待所大食堂轰轰烈烈吃，好多人家的小孩不睡觉，大眼、小眼盯着门，听着声，等住在他们家的干部带一个白面馒头回来。

四

天黑下来，城市和远处都是黑蓝色，除了干涩的冷风，只有星星和零碎的钉子大小的人。往远走，离开城郭，钉在草地里的黑点，就是野兽了。整个冬天，粗犷的沙土随风卷起，向着空洞的黑夜横冲直撞。谁也不知道这一天，这个地方又埋葬了二十世纪末了的几个人。

是一些汉族人，一百多年前或者四五十年前，他们的老人从山西，从河北，从东北，或是从别的什么地方迁移到内蒙古高地。他们是移民后代，是内蒙古人。他们和同伴一起驾驶大卡车行驶进草地，想赶在旧历年以前拉一车深草地的羊，回去分售给单位的人们，分售给亲戚朋友，每家年根底下都想储存几只羊。日子缓过来以后，北京那边调拨羊肉的数量没有减少，可是允许牧民养的羊比原来多了一些。一腊月、一正月，蒙古人和汉人还有别的民族的人，都需要大量食用羊肉抗过严寒的冬天。

走之前，他们加满汽油。但是旗里的一个加油站给出的是掺了假的劣质油，写着 90 标号，不是 90 号的质量标准，不到预定时间已经耗干了底油，耗干了他们的干粮。他们孤立无援，被困在了人世以外。呼喊，没有人可以听见，茫茫草地，皑皑雪原，一个人影、一个鬼影也见不着。从白天到黑夜，黑夜到白天，只有一架来了又去、去了又来的苍鹰在他们的头顶出没盘旋。他们系紧皮袄、皮裤，袖着粪钗一样的脏手，在雪地里跺。跺来跺去，跺不出任何能量，只好回到驾驶舱，在小小的没有一丝温乎气的驾驶舱继续跺，最后跺不跺腿脚，已经感觉不到腿脚是不是还存在着。一个人说，摘了车轱辘烧吧。他们下车，围着冰海里的一星火，烧烤没有知觉的身体。最终，车轱辘被全部卸下，烧成灰烬，他们的身体仍旧僵硬。他们慢慢地不会走路，不能动弹，一个个沾满冰胶烟灰死去。失去车轱辘的大卡车停泊在雪地里，人扑伏车旁。

五

白亚拉不知不觉就胖得不像话了。那些专为瘦子设计的轿车，颠簸起来，使白亚拉感到大肚子在怀里，像他小时候打过的军鼓，遮蔽了视线，人看不见自己的腿，想象不出他有没有不自在，到没到那种心里麻烦的程度。当他坐下来吃饭，弯不下腰去抚摸他的孩子们。那张古朴的餐桌，被他满满地占住一大片。喝一杯酒，一大堆体积和一只小杯，和缓、温存的婆娑。

他和朋友在一起的时间，若和家人在一起的时间比，一样长。唱一支让自己感觉无限骄傲的歌，流泻的快乐和喝进去的酒比，一样多。

喝完酒回家，已进午夜。在家门口，摸索开门的钥匙。钥匙别在裤袢上。他想，心明明白白，手颤抖不听使唤，这个手总是跟他捣蛋。前不久他喝醉酒，心脏有些异常反应，经朋友劝说，他同意去看病，朋友陪着他去呼和浩特内蒙古医学院附属医院看专家门诊。白亚拉坐在老大夫面前。老大夫问："怎么啦，哪儿不舒服？"他说："有时候手抖。"老大夫看看他的手，没有任何问题。问："什么情况下手抖？"他说："喝完酒手抖。"老大夫说："不喝酒就不抖？"白亚拉老老实实回答："是。"老大夫不理他，转过去面对下一位病人。白亚拉只好起身让座。等了一会儿，老大夫还是没有照应白亚拉的病情，白亚拉只好走出门诊室。想想来一趟好几百里，妻子若是问询诊断的事，没个交代。这位专家什么也没看出来，什么也没说出来，也不够意思，毕竟是专家嘛，专门挂你的号，这么看病水平不咋样啊。他返回去，说："大夫，我这个情况是咋回事，咋治疗呢，你还没告诉我。"老大夫说："不用治疗，你不喝酒不就没事啦。"

白亚拉和朋友开车返回自己的旗，把这个段落笑了一路。

唉，白亚拉想起那位老大夫，蛮可爱的。想起朋友，一生若没有朋友，活着有什么劲啊，心里的沉重、忧伤，哪里是老婆能够担当的。想起自己，爱朋友，爱家人，逢年过节，依蒙古族的古老遗风，携带妻子、礼物，走访盘根错节的长辈亲戚，鞠躬问候，喝一杯长辈赐予的祝福美酒，那种幸福感能融化掉草原上的一座冰山。长辈和长辈的孩子们都喜欢他，他差一点成了前途光明的年轻人的典范。只有他知道心底的疲乏，他不快乐。不过这是自己的事。想起妻子、孩子，有什么词能说出他们的好呢，好，有时候是没法说的（就像他的难过）。

只是他的小女孩太贪玩，学习稍微松懈一点。依照他的愿望，不玩它十几年，哪能叫作有个幸福童年。现在正是混玩的年岁，该玩，不过女孩子的玩法意思不大，不像他们小时候，玩得魂惊魄散。人生苦短，如梦如土啊。

令他不快的是，他妻子有时候硬是来麻烦他，竟然挑拨他和朋友的关系，说："既然是好朋友，为什么老劝你喝酒？是你朋友的话，为什么不为你想一想，心脏不好不能喝那么多。"他马上堵塞这条邪门歪道："这是什么狗屁话啊？是朋友，他们才想和我一起痛快，人活着多不容易，每天往前走，你知不知道人有时候，累得走不动？我看重感情，有一点错吗？人活到最后，能带上金银财宝金銮殿吗？赤手空拳，你记住。只有汗毛跟感情在你身上、在你心里，跟你一起化成粪土，你不孤独……你就知道心脏。谁没有心脏？"如此这般。

他做得不合适的地方有没有，有，很多，比如今天回来有点晚。

白亚拉的手不由自主瑟瑟发抖，身在门口不得入内。终于，他努力地从裤袢上摘下了钥匙，但那串钥匙失手落入雪地。白亚拉弯腰拾捡钥匙，身体失去重心跌坐下去。他幸福地想，妻子和儿女就在这扇木板门里面。他微笑着睡着了。

第二天清早，他妻子推门，冻僵的白亚拉倚门而坐，像一尊菩萨。

今年，辉腾锡勒又有人醉酒以后倒在路上，等待一个梦进来。

六

雪地里竖着一根枯燥的杨树枝。一根枝子指向大路伸出去的那一头，往远，有一些铁轨，可以载人去往别处的城市；往回，指向地下埋葬者曾经居住过的城。草地里生长的树，东一棵西一棵，没有规律，有的长过一些叶子，更多的只是一棵枯树干。它们是因为一个人，才在冻地里直立起来。

树根下埋着一个人。许多年来，坟墓无姓无名，后来有人埋进去一截青石，也没写字。

古往今来，埋进这块冻土地的人，都加入进一支无名的队伍里。他们没想从头再来，不想重新开始。

这是一个除了他们的家人，谁也记不住谁的安居之所。白天，羊群绕着坟墓扒土，想翻阅一下土地里的秘密。埋人的时候，墓壁凹进去一个洞，安置其上的一盏长明灯，填土的时候即已熄灭，旁边瓷坛里的食粮，也早被墓穴里的蚁类壳类小动物搬运没了。羊嗅出了什么味道？

流浪汉在野地里转悠，把墓脚一侧混沙拌土的食物挑拣出来，放进油布袋里。

来到这里的人，没有再走的，但人人死后找一条大路边安葬。

这片蒙古人世代游历的草地，把汉族人留住，又把他们养惯成想游走，又没有地方可以游走的人。

七

妹妹在父亲身旁哭。

我们读中学时的体育老师走过来，说：

“你们不会哭。你看农村的女子，声音往外放，哭音一放，人就说话，是说给死人听，也是说给活人听，它有一个环境问题，在一个什么场合下的问题。这可不一样，你弄清楚这是个什么题目才好办。哭是个甚问题呢，哭就是跟人们说一说，我是个谁，我为什么哭你，相关的人里头哪个人该借死人敲打一下，明辨一下，了结一下，就是这个人长啦哪个人短啦，数落数落。人们围住看，就是看人家怎么个说法，说些什么话。哭是个什么问题呢，你们应该懂了，我说了半天，就是做个交代，铺垫个事情。你们哭，咋哭哩？声音往里走，穿膛过肚，一个人活受。好不容易念叨了一句，就念叨了个‘爸爸’二字。人家是说给社会，你是说给自己。看看，哭得你妹妹心脏病都快出来了，还不赶紧收。不会哭。”

八

父亲死后安顿在院子里。我挨他的脸时，和冻土，和冻土地里的冰一样，他才死了一天，就融合成一块冰了。

我留在院子里陪伴他。不大一会儿工夫，身体坚硬，腿脚不听使唤，嘴也说不出话了，只有呵出的气在眼前一股一股荡漾。进家时，伸手拉门把，抹过泪水的手被冻门把撕去一层皮，顿时血糊淋剌。铁门把儿一刻也没有忘记出气的人，它这样撕扯我的皮，已有多年。照理我该记住冬天的铁，它们的厉害，像小学那位语文老师罚站一样。每撕扯一块皮肉，每罚过一次站，都这样想：下回记住吧，耻辱的人。然而下回还是记不住。铁到冬天变成刀子，本来就该粘住人的皮，人的皮怎能不让铁撕去呢，冬天本会发生这样的事。什么不被冬天的铁划开呢，没被铁毁坏的东西，只剩下孤寂的原野那片尚未被人踩踏过的积雪。

白色的雪原和红色的血肉，是草原上最耀眼的东西。那里的颜色，需要每一个存在其间的生物牵引出来。而且冬季是保存颜色的最好季节，单调的颜色汇聚起来，铺写出那里的历史。我们的手，不也是一年又一年才坚韧起来的吗，粗枝大叶地去和冻透的铁磨炼，铁和手都厚实得像历史书，但是没有谁想到躲避，手碰撞了铁，铁碰撞了手，自然得如同每个人都有爹有娘一样。男人和女人习惯把他们的手晾在外头，有意无意地，随时与铁接近。随它们触类旁通去吧。

很多闪烁的恋情，相峙的婚姻，也差不多少。

镶嵌在冰天雪地里的铁，把我的皮肉撕到一定时候，撕得我岁数到了，我就轻省了，也会停在外面，外面自有东西把我与寒冷的气流联合成一块冰。

为父亲祈祷

一

做祷告的妇女离开了，教堂里只有我一个人。

苦难过后，或者说埋葬了苦难历史的地方，如今平和、安宁、清净。过往历史上，这里久负酷烈、历经肃清。这个人类灵魂再照的地方，让人回到能够看见自己的一些瞬间，回到不可回避的现实，其中即有教堂帮助人们遮蔽、修整自我的虚弱。

许多沉重的身躯拖拽进这里，罪恶的心声倾泻到这里。人们的虚弱停顿此处，得到体恤、关怀和原谅，像千疮百孔的孩子需要安慰和鼓励一样。然后，真实的人们再从自己的地方开始，做不能不做的所有事情。好在它承认现存状况，立足现实处境，放眼将来。以有罪去赎罪，界定人世间，但不使人们因有罪而不热爱生活，只是让人们在生活的缝隙里，多意识到罪过与自己贴近的关系，从罪过中挣脱、蜕变和再生。

我在这里写作。这是一件很好的事情。在二〇〇三年四月二十三日，星期天的上午。

在苦难的岁月里，人们能够守望什么，有什么可以映照人们枯竭的心灵呢。

美国芝加哥的这座教堂里，耶稣高高地悬挂在圣台上、高空中。是一幅木雕的耶稣受难图。人们在他的挂像前千年如一日地因敬畏而安静下来。

一位黑人兄弟，看样子是教堂的管理人员，腰里别着对讲机，走过来对我说："写东西可以到前面讲坛上大桌子那里写，"他指给我看，"那里有台灯，光线更好一点。"我说："不用了，在这儿可以的，谢谢你。"

我不能、也不想待在那里。他明白我的意思，转身离开。不一会儿教堂的吊灯、壁灯全亮了。是不是因为我在写东西，为我点亮的呢？被自己想到的打动，有几分钟，我停下笔，尽望灯光。在高远、暖和的光亮中，我写了两个多小时，该动身上路了，不得不收起笔记本和笔。出门的时候发现正门已经上锁。从教堂侧门走出一位老年妇女，告诉我，教堂已经关门了，得从后门出去。她领着我绕到后门，送我步出教堂。这时，大部分灯关上了，教堂里只剩留一点微光。

一路走，想着现在中国，正经受着一场劫难。

昨天晚上给母亲打电话，她说内蒙古也有 SARS 病例，但中旗没有。我说不要让人们来串门了，到家里坐下聊天的人，如果谁有了病菌，传染给母亲怎么办。她耳背，听不清我说的话。她说："雪到了没下。要下没下。"总觉得母亲不会有事。但不能细想，想到别的事，心里就发慌。父亲三个月前去世了，母亲守着一片院子独自生活。因为 SARS 不用去上班的人们，见母亲在院子里走动，进来坐一坐，和她聊聊天，说个话。

艺术总监吴文光说，网上的消息讲，昨天北京死了三个人，前天死了四个人。卫生部长已被撤职，由吴怡兼任。北京市长因在公开场合讲话，说西方有些人出于什么目的，故意歪曲报道，夸大事实，我们有能力控制流行病的蔓延……人们不再信任他。

昨天我们演出舞蹈剧场作品《身体报告》（七十分钟）以后，和观众见面，演员在台前坐了一横排，与观众来回问答。观众的问题集中在：某个动作象征什么，为什么这样表现；中国人对身体的认识是怎样的；这代表你们个人还是更多人……

是啊，这是一个什么样的舞蹈剧场作品呢？是对人的身心欲望的叙述或者报告吗？我确实是这样理解的。作为演员，我与其他编、导、演员共同创作和表演，自始至终参与了这个作品。

膨胀的欲望，生发和贯注到我们日常生活的每一个角落，尤其是此时此刻，欲望操纵人心，越来越强劲地影响到人们的生活，冲撞着越来越多人的价值观念和情感方式，大有覆没或是扰乱人心的架势。人在不设底线的欲望的驱使下，呈现出各式各样的形状。每一天、每一分钟，人们驾驶充满欲望的躯体，向自身之外延伸出无限度的迎合与索取的手。观音托举千手千眼，担待万众苦乐悲欢、滋养清理那些慈悲和良知；亿万人众托举起千万只手千万双眼，灿烂多姿于物欲。这虚实两重的景象，在我们生活的时代，混合、延续。

有人想到了人的身体、心理、精神和思想，虽说是虚妄之功，功虚是说，即便有这些方面的努力，也无力回转人们业已混乱的价值观念，但人们毕竟保持了一些愿望和理解、建设和牺牲，于人于己，这些补益虽然虚弱、甚至微薄，却是重要的存在。

充满诱惑的时代，对个体生命而言，具有更多选择的自由。人的自我意识和自主动力也相对突出地表现出来，个人意识和决断自己命运的权利，有了更多保障。这也从侧面反映出社会还是有不少进步的，它把自由的一部分权利交还给了个人。但与此同时，社会对于个人的素质要求，相应也会更高，即真正地掌握自己的自由。但是人对于自由的准备是怎样的呢？欲望和自由之间，正经历多层面的摩擦，产生出更为深刻的创痛。

把脚收回来，把眼睛收回来，去面对人自身。我们的习惯思维里，是缺失或者说忽略身体本身的，不自觉地回避了从身体开始，建立认识渠道，去关注自身，关注他人，关注人的真实处境，关注这个世界的秩序，关注世界的真实境况。还有，去担待历史，担待现实。从身体出发，认识人，感受人的世界，汲取人的历史经验和教训，这对于大多数劳顿中的人们，对于无暇顾及自己的身体、心理、精神，包括历史累积，而常常超负荷地使用身体，把自己的心理和精神承受力推向极限，睡一觉醒来，又去做不得不做的事情。对极尽所能地搬运身体，消耗身体，牺牲身体，而忽略自己的身体，甚至忽略生命、牺牲生命的人们来说，最容易做的，就是忘却和忽略，继续无节制的欲望之旅。

这几个人，生活在北京城的几个人，聚在一起，想把自己感受到的、认识到的、体会到的东西，把人们日常生活中可能忽略的关涉自己和别人的生命体验，收拾起来，并尝试呈现出来。虽然这个时代比起以往任何一个时代，人们更多地注意到了生命本身，注意到自身的处境和需求，但是人和人、人和心灵，其实比其他任何时候更加冷漠和生疏，距离拉得更大，相隔得更远。借此，我个人，我的同伴，愿意把这些感觉集中在一起，与自己、与他人分享、交流和探讨。

观众又问了一些别的问题。对话持续四十几分钟。回到酒店，王亚男、王玫、贺竹梅和我，不约而同跑向大堂侧面的公用电话间，纷纷往国内打长途电话，竟然都在问询 SARS 的事。西安、云南、北京和内蒙古都有了疫情，大家排练、演出忙乱了一整天之后，晚上十点多钟，返回旅馆做的第一件事情，就是往自己的老家、小家打电话，安顿家人。

昨天下午在剧场热身时，吴文光说起，克罗地亚国际艺术节组委会刚通知我们，亚的里亚海边 ROVLAN 小城不能接待中国人了。第十七届克罗地亚 Eurokaz 国际新剧场艺术节，有史以来第一次邀请中国的艺术家和作品参加，到克罗地亚首都萨格勒布的交流演出还是原定的二〇〇三年六月。为了错开另一个国家的演出，原定我们抵达后，先在那个叫 ROVLAN 的亚德里亚海湾小城休整几天，再转赴萨格勒布。但是 ROVLAN 小城的疗养院不愿意中国人这个时间去到他们那里，他们非常紧张。文光说:“那个城市的人一听说中国人要来，吓得要疯了。”

中国人正处于令全世界感觉陌生和惊恐的艰险中，这是比战争不同的、无度滋生蔓延而一时间人所不能布控和制约的灾难。

我们的身心无法松动。

我在这里，不妨写下回不了家的人们的精神状态，写下我的感受。

二

为父亲祈祷。

安眠在北方地里的人，是冷静的，冷清的，有火，可以燎原;有热，可以让草叶生长；有气，可以随风飘荡；有疑虑，就穿越土壤去缓慢地释解。那片土地埋藏和演化了不少秘密，浸洇了千丝万缕生生死死的残积景观。你为那片土地而生，为进到那片土地的深处而终结。在你可以决定自己命运的时候，你选择了命定所依。你有一点先验，生性动静也能够主动在握。接近或者远离大陆腹地的时间，不拘落脚何处，我会为你祈祷，为你的安宁和默守祈祷。为你长久的生命气息祈祷。为你继续行走于你放眼的地方祈祷。父亲，天地在你眼前，在你脚下，你的脚力能够达到的时候，你不想停下脚步的话，不要停下。

二〇〇三年五月十日，是星期天。我在华盛顿M大道18街的教堂和父亲作了一回交流，为父亲做了祈祷。

十点时，教堂的管风琴奏响了。空灵，轰鸣于天地博大的空间。肃穆、亲和，像源自人的内心，源自人的肌体，流经脸颊、双臂、心肺腑脏，远远地走来一般。

不要停下。父亲，再走几步，又是一处风景。我后悔，在你眼睛完全看不见的年月，没能深刻地体会你的艰难和痛苦。在你渴望光明的时间，我关在自己的房间，可能正闷头睡觉，而隔壁房间里，你已经摸索着起身，去听收音机或者去听电视传播带给你的有限声息。我沉沦于睡眠。我在黑暗里沉没。

那天，收听完早间广播和电视的新闻报道，父亲就科索沃问题，给母亲讲那儿正进行的战争和这场战争的根根底底。声音从他们的房间，传到我的房间。只有我母亲一个听众；另一个是耐心的、由浅入深的宣讲者。作为倾听者，我母亲，一双眼睛能看见手里的活儿，她一边做家务活儿一边倾听，一以贯之地默不作声，聆听中偶尔提拎出一两个问题，打断一下那位向她这个唯一的听众严肃认真地作国际形势、地区冲突报告的人；另一个，是我父亲，糖尿病并发症导致他看不见光、感觉不到光，黑洞洞地迈步，当踏上通往远处的路径，两脚能够伸展之处，因他的兴趣、知识面和自信心，使土地的清晰度超常地好。科索沃问题，由对国际关系素有研究、思维缜密、逻辑性很强的父亲单拿出来，摆到内蒙古一个旗、一个家庭讨论，达三个多小时。战火在科索沃地区燃烧，民族的、历史的不解之索，勒紧了不同处所的人们的脖子。我们的成长，伴随了世界范围的灾难，也伴随了我们自己土地里滋生的苦难和艰涩，伴随了父亲在家、在外面的动静，被禁闭、流放、劳改和平反的阅历，伴随了母亲同一时期遭遇关押和酷刑的时间。

我从塌陷中醒过来、又睡过去。父亲还在讲，母亲还在倾听。

一位女教士念诵以后，主持神父和身着长袍的僧侣从中间过道登上讲坛。两位主持神父，用一个喷射圣水的器物为花、为耶稣雕像喷洒清雾，然后，两位神父走下讲坛，为教民们，用树叶洒水。人们接到圣水时，在胸前画了十字。主持神父返回讲坛，用唱诵之声诵读圣经，教民齐声跟读。站立的教民画完十字以后坐下，两位神父随后落座，跟着众人吟唱。两位主持神父，白人更为年长，七十大几；拉美裔神父年近七十。唱诗班歌者身着红袍。管风琴适时伴奏。

另一位女教士走向讲坛念诵教义。一阵吟唱之后，又一位男教士上前念诵。然后拉美裔主持神父在年轻教士扶助下，向更年长的主持神父行礼，接受祝福，之后走向左侧讲坛，等众民唱完，开始用沉稳而亲和的声音，安慰的，平静的，抑扬顿挫而又朴素的声音，念诵圣经。众人跟随，一字一句地咏诵。这也许是最好的念诗的声音。没有造作，没有表现，没有自我欲念——自我融进内容，仅是非单纯存在于表面的一种物质；自我在他的理解中，融化进血液，融化在行车走路的过程里。之后，众人落座，拉美裔神父走回右侧。那位白人主持神父走向讲坛，开始宣讲，也有着尚好的音质，和诚恳的、有感而发的声音。而那位黑皮肤主持神父，无有对人的希求。他自己尽融于声息中，并不强求别人如何，无形中魅力已在，就是对别人的至深尊重，对于人众的慈悲、和善与关切，对于生存积极有致的信念，它的影响力和缓地流淌。相信是靠一己的无言之躯而形成的威力。这位长者很多时候低着头，目光落向前下方，当他从我身边走过时，我竟以为他是中国人。他的面容是不着意如何的那种平静和肃整，没有其他欲望的安宁，从里面穿透出来。

父亲啊，世间光明黑暗交替，永无停息，你为光明支撑到耗干净力气的那一天。你的力量源自北方，我在守护你走过最后的路径时，深切感到了你生命力的顽强，即使面前有山，也翻越过去。山地是在高原上，你心理上为漫长的旅途准备出来的忍耐限度，有时候似乎能看见边，而快到跟前的时候，又离开那个边界很远了，又像是在起点上。你做好了长远的没什么人能动摇你的准备。那些准备，不在遭遇的事件上，事件是路途中的自然现象，它们在你的视野里没有作为阻障。一种与你相处日久的力量，在你行路时，成为不知不觉的鼓励。看前方，并没有特别的聊以寄托的所在，我想了很久了，觉得你是因为感知、感念，引以为力上路的，里面有被促动，然后是义无反顾、矢志不渝一类成分，你看到的世间，叠加了历史的血腥残酷，你也在其中受了洗。你常常走动，在新空气里往另一个地方走动，不一定全知道目的，知道所以然而然的道理，对吗？你最后落脚的地方，我在今天才似乎想见出来，它就是你被引导的方向，偏远一些，但与你的生命建立了关系。你想把力量灌溉到这片荒原上，看着它长年的沉默变出笑声，长出更多的草、树和粮。即使辽远无垠，常听到寂寞的人魂断长哽，没有影响你往更深僻的农村、牧区迈步。大地上，土木吸收你的力气，也释放了吸引你的气息，你们互为弥补，递进，修建，磨炼，在有声与无声中，长久地经受考验。黑白旋转，流年经月。终达成默契，凝结出你们之间的尊重，在粗犷的北风中，传递各自的感激。父亲啊，在美国这些天，我多次想到你，为你最后选择内蒙古的土地安葬而感谢你。你不是别处的人，你是那片土地的男子。你在若干年前，已经用行动书写了你的历史，你的血肉缘由此地，你最后没作别的打算，就想在你从前选择的土地上，在你建立起来一个家的人们身旁安眠。

我知道，父亲其实是孤独的。

此时，我意识到教堂的民众来此，用时一个半钟头，是为了参与。每个人都是平等的，参与其间，音乐，朗诵，祈祷，祝福，与他们合而为一。

父亲，当我感觉到这么多人像主持者倡导的，众人皆为亲兄弟、亲姐妹一般，互致祝福、拥抱，我知道，我们仍生活在同一个地方。我们的灵魂能够和解、包容，能够平等相处。我们心跳的节律是一致的、谐和的，我们的想法虽然长长短短，却是在大致相同的方向里。我们是为土地而存在和消失的。空气在迎接我们生时，已经从容地预示了有一天的死。生和死连接在一起，生和死是公平的，也是美好的，是我们能够做和必须面对的，但愿我们与它们能够更加自然地融合就好了。

我们在此，在生的时候，为无数已经死去的人祈祷。为经受苦难的人们和与苦难抗争、从苦难中再生的人们祈祷。为无数未能出生的人祈祷。我们为他们，也为自己祈祷。

十一点一刻，祈祷仪式结束。我再次为看见生活的理由、生命的理由而感念所有人。我将伴随劳作和省醒，在我的区域生活，为同为生命的人们服务和祝福。

我在管风琴再次响起时，快速地写着汉字，周围走了旧的祈祷者，又来了新的。

谨祝人们，和平、安宁、幸福。

三

北京时间二〇〇三年六月四日，星期三，我们一行到达柏林。一辆中巴车把我们从机场送至市区一家旅馆。大家稍事整理，带着各自保管的演出用的小道具和排练、演出穿的服装赶到剧场。导演文慧和技术人员要去装台；演员的任务是熟悉环境，自由活动身体。本来导演讲，演员到达当天不排练的，结果到了剧场，还是讨论了作品在新的剧场环境里需要进行的调整和改变，连排了一些段落。

第二天，早上九点进剧场。换好衣服就开始连排。从“包袱”那部分开始。我坐在舞台左后侧角的一张椅子上，费力地往回收二十几块老式床单拼接成的一张巨大床单，四个女子分散在扇形的床单上面，正投入地舞蹈，那些她们体会中的女子生命里面、身体里面的东西，还有她们跟自己产生的摩擦、或者是她们跟生活发生的各种各样事情带给她们的体验和感受，尽在她们的表演中。我的表演在地面上，在空气中，在已知或者未知的人和人之间相互探求与牵扯不绝的关系中，在坚忍的自我生长和生命再造的坚持中，在僵持与和解中，在退让与递进中，在维持生命的气息的吐纳与呼吸中，在犁地与耕种中，在霜冻与抢收中，在山火与灰烬中……心理和身体，感觉恢复到了从前。我问导演文慧，这种节奏和状态怎么样。她说很好。我知道，一切回到状态里了。我已经把前些日子心里的顾虑和障碍一点点地消解了。

我的顾虑是什么呢？我为什么会有那样的顾虑和困扰？我和从前，究竟有什么不同？

时间在往前走，而我们，这些填充于时间缝隙里的微小尘埃，却自行飘零，受到时间、空间诸多因素的影响，而且产生了多重变异。于是，尘埃有了沉重的附着物质，尘埃有了重量，有了从前不曾出现过的一些内容和含义。尘埃在这样的淘洗过滤中，重新组合或者再次萌发，尘埃从死亡里或者生长中，继续蜕变，继续沉坠或者繁衍，继续消泯或者等待时机获得再生。尘埃变成了比它本身不知要复杂多少倍的物质，尘埃变得与它自己也有了陌生感，变成了更加不确定的存在，看起来这一切既无常又残酷。而尘埃在环绕着、黏附着的世界中，继续它的命运之旅。

我往前迈步的时候，携带着顾虑。父亲病危、住院、最终完结，亲眼所见，亲身感受，一个生命，一天天地向末日接近，无可奈何。同时，我个人的生命，也在危机中搁浅，前所未有过那样的创伤。两重沉重的内容，同时出现。这段时间，在我的生活里发生着突击性溃裂。我像被大雨淋湿、浇透，冲刷成泥沙，而随雨水渗漏，看不见的眼泪在这个过程里，穿凿出水道，流到了不可知的黑暗去处。我的世界无声地消退。只不过人还在喘息。我不知白天黑夜，它们怎样交替，这中间的力气如何产生。为什么有人能有别的走路姿势；为什么有的人放弃走路，去一个永不再醒过来的土穴里安息，而我拉不住他。在生者，往生者，就在我面前，而我不能不让他们走自己选择的路。

于我生命至关重要的人，离我而去。丈夫和父亲。他们需要走自己的路。

我知道，父亲想放弃这个世界，尽管这个世界有各种声音对他说过——这个世界是多么的好，或者多么的糟糕。他带着自己的阅历、印记、思维、认知，去睡觉。他不再想听见这些声音。这些声音没能拦住他，让他停止行脚，别往他想去的那个地方紧赶慢赶，但是，声音不及巨力能颠覆路面，也不及绳索能羁绊一个执意上路的人的脚步。从前，和现在一样，该上路的时候，他就出门，步行，骑马，骑摩托车，乘车，义无反顾朝城市的一个边缘走出去了。再往前，是带着手枪上路。风雨无阻，沙尘暴、雪灾也无阻。沙海雪原从未阻碍过他，他从旗里走出去，大雪当即在他身后埋没了马蹄印、车轱辘印。一切如常，他照事发目标或蹲点的乡村开路。

父亲的声音偶尔出现，是笑我去年六月中旬从北京匆匆赶到呼和浩特他住的内蒙古医学院附属医院，见到昏迷的他，光是叫爸爸，爸爸……他睁开眼睛，说："什么事？不说话，光叫爸爸。"转院到解放军263医院几天后的一个晚上，八点多，父亲正坐在轮椅上，心脏突发衰竭，医护人员随即展开抢救，病房气氛紧张异常。这时，压在病床枕头底下的父亲的盲人手表不合时宜地起声报时，一只公鸡嘹亮地啼鸣，一声接续一声。我费力绕开众人，翻过病床，取出那只盲人手表——那只公鸡正好鸣叫到第十九声，我赶紧按停。

抢救了半天仍然无声无息的父亲，突然说："叫二十一声。别捺。"

唉，北京时间21点整。

父亲说的无关紧要。过去，在一个大会上，他讲农民的积极性问题，例举生产队喂养的猪，说老母猪瘦得肋条像根火柴棍棍。

新的黑暗，在父亲去世以后，开始了。父亲似有预感。他有一天昏睡以后醒来，说我丈夫（他叫他的小名XY），昨天来电话。我问，什么时候来电话了？说什么了？父亲说："问了一下我的情况，我让你妈妈告诉他我挺好。他说过两天，把工作安排好开车回来。XY表示要来，说明他有回转的意思。多做一些沟通，才可能解决问题。"这是父亲清清楚楚对我说的话。我去问母亲，她含糊不语。我想，如果是他来电话了，这件事对我不算小，家里人应该告诉我。母亲说，XY没来电话，是你爸爸做梦梦到的。那是父亲活在这个世界最后十天时间里发生的事。父亲在昏迷中做了一个清晰的梦。这是不是一个"态度"，父亲以为的态度，也是父亲的态度？这是他对我正陷入的困顿表示的唯一看法。

随后，我进入了艰难的时间。这种跋涉之所以难以言表，是它麻痹了我的感觉系统，我不知生活在我身边发生了什么。而知道生活于我不意味什么。我不想，不能，不够去滋长热量，与周围的生活连接起来。我连不动，也没有愿望去连接。

人世嘈杂，人游移不定、忽东忽西，而你最亲近的人一下就离你远去了，那种感觉真是剜心。我想一个人待着。我的力气，是一个人待过了，生长出来的。一个人的时候，感觉还算完整，原始的状态，靠时间慢慢修复，重新变得强健起来。有些东西的确不只有好坏之别。在父亲去世之前，我从未有过这么剧烈的疼痛，长久地，堆在心里和喉管里。

我是那么想念父亲，因之也更加爱惜自己的母亲。母亲经受的苦难，比父亲又何尝是少啊。子女们极力回避很多东西。眼泪也是其中一种吧。我就是。母亲说我很少哭，怎么着也不哭。但只有她，才知道那些苦处，和情感、和爱，是多么强烈和深刻。子女尽力回避一些东西，是不想面对，也面对不了，面对不起，世界上有人正经受着比他更加深重的痛苦。子女们不想知道，是因为他们自己没有办法应对，眼下他们没有任何可能阻止这种伤痛的力量，悄悄地积攒起一点点，只能存在体内、存在心里、存在灵魂中。他们需要一点时间去面对。他们还不能够承担和承认岁月的真实和无定，因为那是更加不以人的意志为转移的精神难题。

在个人的时间里，好好活着。

四

出了博览馆，我独自一人漫无目的地走，看看街道，看看建筑，然后去看那个叫作圣彼特里（St.petri-kirche）的高大教堂。这是德国汉堡最古老的教堂，始建于十一世纪。

这是二〇〇三年十月九日下午。我拍摄了这座教堂和它的木质模型。

教堂的地下室，常举办音乐会。在圣母玛丽亚雕像前，地面有许多蜡烛灯火，围成半圆。我在耶稣受难的雕像前驻足。每一幅受难图，不尽相同，我常在耶稣的像前逗留，体会他受难的时刻，所包含的时间的涵义。身边有不少像我一样外来的人，也有不少本地人，是附近的居民。只见两个年轻人，一直守在地面上彩印的大十字架旁，那里点了几个大的砖块垒成的蜡烛灯火，他们是在祈愿他们的爱情永恒吗？经他们同意，我为他们照了一张相片。我也能长久地见证他们的幸福多好。我留了他们的通讯地址，待洗印出来寄给他们作为留念。

走到一片草地坐下。想和父亲说会儿话。

我告诉父亲，我在汉堡。北京、内蒙古和汉堡，除了水路、航空，还有陆路连通。

你知道我在外面吗？你现在天马行空，我觉得你知道。你怎么表达你的高兴与否呢？我昨天夜里梦到你，你不是前些年黑灯瞎火的样子，你特别精神、走起路来很有力气，表情富有意味，你跟从前一样具有个人魅力。梦里，你和妈妈出现在我最孤立无助的时候，这说明什么呢？是说你们跟我在一起，你们支持我，对吗？你和妈妈在我最需要你们的时候，一起出现了。你没说话。那没关系，你出现已具有了意义，所以，不用说什么话。对我而言，父亲是天空。是天与地之间的气流，母亲是土地，她的气流向上，与父亲的气流融合，铸造了我的世界。我的内心世界里一直有他们给我的东西。我时常想到父亲、母亲。想到父亲，心里疼痛不已，眼泪一下子就要出来。想到母亲，心里生出悠长的歌声。而对于父亲，我是不能够唱他的，只能唱母亲和那片无尽的草地、那些起伏绵延的山峦。从圣彼特里大教堂出来，我就一直唱《美丽的草原我的家》，唱出了声音，心中美好，而我确实是想念他们了。

我说，父亲，你真的给予了我勇气、信心、耐性、激情、安宁、宽厚、平和、沉着、冷静、秩序、节制、朴素、理性、智慧和创造。这些内容，它们一同到达，注入我的身心。我知道，我心里拥有了这些内容，才能够上场，才能够从容应付一个多小时的演出，不出任何误差，不出一点意外，而能创造性地完成好整个舞蹈剧场作品。我在一种秩序里，比以前更加放松。比如以前，今年春夏之交，在美国演出《身体报告》，在我上场与法国戏剧演员艾斯黛拉进行拉杆箱子上的一段表演时，在我一个人走上去拾捡纱幕上的杂物时，我的腿有些发僵，身体有些吃紧，不知怎么就走成那样的了，想改变，却放松不了那种内心里揪着的神情。这种样子，难免有演戏的成分在里面。这一回，我放下来了，我像日常生活中的人一样上场，但是身心不懈，放松而又专心致志地做每一件事，看着观众席，看到某一个人……我越过众人，注视着看到的每一个个人，从他，从他们，看出属于我的这一小段时间，真实而自成体系的一段时间，我这个人必须这样过生活的道理。他和他们吸引我，是因为从他和他们，我知道了自己。我之所以上到舞台来、走下舞台去，是因为内里边的一些事情。我像是一个总要从日子里看到真相的人，像是一个想要找到事物症结而不能不为之动静的人，基本上是一个能够面对生活、走过生活、又自觉不自觉地逃避过去的人，是一个有时糊涂有时清醒、有时马虎有时细致的人，是一个懒散了一辈子、尽情享受点滴生活内容的人，是一个心里存有动力、存有愿望去整理一些什么的人，总之是一个与周围对立统一的人，或者说是那样一种角色。

现在，我觉得舞台上的我放松姿态，更好，在正常中，而不是作为一个不正常的人——那种戏中人物，也不应该是那样，来来去去。在导演、也是演员的文慧开始与纱幕纠结，灯光稍微亮起来，侧光的红和黄色映衬着一部分幕布……演员王玫还在椅子上，她在左侧舞台，一直进行椅子上的舞蹈，我自然而然地又一次走上舞台，去摘下我看到的纱幕上黏滞的一片杂物，不，是一丁点儿和又一丁点儿。我摘下它们，走下去。其间，动作很小地拨拉了一下手指，把手上的脏东西弄下去；走出几步，无意识地回头看了一眼刚才沾染东西的地方，确认没有不干净的东西。这是作品展开过程中出现的一个微小细节。艾斯黛拉多次跟我说到这个细节，她很喜欢。

我想到，我正常，是对的；不正常，是自己制造了问题和麻烦。我这个角色，应在不知不觉中、自觉不自觉中，执着地上和下。自然地出现问题、解决问题，而不是故意制造问题。这是现在想到的。与今年上半年在美国演出时，有了不同的想法和处理。

我以为，是时间帮助我更多地具有了理性、知性。父亲，你会高兴吗？我做的一切，只要是有意思的，也是你的愿望，对不对？你在遥远的天际，看到我，护佑着我，支持着我。父亲，我多么爱你，想念你。

什么时候能够见到父亲，不知道。终有一天，能够再见。这一生，后悔没有多给予父亲，没有多多地与父亲在一起待着，和他聊天，为他读报。《参考消息》等几种报纸订了许多年，我只为他读过能数上来的几张。他因为糖尿病并发症导致失明以后，继续订着那些报纸，妈妈把它们分门别类放在柜子上，来了人，想看的时候，有报给他们看，如果他们有可能为父亲读一两条新闻、一两篇文章、一两份报纸——父亲是这样想的吧？他听到有人进来，就等着，问一声：是谁？然后哈哈地笑……他听人为他读报，神情专注，身体下意识往传出声音的那个人的方向倾斜。真不忍心停下不读。有时候，他说，还有什么？念标题。如果那个标题是有新鲜内容的，他说，往下念。念不了多少啊，我没有几天是在内蒙古家里。新报变成旧报。今天变成昨天。这是我悔恨的事情。

父亲护佑我，给我足够多的勇气，也给我从具体的每一天脱离出去自由追寻的愿望和力量。父亲是不被羁绊的，他一生不被捆扼，他是挣脱出去而深感生命伟力的人。其实他一生都在困境中，困顿从没有离开过他，身心无数次地陷入磨砺，精神和肉体一次次地经历炼狱之苦，但他带给我们兄妹的，是从那些事情里面出来，即使是蒙受冤屈，遭受皮肉和精神之苦，也不可怕，他走过来，再走下去。信念在他心里。当需要他表达态度的时候，他从没有回避和放弃表达出真实的思想，表达认同、赞赏，不隐藏不能苟同。他表达异议，表达反对，表达反抗。

脱离出去，在自己追求的轨道里，这是他消化过后的生活路径。他是突出了这一点的，他的生命有些辉煌，也有些悲壮，实际上悲剧色彩从始贯穿至终。在我记忆中，他是带着缺点存在的。他的缺点，比如有一个暴脾气，在他认为的是非问题上，他不大有回旋余地……但不影响他伸出援手，即使已经确认是他不欣赏的人，当他们个人生活遇到难处，需要给出帮助，他不会迟疑，继续给出所能有的扶助，哪怕下一回，比如运动来临，无中生有往死里收拾他的人里面还有这个人，他不会选择不协助其渡过那一时节的困境。小时候，我曾被父母安顿去陪一位比我妈妈年长的阿姨住了二十多天，以度过她丈夫去世以后的时间，直到她的状态好起来，他们的独生子料理完父亲的后事就返回了部队。此后我住到阿姨家，去陪伴身体欠佳的阿姨不下十来回，少至三五天，多时十几二十天，只要阿姨身体不舒服，十来岁的我就得听从母亲嘱咐，搬去阿姨家跟她做伴。我父母担心阿姨发病身边没人，我一放学就赶到阿姨家，跟她说话，做我们两个人的饭，清洗、打扫房间，动手的时候发现自己能做的事情越来越多。阿姨在我的陪伴下一天天好起来，我心里有说不出的欢喜。我想说的是，阿姨的丈夫，我们叫伯伯的老人，个子高大，相貌英俊，平常见到我们和蔼极了，对我们几个小孩可有耐心了。有时候，他一个人，有时候是和阿姨一起来家里，和我父母聊天、下棋、吃饭、喝酒，那时候我还以为，两家人有亲戚关系。但是，每一次运动来临，伯伯总是最先冲出，置父亲于死地，毫不吝惜既用文功也使武力。我妈妈在我四十多岁以后跟我说起阿姨和伯伯，她的嘴瘪着，使劲往回收敛就要流出来的泪水。她说出伯伯给我父亲编排过很多事。不为什么，伯伯历史上有一些问题，他这样做，能够保全自己，躲避开个人的灾祸。这一辈子，这两个老伙伴，我父亲和伯伯，上下级同事，无形中遗留下一些创伤。在正常的年月，他们俩朗朗的笑声不绝于耳。即使下一回，还会上演相差无几的剧情，他们笑声后面的悲伤，我不相信不会存在了。但是父亲能够体谅。我知道，在我父亲沉默的许多时间里，他是清楚他的原则和信念的。你爸爸骨头硬，心肠软。我妈妈对我说过这句话。他一辈子没有对人不好。她说，在一些大事情上，他不妥协，不原谅。

不过，父亲也有局限，有时候他不免把自己强加给别人。

而他的幽默感在每一天、每一时刻开放出花朵。他有力气保存他的坏脾气，也保存住了与生俱来的幽默天性。他的坚持，除了对他自己之外，对于他的妻子和子女，对他们的生活，有没有意义呢？我感受到了意义。不过我还需要好好去琢磨、去想透其他一些东西。

父亲啊，我能给你带去我的祝福吗？愿你安详、宽博，愿你幸福。我去到每一个你可能感兴趣的地方，会多多地看，多多地拍摄下来，我知道你喜欢，我就做，你能看见吗？只要是你喜欢，我做了，我想你一定能感觉到，你能够知道的，对吗？你的心虽说是辽远的，但是生前你没有闲暇去做、也不及去想别的很多事情，现在，你已跨越了时间和空间的阻碍，成了一个真正自由的人，你能够怎样，去做好了。我依照你希望我能有的秉性，去学习，去长进，去尽力试着理解你的过去，也去理解你将后的存在。

父亲与我一次又一次的交流中，我感觉到他比原来更加宽容，在他生命后期的四五十年间，一方面，他像是没有经历过一个又一个波澜壮阔的运动似的那样去工作和生活，另一方面，我知道，他对社会、历史和人性的思考与伤悲是在不言中。现在，他给出了更多的时间和空间，给它们，也给自己。我感觉到了这一点。

父亲的思量，是沉重的。他带着思考过的和尚未思考出结果的它们，穿越地底，升上天堂。

我为父亲祈祷。

把日子过好

杜拉尔是鄂温克族人，一九九三年春天，在呼和浩特第一次见面，她穿一件垂至脚踝的黑色长裙。看不出她的年龄。她面目慈祥，坐在远处宽厚地看着我，没怎么说话。我也话少。我们成了很好的朋友。

一九九二年九月，她三岁的儿子安生做心脏手术死在手术台上。安生学会说话以后，仍不能站立，更无力行走，杜拉尔上平房院子里的公共厕所，需要背着安生，她把孩子放到厕所门外，让他扶靠一块大石头站一会儿，她出来时，安生已经跌倒在地。杜拉尔的眼泪没法当着安生流，背过孩子，又总是步履匆匆拼命抢时间往家赶。“安生怎么样啦？”这是她离开孩子几分钟或者半天时间就来回来去揣想的问题。在外面，她也顾不上流眼泪。生了患先天心脏病的安生，她确实早早地就哭干了眼泪。以后，安生成了她生活和生命的全部。杜拉尔没有时间，也没有精力放松自己，独自一人支撑她和安生的家，哪一天绷不住，精神就可能垮掉。

安生八个月大时，心脏病经常发作，每回犯病，面色青紫，全身痉挛抽搐。长到十六个月大，安生的父亲从远地赶来看望他们母子。他说："让我来这里，住这样的房子？"当然这不是他选择离婚的全部理由。写小说的杜拉尔和写诗的安生父亲一见钟情，然后恋爱，结婚，生子，离婚。至于抱怨他来呼和浩特只能蜗居一间小平房，杜拉尔对他讲，两个人要是相爱，一根筷子上也睡得下。匆匆办完离婚手续，送他上路。外面正下大雨，杜拉尔把安生托付给邻居家的孩子，跟安生的父亲出了门。他请求她在他上路前笑一笑。她真的笑了。冒雨返回那间房子，回到安生身边，她感到肩膀像大山一样沉重。过去虽然没有得到过他的帮助、体恤，但远方的他是存在的，他是她的丈夫，是安生的父亲，仍是她爱着的人，她心里有力量，现在所有来自远方想象中的力量消逝了。她知道，她必须自己生长出面对安生的力量。

小男孩安生把妈妈放在心里。他对杜拉尔发了一些男子汉的誓言，说长大以后帮助妈妈生火炉、扫地，用自行车驮妈妈上街。杜拉尔在小平房里劳动，在许多城市的医院里奔波，一直用身处内蒙古东部老家的母亲给孩子缝制的灯芯绒背兜背着安生。趴在她背上的安生对她说，他想快点长大，长大能背动妈妈。有一回杜拉尔肚子痛，痛得喘不过气来，安生着急，伸出小手给妈妈揉后背，说揉揉就好了。他拿过一个杯子，一瓶药，说快吃药吧。杜拉尔一看，杯子里只有一口水，递给她的药是安生自己平时吃的药。

这个令她心酸的孩子，想让杜拉尔给他讲书上的故事，就说：等我长大了，我就给你讲这些书。

我认识杜拉尔的时候，杜拉尔已经没有了安生。她缝补住心底的碎裂缝隙，沉默地度过失去安生的日子。她写道："在与安生相依为命的短暂时光里，我承受了太多的悲怆、劳顿和举步维艰。安生走后，我想到的，却是他给予我的幸福、亲情和由衷的热爱。"她感受着白天和黑夜每一分钟的流逝，感受着死亡与再生无声无尽的力量。

快到一周年祭日时，我希望杜拉尔和我们共同的朋友曼德尔娃一起来我家，在北京度过那个日子。我写了信。于是她们来到北京。每天，喝曼德尔娃熬的醇香的奶茶。从早到晚，时间在我们心里流淌。地毯上，长久围坐着三个女子，无声的歌，蒙古人的长调歌曲，积蕴了忧郁、悲怆和幸福的长调歌曲，也在每个人心里流淌。

除了在信上说说孩子，那么多天，我们很少提起安生。这是我们共同的性格，杜拉尔、曼德尔娃和我，只会铭记在心，为孩子，为可怜的大人，默默祈祷。

之前，给杜拉尔的信里，我说了想对她说的话：

……我知道此时的你有多伤感。孩子这件事，与我们的生命连在一起。当我们的意识灌注在一个生命里，他在你的眼前成长，我们就与他融为一体了。一种的失去，也是另一种的失去。这种悲痛，虽然能够设身处地体会到，但是远没有你体会得深刻、体会得透彻。我们能够怎样呢？再往深里追究，把这件事真真正正地想出来、想完整、想明白，想到白了头，想到黑了眼，心里和眼里永远丧失掉光照？去的已去，这个残酷的事实像冬天的铁钉、铁锤和铁板，硬生生地存在了。让我们去替代孩子，让我们去承担和领受孩子的苦寒去处吧。多少回我这样祈念。事实是，寒冷的高原，哭出一滴眼泪，马上变成冰凌，而铁钉、铁锤和铁板，湿手是不能触摸的，一碰到，手就粘在铁上面，想要手离开铁，手上的皮即被撕扯下来。

可怜的杜拉尔。孩子走了，留下悲戚的人与另一些人组合成人类，不管你的主观愿望是不是这样，你须和陌生的人生活在一个空间里，努力忘却个人的困厄，迈出和众人一样努力赶路的步伐。现实中比比皆尽如此这般境况。这是不是同化？个人的悲欢离合全部融合进众人挣扎拥挤的声息里。

我有时候想，如果我们葆有祖辈的信念，我们或许会从个人的伤痛中走出来。西方人在生离死别时，脸上的表情与中国的汉族人有很大差异，蒙古族人和藏族人也不同于汉族人，他们对死亡这件事有独到的理解。死，只是离开他熟悉的环境和亲朋，是他进入天堂的一个转折；死是又一种开始，是过去苦难和修行的段落和结束；死是一个回答，一次升华。死是对外在躯体的一次埋葬，而灵魂不再和旧的躯壳为伍；灵魂去向天国，如果又与躯体并相一致，那是灵魂在那个安乐之所的重新构建，他又有了新的、再生的躯体，托付他的灵魂去承受又一回生命的轮回旅程。

我从藏族人对天葬的态度明白了躯体的无意义。所以我看到他们在天葬台观看亲人的尸体被天葬师肢解，几百只盘旋上空的秃鹫从天而降分而食之时，竟是一脸的安详和祝福，我慨叹不已。这是一种超然度外的境界。我们缺少的正是通向这个境界的力量。自我拯救原在人类诞生之日就与人同在了，我们的祖先本来是拥有这种精神和需求的，业已进化至今，没有道理丧失它。所以我们仍然应该和能够让它植根于心中，让它鼓励我们困顿的心灵，使我们的存在保持尊严。怎样从哀痛、烦扰里解放自己呢？杜拉尔，我想唱的就是这首“解放”自己的歌。是唱给你。你来想这首歌的旋律和歌词吧。你想出来了，也会启导我。

想哭呵。有时候真想哭。

其实连说出这些话，也觉得不像话。我为说出上面的话，感觉到羞愧和悲伤。实在不好意思，太自以为是。真的失去以后的苦，重于阴山、天山、喜马拉雅山。活着就是移山填海那么过日子，熬雪山上流下来的水喝，舀海里的水一点点去淡化啊。可就是想哭。好多时候，不出声音那么哭，无论是独自端坐家里，还是黑夜走在无人的马路上，心一接触到永远消逝的亲人和映衬了他们的艰巨时日，就无声啜泣，一口一口往出抽气，倒淌出深埋的悲伤，辛辣苦寒的泪水混着心血印刻脸庞。真像一口老井，缺水少氧多日，硬向上抽调，可怜的，哭干眼泪而后生的人。

抱歉，杜拉尔，在听我说话吗？请原谅我。哭其实挺好的，和唱一样好。它若是发自内心，就是上苍赋予我们的最动听的声音。孩子在天堂，他离开苦难的现世，已经重新开始，他是个仁义超凡的灵童，他一出世，就已走过了很多路，走过了我们要用很多、很久的努力才能走过的悠悠岁月。孩子离开那天，父亲没来送他。你们离婚，孩子是不是一个因素？但我知道他很沮丧，孩子身患重疾，行走困难，前景黯淡。有一天他对你说，“还是分手吧”。你只好一个人背着孩子来北京看病，许多日子就这么过去了。父亲最终没有和母亲一起送孩子进手术室。“不少男人观照自己，不少女人观照所有人”，是北方草地的一句老话。但是，眼前，男人脆弱，女人的心血只能向着那种更加的完好再造自己。你和孩子被隔开的一刹那，孩子的眼睛紧紧盯住妈妈，分明告诉说：“待会儿见，妈妈，我多爱你，爱爸爸！”

信不信，安生比我们理解这个世界，爱这个世界？

杜拉尔，某种意义上，我们与安生是在不同的世界里行使生命。

生命是什么呢？是力气，是长生不灭的存在。它是信念，和灵魂的动静。

灵魂不死。

我说不出来自己的感受。但我知道这一点。

把日子过好，杜拉尔。

想念你们。

每一天，我们唱几支歌。我想听杜拉尔唱《阿尔斯楞的眼睛》。杜拉尔就唱。欢乐和痛苦的时候，她有歌能唱。曼德尔娃在地毯上那一点点地方跳蒙古舞。

阎荷

十二年了，阎荷在另一个世界，我们在这里。

断断续续和阎纲老师通信时，会说到阎荷。

她是同事，也是朋友。比我小。偶尔想到，阎荷跟我妹妹同岁……跟我妹妹那么大的孩子做朋友，二十几岁以前没想过。和阎荷共事九年，没感觉到她比我小这一类问题。因为她习惯为别人着想，至于别的，一笑就带过去了。“咳”，她常短促地感叹一声，作为应答，也把千言万语封住了。一个好人，一个好女子，不显山不露水，但是山水穿过她的生命，相连她，相连住时间。

她是好女儿、好妻子、好母亲、好工作人员。她的好，在面儿上，也在里头。她的好，是深长的，有意味的，明亮、质朴的，是靠个人秉性、信念和教养生长出来的，所以感染力强劲，让认识她的人长久地品味和怀想。好人的意义，就在于给自己鼓励，也给别人鼓励，温暖如春，长此以往。老人们看着她长大，说她生活过程怎么着不容易，也没走样；小孩们看她，觉得她亲近，要是小孩的妈妈有事，托阎荷照看几天，小孩子不会嚷嚷说不。我小孩巴顿刚才还说，不知丝丝工作怎么样，自然又会说起丝丝的妈妈阎荷阿姨。他记忆中，“阎荷阿姨很漂亮”。小时候他说“阎荷阿姨好”。阎荷去世前一年，文艺报社组织大家去坝上草原秋游，我们约好带上小孩，我和阎荷一伙女同胞以及她们带的女娃娃合住一个屋、睡一张大通铺，巴顿住男生那边。白天孩子们一起昏天黑地玩儿，阎荷极有耐心地和孩子们裹在一起，跟他们一同欢天喜地。当我告诉巴顿，阎荷阿姨得病去世了，他呜呜地哭，问：“阎荷阿姨再也不能和我们一起玩儿啦？”

巴顿记得阎荷阿姨用他们家的洗衣机帮我洗衣服。巴顿不到十岁那会儿，我们居住在和平里一带的筒子楼里，五户人家共用一间厨房，一层楼的人共用男、女分隔的卫生间，厨房没有洗衣机专用的下水道。礼拜天休息，人们拥挤着做饭，洗衣服的事不那么容易进行，而平常的晚上，也是人多水龙头少，洗衣服的事困扰着人们，没有抓拿。阎荷说，把要洗的衣服拾掇拾掇，搁我那儿洗，我有全自动洗衣机，一会儿洗出一锅。见我没动静，她一回又一回提议，我带去衣服洗了两次。第二次去她家取洗好的衣服，见她靠在床上，那时还没发现身体有病，她只是觉着疲惫。我不忍心再添麻烦。在同一间办公室上班的时候，她说，咳，你别想那么多，我那儿方便，真的，比你那儿方便得多。

阎荷长大的过程，见识到的人和事比人们想象的多；她心里体会的、埋藏的东西，比亲身经历的多。那时候父母双亲、父辈老人，正历经着国家和个人千重万迭的困境，岁月就把一个上世纪六十年代初出生的女子，煅造成一面温良恭俭让，一面永不言苦、极有韧性。她能够倾听别的人，关注别的人，把别人的苦寒当成跟她有关的事情。

在阎荷身上，我体会出，她对事物自有的公道和正派，她总是从容有致，自然、诚恳、落落大方，而且在无关原则的事上能够就着他人，不去为难谁。个人那一方面呢，不夸张，不造作，不讨巧，也不埋怨。不知道在她的思维里，有怎样的格局，有怎样的比照尺寸，使她出发的时候，能够踏踏实实站在地面上，站在很靠实的地方。从她脸上，一般见不到“岁月的痕迹”。她不愁眉苦脸，也不说笑过头；常见她眯眯地笑着，有人的时候是这样，没人的时候，眼睛也是柔和、温润的，景象纯美。

上世纪九十年代初，我调到《文艺报》副刊部工作，阎荷在总编室，我们发稿，他们编排，然后一起下厂，会合到中国青年报社印刷厂去校勘。报纸出着，我们作为年轻一辈报人在实战中慢慢磨炼、过渡成中年人。

后来有一天，她问我，有没有可能，她想离开总编室来副刊部做一个编辑。社领导对她提出的想当编辑的请求，回复说：只要有编辑部同意接收，她就可以去做编辑工作。我说好，你来吧。副刊部加上阎荷，进来两位新人。我在副刊版面上，设置了“记者手记”的专栏，放在头条位置，想她们两位采和编同时上手，有锻炼平台，也有用武之地，尽快适应编辑、记者工作，并能扎扎实实钉到岗位上。她们采写回来的稿件，我用心审改、编排，和她们交流，提交终审，然后在副刊“原上草”版面最醒目位置推出。阎荷做了牛汉等前辈的专访，还请唐达成前辈题写了“原上草”的刊头。那一年，副刊一个月启用一位文学大家题写的“原上草”刊名，有读者来信说，他们一份不落收藏《文艺报》副刊“原上草”的名家题字。

后来报社改革，调阎荷去新创办的周末版编辑部，并委以重任。她很快进入状态，工作做得有声有色。

一天午后，她料理完工作，来我办公室，和我聊了三个多小时。这个下午，成为我永远的记忆。当天晚些时候，她身体出现状况，就近入院检查，查出腹水，转院再查，知癌症已侵入体内很久。那个下午，我们谈论的话题，如果时间错开没去进行，再无可能展开。

而那天的谈话至关重要。阎荷啊，老人说，那种情况下，要说给一个人的话，比金子还贵重。日后，我常想她说的话，想她的坚实和深怀的德行，如同穿越山石，溪涧细水一般，长流不息。关于合适的人和不合适的人各在怎样的维度和方向里，不会在什么样的轨道上……她像是负有使命，我们在事物的本相那里，深入地交流。那样的谈话，在我们之间是第一次，也是最后一次。在报社，她很少那样敞开地说话，说那么长时间沉重的话题。

我知道，那是她的一个绝唱。

真正意义上的好人，才可能有那样珍重的声息。我也比较完整地理解了阎荷。

我珍惜她。在失去她的日子里，想念她。

我写给阎纲老师的信里，阎荷是重要内容。

“一个人给别人那么多美好，随时间往还，她其实仍然生活于时间中，与感念她的人们一同往前，互相致以鼓励，致以力气。

保存住美好，人的自然责任里这一点尤其重要。

阎荷的美好，时间越久越显现出难能的魅力。

您和刘老师，有这样的孩子，该骄傲啊。

谢谢您，谢谢刘老师，让我心生长久的感动。”

“终于找到以前保存的阎荷的三份手稿。一并奉上，作为纪念。我自己也视为珍贵遗存。但您二位是最好的保持者，没有比在你们这里更好的地方。

我之前只找到两份，想三份找齐，再交给二老。现在我安心了。

阎荷是我的朋友，她的好，全在我心里。那种好，不以时间流逝而浅淡，不以言语声息轻重而改变。相反，它如一株顽强的树，日夜生长。

二老多多保重，让阎荷放心。

有什么事，尽管说，我当尽力。”

“阎老师，您好。我已开始读，我想读完再动笔。您比我们勇敢，去面对这件事。我有时候想起阎荷，会陷进去很长时间。过去的日子，她那么真实地在我眼里、心里。她和别人不同。我们有很多方面不用交流就能相通。做人的基础是一致的，家教是一致的，虽然各在不同的地方和家庭生长，但我们的心性是能够在很大程度上相通、相连的。我们不用说，也能是长久的一种关系。一位可以相通的朋友，在你心中。说不出来的痛和思念。

您真是活出来的人，您的力量每一天都在生长。

有阎荷这样的好女儿，她会尽她的力量佑护您，健康长寿，做自己喜欢做的事。

请多多保重。”

“阎老师，您好。读罢，难受了半天。本来我想说说阎荷，没敢说，怕您和刘老师已经很难过了，再添更多的痛。唉，日子就是这样运转，人和人的关系这样纠结。从陈忠实老师那儿和您笔下，知道王愚老师走过了很艰难的路。阎荷离开我们，让我什么时候想到，什么时候痛。她清晰、干净地在我心里存在着，从没有模糊过。用一句男子们常用到的话说：我的兄弟——她是我的如兄弟一样的朋友。我常觉得这个词语，是我们之间确实的词语。

情感和更多的理解、尊重、喜欢、亲近、自然，一直存在着，并加深、加重着，到人突然离开了，痛和记忆成为我心里的继续连接。我相信，她的灵性再一次脱颖而出，她的生命再次聚合起一直不断生长着的能量，她已经再造了，堆聚起更多从前的理想和愿望，堆聚起更多坚实有致的美好，于我们身旁给劲，帮助我们往前运转，做更多应该去做的事情，把生活创造得更为美好。阎荷的愿望里，从没有不坚守自己的希望的时候。仔细想想，没有过那样的时候。

阎荷在我们身旁。她清晰地、生动活泼地在我们的每一天里。她的美好，只能使我们更加美好；她的干净，只能使人们更加努力地为土地和人群、为自己清理卫生。

我珍爱阎荷。由此，更尊重抚育了阎荷的您和刘老师。

祝愿阎荷清秀、明亮、坚强、独立的灵魂永驻。

祝福我们大家的日子因阎荷而有的不同，长存温暖。”

没有土地的村庄

造访我们楼的客人，临走总要回头再看一眼这栋楼。它在北京东城区和平里二区。

那是一栋朝向东西的尖顶筒子楼，中式样，又有点儿西式，不同表现在哪儿？在尖顶上，还有二层楼梯口对着的大平台和大阳台。别的没什么，上下两层，二楼的那个大平台和大阳台，上世纪六十年代中后期就被封闭起来住了一户人家。

筒子楼上、下两层，以楼梯为界，每一侧有一间公用厨房，全楼二十几户人家，共享四间公用厨房；楼上楼下各有一间公用厕所。每家把房间里堆积不下的木柜纸箱烂桌破椅玻璃瓶废置的鱼缸以及蜂窝煤火炉子等等杂物，码放在走廊里，红辣椒紫皮蒜和一捆捆铝皮烟筒在烟熏火燎的走廊里垂挂得七上八下。秋风起树叶落时，满楼道又成了大白菜的世界。而一俟老住户搬走、新住户尚未入住的日子，老人们就在走廊里盘桓，没两天竟有好几个五十年代的大水缸从什么地方抬出来，里面装着早年间烧煤球时劈下的木柴，或者装着瓶瓶罐罐，还有几垛红砖青砖，占住搬走的人家腾出来的空间。

小简妈已过七十八岁，在厨房做饭的时候喜欢和我聊天。“您留这些干吗呢？”我不解，说起小简妈堆放到走廊的那些东西。她说保定的一种方言：“放着呗，万一有个用，你说噎？”谁说也没用，老太太觉得下个世纪生炉子的人还得生炉子。她说：“蜂窝煤灭了找谁去（发“弃”音）呀，还得用木头点着喽。”有时，她从外边院子扔垃圾的地方又捡回几截木头放进大水缸。

走廊两头的玻璃窗户被市政公司和街道建的出租楼堵死以后，上、下两层的楼道失去了最后一缕光线和自由流动的空气，人走进幽深阴险的楼道，需要开灯，并且走一种S形的步伐，绕过一家又一家的杂物，领受一种又一种浓烈扑鼻或微熏的气味。

一位影视界走红的制作人朋友来我家玩儿，相中这楼里浓厚的生活气氛，把他的摄制队伍及一个水灵灵的小女孩和她的母亲拉到这里，拍了大半天，楼里的人，和别的楼的人，都围着这群制造电视故事的人看。几个聚光灯一开，我家的插座啪的一声响，停电了，安在楼梯口的总闸憋了，闸盒那里噼噼啪啪火星飞溅。楼里的人喊：“可别弄得失火啊！”整座楼里盘的是五十年代的老线，承受不了那么大功率的灯。他们只好开车回去拿蓄电池。楼下的林二迷糊，搬来板凳踩上去，说，“我来吧，你们整不了，这家伙老不拉碴难伺候呢。”他当过几天电工，平常楼里一烧断电，他总是骂骂咧咧：“谁活腻歪啦？烧他妈什么呢？”最后他不干不净哼哼着踩凳子上去修。我刚搬来时，林二迷糊让跟我住斜对门的小简妈转告我，买电表不能超过两个安培，告诫我，全楼的电只有十五个安培。我一直小心谨慎。搬来第三年头上连续中了三次煤气，大人孩子躺倒在地直翻白眼，从此心生恐惧，不敢再生火炉，买来一个电暖气，但第一次使用，就把楼里的保险丝烧了。以后，我开一条窗缝，和所有邻居一样，继续生火炉烧蜂窝煤度过冬天，用电器代替煤炉子取暖的事情再没有张罗过。

此时，我心生不安，又给大家添了一个大麻烦。我跑到楼下又跑上楼，见着谁都感到有歉意。不想林二迷糊却说："那什么，小冯，你忙你的，不碍事儿。"一下子就给担待了。"拍电视跟咱们一样，都不容易是不是。那什么，人家是客人，是你家的客人，也是咱们楼的客人……得。"我的一位外省朋友讲起北京人，说过这么一句：别管平常多浑的家伙，一到关键时刻一下就变得像个政委。我在北京生活工作将近二十年，确曾多次见识北京人的知礼识体，一暖一大片。那位制作人朋友说："你们楼的人真好。"制片也满意地附和："确实。"那个小女孩惆怅地上楼，坐在水泥楼梯拐角处，吹奶油蛋糕上插的蜡烛，并出厨房、绕过杂乱的S形楼道跑进我家……这是一组MTV画面。围观的邻居们极力想象女孩和这座老楼是什么关系，一旦上了电视，女孩和老楼好不好看，跟别的那些电视节目比有没有看头。折腾到天黑，这群家伙满意而归。楼里没有一个人想到跟他们要拍摄费，全体沉浸在"拍咱们楼"的喜悦里。

这是北京城最后的村庄。

年长望重的小简妈说："一九七六年地震，咱们的房基就震歪了，再有火灾地震的，咱们跑出房子也跑不出楼道，你瞅瞅——都得耽搁楼里头。"小简妈"文革"前就当楼长，说话全面，有概括能力，人占地儿，有气场，因此楼房前后的大门，听她的，白明黑夜都敞开。她常在楼道里喊叫："夹出带火的煤灰，别往楼道里搁噎，掉个东西、吹个风的，着了火呢？走两步倒出去又费什么事儿呢嗯！"尾音拐着慢悠悠的弯儿，却比她的脚步利索，先期进了屋。裂了几条缝的八仙桌，紧挨着一张单人床，她就搭跨在单人床边，胳膊肘支着桌子，透过老花镜看一会儿晚报。看着报，想起还有几句话，又出来喊："能跑动的都别窝着，到时候快点儿跑，别又……费事呢。”她告诉我，唐山地震那晚，她正做一个梦，小简她爸回来了，敲门呢……“我正估摸着谁噎……死人回来了。”小简的父亲在唐山一所中专当教师，那天和二十几万唐山人一起被埋在废墟里。小简妈说，那黑夜，她跑出去，心慌意乱，又跑回来，发现楼里的人还在睡觉——可倒是当家人没了。

楼里的人一年又一年保持着从容，只有小偷经常跑上跑下。

有一天在厨房做晚饭，小简说起楼下的新人对她宣讲佛教。新人说所有宗教里只有佛教对人是平等的，别的教，上帝永远是上帝，子民永远是子民，而佛教让每个人成佛。

我说，她相信，就是真的吧。

小简说，新人现在倒确实心静如水了，在院子里跟孩子们一玩儿几个钟头，也不嫌烦得慌。小简在城南一所区重点中学当高三的语文教师，至今独身，嘴上说不太喜欢半大不小的孩子，其实孩子们差不多都喜欢她。

她说的新人，也是独身，在一家合资肉类联合企业当会计，跟母亲住楼下把首一间屋子。新人的弟弟妹妹都已成家另过，隔三岔五回来看一看他们的妈妈。新人妈说孩子们爱吃带馅的，她经常一大早就扶着孩子们小时候用过的竹篮车，去早市买韭菜。她有高血压，腿脚不灵便，来回走不过二里地脚就肿得像块发面。但是孩子们爱吃这个，那就做，还能做个什么呢？只要不犯病，新人妈就乐意忙活。她们家十好几口人，在两平方米的空地旋转，不知吃饭怎么坐。新人的侄男甥女们一来，院里孩子们的队伍更加壮大，哗啦啦开过来追过去，有点儿惊天动地。我常看见新人在楼下给打架的孩子们做调解工作，像个负责任的幼儿园老师，说话轻柔，有声有色，直到孩子们都放下怒气冲冲势不两立的架板，你一下我一下动弹开，又在一起玩儿。每到这时，许多人家的窗户根儿，站着女人们往外看。

新人家是这座楼的老住户。据说新人妈和楼下的人吵遍了，楼上的隔着一层，吵得少，但小简妈悄悄告诉我，新人爸爸死后两三年，新人妈咬着牙买回一张大床让孩子们睡，“这不挺好一个事儿吗，你看噎……”小简妈对我说，她正好在院子里看见了，说，“你买大床了？”新人妈当时好好的，说，“买了，都长高了，搭板凳睡不下啦。”可是没一会儿工夫，她竟冲上楼推开小简家的门大声叫骂道：“你说清楚喽，你是说我养汉子啦，谁给的钱买一个大床是不是？今儿个你拿出凭据来！”劈头盖脸一通嚷嚷。小简妈受不了这顿堵，好长时间不搭理新人妈。新人从北大荒兵团回京探亲，说了她妈，她妈才在大她二十多岁的小简妈下楼、路过的时候，开口说道：“吃饭啦您？”

“说就说呗。过去的事儿，记个什么噎。”小简妈见我进厨房，就向我唠叨。这段话压低声音跟我说过不下五六回。当然她也说别的，比如每天早晨她在厨房碰见我都问：“巴顿他爸几点回来的噎？”“巴顿他爸”说他住这儿烦透了，出出进进被人监视。我说，没那么严重，别夸张。他不快乐。那怎么办呢？这座筒子楼的历史比我们的生命还长。我尽拣这楼的好、楼里人们的好，说给他听。我的沮丧，往往来不及跟“巴顿他爸”说，即被老太太带给我的温暖冲散了……看我在厨房洗衣服，老太太不断翻找绳子去院子里拴上，让我晾衣服，我洗一天，她就跟着忙里忙外一天不闲着。冬天孩子放学回来，我没到家的话，都是老太太打开我们家门锁，去捅旺煤炉子，把房子烧暖和的。唉，我依着老太太。我一搬来就把房门钥匙交给老太太。我对“巴顿他爸”说，下了班总觉得家里有人，跟自己的娘在家待着似的，心里特别踏实，时常有幸福感。我还是喜欢老太太。

我搬来十年间，见过新人妈和楼下的宁家、王家、林家争吵。她放开嗓子叫嚷，事情不外乎厨房里放的碗盆没了，走道上垛的蜂窝煤少了几块，或者公用厕所的下水道又堵塞了，污水灌了一楼道谁这么缺德往里扔什么啦……不过所有争吵都在白天进行，在新人上班以后。小简妈说新人妈最怕新人，新人不让她跟人吵架。“新人说她呢，”小简妈说，“也只有新人说她。新人说，她听。”

新人给她妈做“说项”，聚在新人妈心里头的气血才能舒缓开。

与新人妈冲突最多的是那位从前的半拉子电工林二迷糊，他们都住一楼东半边，使用同一个厨房，低头不见抬头见。林二迷糊长期歇病假，在出门不远的马路边开包子馆，去外汇商品大楼门口炒外汇和外汇券，夜里去院子另一头撮市政公司堆放的大炭，烧安在门外的土暖气，从公用电线上拉线吊几个大灯泡，一个吊在土暖气那儿，一个拉进厨房把自家的炉台照亮，一个给楼梯那里隔出来的一个角屋里关的老猫照亮……新人妈出出进进，全看在眼里，于是一跺脚，亢奋、抖颤、跟秦腔差不多少的老声，即刻贯穿全楼。她一边嚷，一边四处关照围观的人，想要号召一下人们的是非观、正义感，但人们只是看，脸上是被太阳晒得裂开的那种陷落表情，遥远，麻木，无动于衷。新人妈只好从头再来，掰开揉碎，告诉大家林家的底了细了，从眼前，说到从前，再回到眼前。从她的神情到她的身体，都像是把这次战争当成最后的决战：楼上楼下的走廊、厨房、厕所，公灯只点15瓦，加起来没有林家一只灯泡亮，而且甭管谁都是随手关灯，林家给猫照亮的灯却白明黑夜亮着，点的可都是大家伙的电啊……她的嘶喊呼哧带喘。还有，头些年，林家姐弟外甥四五个都进过劳教所，兔子还不吃窝边草呢，可你们里外里地祸害……还有一天，林二骂她是“撮堆菜”的命。她说：“那怎么地，好赖是我自己挣的，不比你介天包人肉包子赚黑心钱强啊，你当谁不知道你！”恩恩怨怨，源远流长。

林二迷糊有时放开嗓子骂几声，有时只做出一副玩世不恭、满不在乎的表情，往新人妈脸跟前凑合两下，嘴里发出“噫、噫”的声音，把新人妈虚胖的身体气得前后摇晃。林二迷糊呢，该干吗还干吗，拉着狗遛弯儿，打扫老猫的角楼小房，再给老猫换盆新沙子，按部就班，任什么一点儿不耽误，嘴里时断时续哼着一支小曲儿。

当晚，在厨房做饭时，小简妈跟我说：“真拿这个林二没办法，忒坏，‘文革’的时候我在街道负了点儿责，管了他们要流氓的事儿，他领一帮坏小子打得我们家没一块好玻璃……可你说谁家有点事儿吧，他还真想着帮忙，怎么说他噎……都是他老孤母俩做的孽，可劲惯，跟他‘老的儿’一个模子里出来似的。”

这些或南北、或东西向的筒子楼，交叉错落，布局有序，组成了北京市二环外东北边一片灰不出溜的区域。那年北京争办奥运会，这一地带的老百姓见面即谈奥运，企望奥运的事千万别黄了。他们说，亚运会开成了，咱旁边蒋宅口就开了一条大道通到亚运村，沿路盖了那么多新房子；奥运会的事儿成了，咱门口这条路还不得拓宽，从亚运村直通到工体，这条路就成了东、北二环、三环路的辅路，那可就拆迁有望，住上单元房啦。确实，马路上已经有人在紧锣密鼓地勘测了。

单元房意味着什么呢？有厨房、有厕所、有暖气，有条件洗澡，有地儿放东西；意味着再不用把洗衣机和电线拉到公用厨房，一盆一盆端起来倒水，或者拉到公用厕所，占住全楼的下水道走水；意味着冬天妇女们不用长时间待在没有暖气的厨房，用全北京最冰冷的地下水洗洗涮涮……也意味着那些盲流不能隔三岔五潜进楼道和厨房，扫荡人们那点可怜的家什。

看看，就来了。

临街的筒子楼的砖墙被市政府派来的人一水儿粉刷成铅灰色。裸露的破院烂房几天之内垒起了带花眼的围墙。垃圾不再涣散烂漫一整个院子，它们全都被塞进了绿皮新桶。住在一楼的人家圈起的木栅栏、铁栅栏和占地建筑的小窝棚通通被勒令限期拆除，街道三五个妇女和派出所的片警楼前楼后响动着、指划着，临走，一位小矮个儿、腿罗圈的大妈拍着小简妈的手说："可不怎的，万众一心迎奥运呗！"他们跟通知穿上新衣服列队上街迎接"九大"召开的一九六九年三月底、四月初时候一样，神情专注、神秘，步伐豪迈、坚定，过来两趟，就把小区人们的热情迅即调动起来。小简妈的腿脚比平时利索了许多，声也大了，见什么就想说叨一下。厕所对过住着小仇，从不起伙，进厨房顶多取点水、倒点水，整个冬天不生炉子，在父母家吃了晚饭过来住一宿。小仇搬来不久，领来一位女友同住，但是住了不到半年，不见了小仇，女子的新男友跟女子泰然自若地住着那间小仇姐姐名下的房子。小简妈预测，早晚得出人命。想不到，小仇和那位女子随后又住到了一起。小简妈怎么瞅那位女子也不顺眼，这时在楼道里喊道："什么人呢，别人还怎么上厕所噎？要住，等奥运会开喽，你们住你们的单元房去，别碍大家伙的眼噎。"

最后，奥运会终于没理睬北京，当然更没理睬北京东北边和平里一带筒子楼里的这群人。

人们陆陆续续又把拆掉的栅栏、窝棚原地搭建起来，接续起旧日子往下过。绿皮垃圾桶全部被不知是哪级政府收走了。到秋风扫落叶的时候，清洁工人把整个这个地区的垃圾、树叶又集中倾倒在我们楼前，二十几天工夫，树叶和垃圾完全堵塞了道路，堆积成一座灿烂的山丘，以致七八个背着筐、推着车的老头每天抢占一片山头，兴致勃勃地把脚陷在里面驰骋、翻拣。泠泠风雨中，垃圾积压生热，酿造出浓烈的气味，四处弥漫。平常喜欢开窗通风透气的人家这时候紧关门窗、闭垒森严，进进出出的人也绕道后院，行走别的小路去了。

那是个周末，新人妈忍无可忍，冲上去抓住一个清洁工人的衣领喊道："奥运会要是办的话，你还敢往这儿倒腌臜吗？"

新人费了半天劲把她妈拉拽回来。

新人妈说："你陪我去一趟市委，咱也上访上访那些个当官儿的，敢情都是猪鼻子插葱装大象哪，干净两天就卖屎堆子？做给谁看呢，拿他妈中国人不当人嗯？"新人等她妈叽里咕噜发泄完了，动手给她妈梳理刚才气得炸散的怒发。一边顺溜白多黑少的头发，一边宽解她："妈，不往这儿倒就得往别处倒，邋遢别人干吗呢嗯？每天下那么多树叶，他来不及收拾，咱们这儿有块空地儿，又在马路边上，倒方便戳走也方便，他缓过手来二十几封闭卡车不就拉走了？"新人的话，新人妈听进去了。是啊，每年下树叶时都把树叶和垃圾运到这里堵二十几天，今年怎么就过不去呢？但是要想彻底安抚下来、平顺心气，别又发病，新人还得把道理说上一天一夜，直到她妈实在累了，呼呼睡着为止。

新人妈生了气是睡不着觉的。新人常常累得心力交瘁。但是没有人宽慰新人，她也是四十好几小五十的人了。她郁闷的时候找谁呢、怨谁呢？没有人，没的怨。她早想过了，因此在她心里，没有走不通的道。她很早就开始努力，忘记自己。所有的事出现了，都是该出现的，是命里注定的。只要一想，明天还有事情等着她去做，她就看开了。她这么跟我说。

这群筒子楼起初盖起来是给苏联专家当宿舍的，那是1952年的事。苏联和中国两家翻脸以后，苏联专家撤走了，这一大片筒子楼房被许多有地位有势力的中央单位瓜分，单位们又争先恐后砍倒院子里种植的杨树，东一间西一间搭起小平房，把单位的本分干部尽可能多地安置到这儿。现在，不知是地势低，还是被高楼大厦遮挡住了微波信号，人们收不到清晰的电视图像，看一场足球赛，能把自己看成残废，心急如焚不说，束手无策是真，只能垂头丧气挣扎，听解说员“掰话儿”，看屏幕上球员模模糊糊冲动，看不见球。

旁边这二年盖起的单元房，已经有组织地安装上了有线电视天线，同时接收全国各地发射的卫星电视。筒子楼里的人们，不甘心就这么被都市遗忘，纷纷想辙，但是能爬上房顶安个小天线的人家并不多。最大的困难是上不去，老房子不像现在的塔楼一层比人高不了多少，老房子一层是一层，高得吧，使在这儿住过的人永生不忘，知道一旦搬走，可北京再见不着这么高的房子。房顶陡峭，顶上铺一层红瓦，瓦片里头还住着一窝窝灰麻雀。个别插到房顶上的天线，是灵活、胆大的男人们借着旁边街道见缝插针乱建出租楼搭起的脚手架，咿咿呀呀爬到楼顶上插的一杆“旗”。可惜好景不长，风一刮，天线转了方向，远看，房顶上贴着烟囱竖起来的几根自制天线，歪歪斜斜，破败零落。终于，折腾的人家，和没能力、没财力折腾的人家，电视图像又一律不清楚了。新景致又和老景致一模一样了——一过晚上九点，家家户户闭门歇火，整个楼道除了睡觉的生活和生命气息，别无其他。现今都市里那些灯红酒绿的事情，和平里二区这儿是一概没有的。整个楼里数我家闲杂朋友多，坐高兴了迟迟不走，传出说话声难免扰民，于是“巴顿他爸”和我，不断提醒朋友们“小声点儿，邻居休息了。”，既不尽兴，样子也滑稽。

我搬来以前，这里已被划定成危房，但是危到现在，除了后院柳家大人去外省走亲戚留下孩子中煤气死亡，还有我们中三次煤气仍侥幸存活以外，没有特别的事发生，跟别的地方一样，老年人隔几天就有生老病死的，为他们的子孙腾出地方。筒子楼房依旧在歪斜的地基上矗立着，就是楼上的人家夏天漏点儿雨。小孩子不断生出来，一茬儿、一茬儿地换，但哪一茬儿的小东西都喜欢从二楼楼梯上拐着弯儿往下滑溜着玩儿。

马路对过儿，一座民族出版大厦盖了三年，终于完工，却因看图纸的人把图纸不小心掉了个儿，而把门脸儿房放到了院子里边，院子里边用作图书、期刊的几间大库房的高大实墙对着热闹的大街，整个大楼底下几层想做生意而租不出高价。我们周围靠街的门脸儿或者住宅楼拆了翻建起房地产大厦，和三四星级的大酒店，但整个地区找不到向老百姓敞开的公共浴室，所以，身在大厦里的人，即使愿意，也想不出这些老房子里的人，折腾出那么多浓烟是为哪般，怎么回事；荡漾出一院子下水道的污水，跟黄河似的又为什么。他要知道还有好几家要房不要命，把住房搭在了埋伏地下的筒子楼的煤气管道上，一不小心就可能引发煤气管道爆炸，这话，我在楼下晾衣服的时候，也跟住在煤气管道上自建房屋的那家大姐讲起过，她说，命该活咱就活着，命该没咱又能怎么地呢？咱不住这儿住哪儿？她说，要是煤气真爆炸，你们楼里的人也没好，还得殃及这一片筒子楼和附近新建的大厦，那些旅客没准儿就不敢沾这些宾馆的边了——说起来是挺不安全的，我也找过街道、找过派出所，这个问题还在不是吗，我在煤气管道上住了快三十年了。

新人就在这些日子里，从离这儿不远的雍和宫捧回开了光的佛祖铜像和《金刚经》。

新人比小简大两岁，和小简的姐姐大勤同岁。十五岁那年新人和大勤一起去了北大荒兵团，十多年后，大勤回京和一个小学教师结婚了，而新人至今独身，不想结婚的事，不谈结婚的人，每天念完佛上班，下了班帮她妈做饭干活儿，完事之后又念佛，中间接送她妹妹生下的龙凤胎中的女儿上下学。

那个女孩一出生就放到姥姥家喂养，新人妹妹吃住都紧，俩孩子养不过来，新人妈跟院子里的人说：“新人跟她妹妹说了，小琳琳归她抚养，所有费用她负责，还有我的养老，她也管了，她好歹是一个人，挣一份合资企业的工资，够我们几个用。”新人的父亲死得早，新人妈三十七岁守寡，原先她也做着个什么工作，丈夫一死，开始犯病，医生确诊她得了气质性幻听型神经分裂症，只好辞职回家。她的神经异常敏感、脆弱，见人说话就怀疑是在议论自己，气滞胸间，无以解脱，经常半夜爬起来把被子拆了放进大盆里洗。新人小小年纪，在北大荒新华农场担任了排长，却日夜操心母亲，想象母亲心身交瘁，经常不能自理，怎样率领四个弟弟妹妹艰难度日的情景。新人是老大，见识母亲不容易的事情更多些，从小就知道帮母亲的忙，跟母亲一起揪扯着弟弟妹妹们成长。她两年回一次北京的家，二十天假期里，几乎天天带母亲去看病。新人返城回京后上了班挣了钱，第一件事是给她妈往回买肉。新人妈逢人就说，她终于过上了顿顿吃肉的幸福生活。

新人说：“您吃了一辈子苦，从小我没看见您吃一块肉，一个月买二两、半斤的，尽往别人碗里夹，喂孩子们的奶都是清汤汤的。去了兵团第一件事，我就发誓，让我妈以后吃上肉。后来念佛了吃素，是我的事，您别在意，您吃肉，我就得吃素，越发不能沾荤，这是命定了的，谁叫您是我妈呢？”见她妈一股一股揩眼泪，新人笑了，“您难过什么呀，我吃素，心里才清爽，才安静、踏实……我觉得挺幸福，您也幸福不是？这就对了。当然除了信仰以外，我还得赎罪呢，妈。说真的，要不是看您那么苦，我为这事发过誓，真希望您跟我一起戒了荤。你不知道那些动物被杀的时候，都惊恐得死了好几回了，我们吃下去的肉都是绷得紧紧的，这种肉吃多了，人成什么了？杀气腾腾，世界永远没了安宁之日了不是？”

新人妈跟小简妈搬了凳子坐在后院晒太阳，拉呱新人跟她说的话。

傍晚或者周末，常能听见新人在楼下声音开阔地吆喝：“小琳琳！别玩儿啦，吃饭啦。”等候琳琳的时候，她就和邻居们在楼下聊天。谁有难处了，新人就说：“我来，这事我能做。”她承担起来的，比如送谁的孩子到医院打针，哪个孩子放学回家大人回不来、没能做晚饭，订的报纸、订的蜂窝煤来了家里没人接应，她说，让她妈“搭照”着，“放心吧您”。我骑车上班，新人看见了总说：“轱辘没气了你就进来拿气筒。”甚至，小简妈有一次跟新人妈说起我，说小冯尽吃牛羊肉。新人见到我就问：“小冯，我给你带点鸡肉吧，我们厂做的成品特干净，哪个部位都有，你爱吃什么，跟我说一声，我下班顺带脚就带回来了。”其实新人并不方便，她的合资厂设在郊区县，她上班要先去北新桥一个地点等班车，再坐一个多小时才能赶到厂里。我说太麻烦，市场上能买到，别大老远的费劲。新人说：“不费劲，你们太忙，帮不上你，这点儿事算什么呀。”我说真的不用，让你远天远地提块冰冻的肉我可不落忍。她的真心实意不容置疑：“你不说要什么，好吧，我买了你看什么你能吃，就拿，我下回知道你爱吃什么了再买。”几天后，新人妈呼哧带喘地扒着楼梯上到二楼，把新人带回来的比市场上出售的干净得多的鸡肉交给我。以后，我冰箱里，常有新人带回来的鸡翅、鸡胗、鸡小腿。小简家、小曼子家也有她们需要的鸡肉。

我不知道当初新人在北大荒兵团爱上她的战友，新人妈极力反对，现在新人妈和新人怎么看待这件事。那是位上海知青，和新人在同一连队，会唱非常动听的男中音，和新人约会，就在晚上黑蓝色的天空下，轻轻地唱《三套车》。新人和他还没说太多话，只在心里做了很长时间的抗争，最后默认了她要爱的人就是他，这一生若要跟定一个人生活，就是他了。新人回家探亲时，把这件事和她妈说了，新人妈立即把新人的舅舅、姨，从天津、河北招来北京共商此事。大人们说着说着哭起来，从新人她爸在她几岁时去世，到她妈如何走到今天，新人终成兵团战士了，本指望过两年她能抽回北京当上工人，帮她妈拖带后边的弟弟妹妹。“不让孩子们上学吧，对不起你死去的父亲，他临死说的话是尽量让孩子们把学念完，我们家出过秀才举人……可是四个孩子一开学光缴学费就愁死人了……”新人妈越哭越伤心，“我的眼睛一夜夜阖不上，盼星星盼月亮，新人回家就好了……现如今新人跟一外地人找对象，就不能回北京了。”

我想，新人也许从那时起，就明白如果他不来北京，他俩的事情就不会有什么结果，这局面不能早说却不能瞒着不说。新人回到北大荒不久，就和上海知青讲了她家的情况。上海知青看着新人，和她一起流了半天眼泪，最后告诉新人两句话：“你把自己融化给你们家了。我不想这么生活。”他们就分手了。新人以后并没能完全放下这件事，只是她妈觉得她没事了。

新人跟我几次提起那个人，她说有时候会想到他。他们各自返回了自己的城市，再也没有见过面。但是新人觉得她和那个人能够相互明白对方，他们谁也没忘记对方。我说：“你确信吗？”新人说：“我要不知道这一点，就不配认识他了。”这是新人爱过的唯一男子，新人也是那个人爱过的唯一女子。新人这么确信。我不明白，新人怎么能确定，两方都不是不接线的人，他们俩之间总是相通的呢？两人都不往前走，也不往后退？他们所有的感觉器官都为对方敞开着？

这是新人的义念。

新人六根不净。她想怎么样？

有一天，新人看我背痛，上到二楼，帮我拔火罐。她跟我说起曾对小简说过的“只有佛教对人是平等的，别的教，上帝永远是上帝，子民永远是子民，而佛教让每个人成佛”那一排话。

那一段我心力交瘁，新人大概看出来了。她说，许多事没那么复杂，你不把它往复杂了想，什么事也没有……

我打断她，我想她是不是觉得有救世主，所以她踏实如初。

事实是，佛教与别的教一样，佛和上帝永远是佛和上帝，他们都号召人们怎样去行使自己的生命。你一生努力，随时在你灵光闪现时成为接近神明的人。你只要看看世上有几人成佛，就知道自己的道路有多长了。永生永世努力，是宗教告诉人们的准则。别的，都在行动里了。别的问题谁也解决不了。宗教的实质，不是要你“成佛”，而是要你向此方向努力。能接近更好，可是接近它的人也只有极少数具有灵性的超凡脱俗之人。他们是佛和上帝的劳动者。我说，每个向往宗教的人，首先是劳动者。别的什么也不是。

而善良是劳动者的本色。劳动确实修磨人趋向善良。这样看来，我们这些劳动着的人已经是在佛光照耀的道路上行进了。可是，我们与世界的关系，使我们永远不能真正地善良起来。试一试，让自己面对自己，就知道自己一面劳动，一面是多么茫然不知所措了。每一天，我们无能为力地起来睡下，而我们对自己的运转看起来也无能为力。永远不知对错地冲一个方向努力，是吗?

新人说，你就是不爱说话，跟人们多说一说就好了。

我不以为然。有什么好说的呢，世界上本来就只有基本的声音，任何人说多了，发出不属于自己的声音，都违反了自然。

可新人还在希图对我有所帮助。她说，抱定一个什么，还是能够救自己，也救别人的。

我说，我要是自己不能救自己，谁也没办法。你走吧。

新人说，那你睡吧，睡一觉就好了。

天上的太阳和心里的太阳比较，天上的太阳更顽强和有韧性，每一天每一时都在努力。心里的太阳却总是往后退，想着消失自己。

我和新人，和小简，谁也没有能力影响谁，但我们是这栋筒子楼里非常松散却互相惦记的朋友。

小简家，我家，或者是新人家，谁家来蜂窝煤了，我们都会跑出去一起帮着往楼里搬。

和平里一带的筒子楼十多年前已荡然无存。

和平里筒子楼拆迁之前五六年，我搬走了。可我就是想念和平里。走到哪里总是想念。就像我走到哪里都想念内蒙古一样。

筒子楼遗址上新建的高楼大厦，分出几种层次，最基本的层次就是建筑材料普通的返迁户住宅楼。小简在其中一栋楼里住一套两居室。小简妈在我搬走前没了。在那栋楼里，我最心痛阿姨没了。至今想念她。二〇一五年，巴顿准备考大学，已从城南重点中学调到和平里一带的东城区重点中学高中毕业班优秀语文教师小简，跑到我家里，给巴顿辅导语文和作文。巴顿沿袭童年叫法，称小简大阿姨，管她妹妹叫小阿姨。

新民和她妈搬迁到城北西三旗。新民妈移居新家住了两年也走了。

小曼子爸爸、回族人马老师也没有了。小曼子妈妈的腿疼得下不了地。她记得，她去巴顿上的和平里四小给巴顿开过家长会。“现在没腿啦。”小曼子妈说。

我那会儿在干吗？做出报社的版面，赶去采访、拍摄纪录片。正做哪一部分片子……巴顿读一年级还是二年级，小曼子妈帮我去开的是哪次家长会，记不住了。

淘气的小曼子出落得楚楚动人。她上了大学，有一份不错的工作，用心照顾着妈妈。

林二迷糊家老人也都没了。小简和新民像她们的母亲一样，记着林二迷糊好乐善助的不少事情。

两年前，小简、新民、小曼子，还有我，和平里筒子楼的四个邻居建了一个微信群。小曼子结婚，我们凑钱给小曼子随了娘家人的礼。

土地的福祉

老人有耐心，观赏事项，不急不躁，年轻人们的耐心越来越显得不够。对这个世界，老人平和地等待着，自己和更多的人有福，自己和更多的人和平安乐。自己的城市和乡村，任何新的动静，都是和他的生命相关的，他等待着，福祉存在那个动静里面，于人、于城市或者乡村，福祉将存，而滋荫广众。

老人用心修剪着他的城市或是乡村，修剪着他自己，托运遗漏，连接历史。一个城市或乡村的面目、温度、底线，真实有致地镂刻在老人的皱褶里。从老人的面容和眼睛，看一个地方的人物、事物，那里面的距离是怎样的，就是老人告诉你的真相。老人的节奏，像一架老马拉的车，经过了时间的磨砺，耐久而可靠，将想往上路的人，驭载起来往前运输，在可以瞭望的尺寸间，结实的田野，丝丝缕缕，还在想见的世上人间。

常有“最后的……”凄美印象划过。而“老”者，老人，老树，老房子，老物件，老地，老庄稼，老河流，老太阳和老月亮，苍老的微笑，古老的智慧，老眼锐利的光，老泪纵横或者是老点心的心思，或者是老家伙的棒喝，老人无语，老者静默……总是借助后来者，接纳住“最后的那些好”，往下走。

南方广西有个永福地方，生活着许多铜钟般的长久老人，旧时县名即写作百寿。曾有一位廖姓扶名老者，享年一百五十八岁。今日百岁以上老人，在永福县辖内有三十二位，而联合国确定的长寿之地标准为每十万人有七位百岁以上老人，该地方即可称作长寿地方。永福县二十七万人，每十万人口拥有十一点七位百岁长寿老人，超过联合国规定的单位人口的长寿标准。而永福全县七十至九十九岁的老人达一万八千六百余位。

在永福县百寿镇一个村庄，一位八十岁上下的老妇人眯眯地笑着，在村边陡斜的杂草丛里捉丢失的鸡，衣襟里兜着母鸡在这片草丛里孵化出的几只雏鸡。我在一间老屋歇下，和四位老妇人聊天。她们的年龄从八十多、九十多，到一百零二岁不等，端坐堂屋……和我说话，看午后细碎的时光复流。她们说，自己的事情，都是自己做呢。

日出而作，日落而息，所饲五畜与人尽同，散落地面，汲河水啄天粮，练就强劲腿脚，水土丰沛，身姿健朗，纹理柔韧，朴实无华，守望田园，心在开阔地上，手脚勤劳而得其食，不近贪赃枉法之思维，清静祥和施爱于人、于己、于家园。大悲大喜都在肩膀上，人没有停止，劳动没有停止。他们把自己心里面的余地，扩大到一个家、一个家族，一个村庄，一年四季，一个时代，一个朝代……全负载下来，不惊不乍。以动，以静，和土地一起，呼吸与共，以致全数消化。

老人，是他的土地上最好的庄稼。

我跳舞，因为我悲伤

一九九八年七月，北京最热那几天，我进入文慧的生活舞蹈工作室。文慧说我练习的时候特别投入。不过，投入只是个人的惯常状态，并不说明我真的适合做这件事，能做好这件事。我对自己能不能坚持、能坚持多长时间没有把握。

参加练习的人有的是做纪录片、做自由戏剧的，有的画画，有的从事行为艺术，还有就是我，文学编辑、作家。一群人很难到齐，很多时候只来一两个人。我每星期坚持着，没有中断。深冬的一天，文慧约我到歌德学院，那儿要举办一个关于德国现代舞的讲座。我找到北京外国语大学一侧那座歌德学院的小楼，没急着见文慧，想独自感受一下现代舞最为辉煌的发生地德国，究竟在做些什么。讲座进行了一个多小时，之后放映影像和图片资料。我牢牢记住了德国现代舞大师皮娜·鲍什的一句话：我跳舞，因为我悲伤。这是埋藏在我心底的话，是我一辈子也说不出来的话。从那一刻开始，我与现代舞像是有了更深、更真实的联结。皮娜·鲍什朴质的光，在这一天照进了我的房子。

我听到了许多年来最打动我的一句话，说不出心里有多宽敞。

我是一个比较沉默的人，过去在戈壁草原和围绕着它的大山里，一直很少说话。我表达高兴，就是拼命奔跑，或者一个人待在一个地方，皱着眼睛和脸瞭望远方，我心里的动静，就在那个时间里慢慢流淌。而我的忧伤，是黑天里野生黄牛的眼睛，无论睁开还是闭上，悄没声息，连自己也说不上来为什么幸福、为什么悲伤。半大不小的时候，我被大街上一匹惊脱的马拉的大板车碰倒，腿上碾过一只马车轱辘，也没有出过声。后来我常盯着马路看，想知道一个人倒在车底下是一种什么情形。我偏爱过去那种大轱辘牛板车和解放牌大卡车，它们的底盘高出去一截，倒在车底下的人有可能生还。我的全部生活就是这样，和跳舞不沾一点边。

我们那里一年四季刮风。无风的日子我就快乐得翻天覆地那样旋转身体，我会爬上房顶，测一测是不是真的没风，然后像房顶上堆起的麦秸垛，我在心里垛起这一天要做的事情……我能看见开败的蒲公英的小毛毛漫天飞舞，看见它们在太阳底下乱翻跟头，看见戈壁草原上的一堆堆牛粪，把那些纤细的小毛毛一根根吸进牛粪洞里，看见吸附了碎毛毛的干牛粪被人塞进炉火里，飞溅出灿烂的火星。

“你的泪珠好比珍珠，一颗一颗挂在我心上”，听过多少遍只有两句歌词的这支歌，还是百听不厌。我常去米德格的杂货店，听她奶奶、那个没力气睁开眼睛的老女人哼唱这两句歌。一边听歌，一边帮米德格干活儿。待停下手，就背着米德格的女儿出去玩耍，对那个没有父亲的两岁女孩说话。后来女孩长大了，跟乌兰牧骑一个跳雄鹰舞的男孩跑没影儿了。

那个女孩长到四岁还说不清楚话，不叫我“姑姑”叫我“嘟嘟”。米德格说：“你教她吧。”我拿一根树棍在土里写“赵钱孙李……”她写“孙李钱”，写了好几年，终于能把字写得全乎一点了。只是“赵”字，写了几年以后，仍然缺东少西，我前面写，她紧随后面跟着写，可她不写“赵”，光写“走”，还把那条腿拉得长长的，不给往回收。所以她除了添乱，什么忙也帮不上。米德格的奶奶死的那天，我正好在杂货店。老女人唱着唱着突然睡下了，米德格喊我去看看她奶奶想要怎么样，那个小女孩拉扯着不让我走开，等我摆脱那个小东西，跑过去翻转米德格奶奶的身体，问她：“你怎么啦？”老女人已经死了。米德格跑过来大喊大叫，老女人这时又睁开眼对她说了一句话。米德格发了半天呆，想起问我她奶奶刚才说了什么。我把听到的告诉给她：“别信你爱的男人。”

那是一个长长的没有男主人出现的故事。

我在一个时间凝固的地方长大。

今年春节我回内蒙古探亲，一高兴跟我母亲说，我跳现代舞呢。我母亲说：“你要止痛片？”她挪动困难的身体去那个存放了一些药片的小笸里取。我说你不用拿药，我没病。她说：“你把止痛片带在身上。”她捏着小纸包从一个屋子跟着我进到另一个屋子，看着我，等我接她的小纸包。这是她能给我的唯一的好东西，在她看来这个东西非常神奇，像宝一样，她周身疼痛难耐时，止痛片帮她麻痹了一些知觉。她听不懂“现代舞”。后来她问：“是不是和男子一起跳？”我不知道怎么回答她。

我的事情一般不跟她讲。我确实不爱说话，更不对母亲说什么。从小到大就这样。

我离开家十多年以后认识文慧，她的职业是舞蹈编导，与我同岁。在我的朋友中，她是唯一专门跳舞、专业从事舞蹈编导的人。要是不和她近距离相处，我确信跟她成不了朋友。我熟悉文慧以后，想到：我母亲一辈子承载别人，不知道她能不能明白，现代舞也是一种承载方式。

我想说说文慧。

二十世纪九十年代初，文慧开始倾心现代舞，在国内比较早从事现代舞的实践。我觉得，她选择现代舞跟她的心性有关。她是个愿意倾听别人的女子，常会记挂别人的麻烦事情，在自以为适当的时候，送上她的问候。生活中大部分时间比较讲求情趣，有时候也为一点小事发愁，整个人塌陷进去，一筹莫展。还有，她也会情绪化，偶尔发一点怡、发一下浑，是年纪大了以后，舞蹈剧场越做越有声望，她的压力也越来越大，撑不住了就释放一下。更多的时间，文慧自觉自愿、自动发光，既和煦、又温暖。二〇〇一年春节前，跟我们一起排演《生育报告》的王亚男回云南老家过年去了，我们聚会，她缺席，文慧打电话叫王亚男的二哥过来，他在北京打工，一个人孤孤单单，生活很清苦。这种情况，文慧比较果断。她的温良和热乎心肠，使她通明事理，虽说是个感性的人，她能看重基本的地方，对人呢，一般情况下能往里看、往深处看，懂得分享他人的欢喜、抚慰别人的伤悲，算是一个在乎别人的人。

是因为能懂得别人更多一些吗？应该是。总之，她在意人的状态，重视人的生存境遇。排练的时候，她着意强调："别忽略此时此刻的感受。"我们在这样的方向里，做了大量练习。作为编导，文慧接受了我带着索尼录音机参与到排练中，一有空隙，随机采访每一位演员或与之交谈，我们相互谈论自己刚做过的练习，谈各自的真切感受，谈从这个练习生发出的意外元素……文慧也似乎找到了与演员更好地沟通的方式。慢慢的，参与人员，感觉到自己需要这样的交流，因为交流之后再做的练习，明显比之前做的更有内容，更有质感，演员更投入，对自己更有信心，也更享受排练本身。而国内的专业舞蹈演员，之前几乎没有接触过这些内容，不习惯做这样的练习，不习惯长时间坐下来讨论，探究，研磨。动作身体，是他们的长项；用语言、用思想、用情感、用心灵，倾听，交流，相互借鉴、互相切磋，启发，鼓励，协助，给予，以致能有愿望去发现和找寻触及人灵魂的肢体语言和表达，不曾有过这样的经历，也没有过被要求这样做，或者是感觉到自我需要去做一些实践、哪怕实验一回，私下里有过个别好友之间三言两语的交流，更多的是顺应一种自上而下的程式和规范系统，或者长此以往的惯性轨迹去完成任务。

再比如，练习在一尺左右的距离对视，舞蹈员们平视对方，安静地体察对方的内容，领会人和人之间也许遗忘日久、也许讳莫如深的东西，在相互凝视的过程，产生疑似了解，甚至理解那样的元素，艰难的心地有一点松动，人们互相间产生出珍惜和信任。然后，作肢体训练——这时，充分利用自发的肢体，传达人的内心。在此进程中，文慧讲求开放式训练和训练中人体的开放质量。几年来，她汲取了自己和大家练习时做出的很小、很生动的生活细节，把它们做进了现代舞，已有《裙子》《现场——裙子和录像》《100 个动词》《同居生活》《与大地一起呼吸》《餐桌上的九七》《脸》等作品，以及一九九八至一九九九年进行了一年半，于一九九九年十二月初在北京人艺小剧场首演的《生育报告》，这也是我全面参与建设和完成的第一部舞蹈剧场作品。其实，北京、广州，两大城市的现代舞团及团体外专业人士，到目前为止总共不到一百人，即使加上文慧的非舞蹈者兵马，如我，喜欢并愿意身体力行者，现代舞追随者的总量也未能有一百零一的突破，比起这个国家十二三亿人口，几十人的现代舞队伍，真如沧海一粟。但它毕竟存在了，成为偌大一块高粱地里的一杆枪。

现代舞对人、对舞者自身的关注，是它一出现在文慧的言谈中、出现在北京内部或者公开的舞台上，就吸引我的地方，那时我和文慧经常在一起玩儿，有一阵，她差不多一周到我家一回，吃饭、聊天，想来已有八九个年头。文慧的思维急促，闪烁跳跃没有规律，一句话没讲完，就跳到另一句，从一个话题突然跑入另一个话题，从一种语境转脸工夫跳到另一种语境，自己竟浑然不觉。听她说话，我经常是一边听，一边眯着眼睛笑，看着她急匆匆往前奔突的样子，想象她前一爪子后一爪子不失闲那么倒腾，觉着她很像临产前的孕妇，不把肚子里的小孩子生出来，惴惴不安。

不过文慧的直觉和传达能力是出色的。

我看过文慧编导的一些民族舞，像《红帽子》《算盘》，已成为东方歌舞团的保留剧目、经典作品。她是东方歌舞团具有个性的舞蹈编导，曾经被国内影视和大型舞台作品请来请去到处编舞，声名火爆。正值隆盛时刻，她突然转身，把自己收回来，不再奔赴热闹非凡的现场。我们就此交谈过很多。她说感觉到很焦虑，那些深埋于心的东西，日久天长以后，似乎已经酿造成形，她觉得必要通过一种与过去完全不同的、了无舞蹈痕迹的方式来表现。她自己越来越想要生活状态里的东西，她意识到，这些正是赋予人到中年的她、她的作品真正具有个性和内涵的东西。

我同意参加她的训练以后，确实感觉到，以往二十多年跳或者编导民族舞、东方舞的经验，有益的她努力地吸收进来，多余的，她一感觉到就把它们从自己身上往出剥离，而且她是比较自觉地这样做的。我们每做一种练习，她注意朝自己追求的方向靠拢，有时，她不满意自己或别的专业舞蹈员做的动作，就停下来，直言不讳讲："我们这样不行，太知道肌肉怎么使用了，特别做作。"有时候她居然开着玩笑说出"恶心"这种的词语。于是重做，反反复复做，连着几天做，直至找到感觉。

她对现代舞的认识和实践比较成熟以后，建立了这支相对稳定的训练基队和工作团队，使用她的方法进行训练。我配合着她，一面投入训练，一面插着空同大家交流。从我自己来说，是把练习之前、练习当中、或者练习之后的交流，当作另一层面的训练，思想的、心灵的、美学观念和精神领域的探讨和体察；当作人和人相互开启心智、激发灵感、鼓励和协作的方式；当作学习和尝试的机会。我也想更多地去认识和理解现代舞蹈，更多地认识和理解在这个现场实验之前不曾经历过的艺术方式。

要完成具体作品的话，我们就转入集中排练。文慧这些年去北美、欧洲和亚洲其他国家学习、排练、演出，身体前所未有地柔韧，筋脉能够打开到从前年轻的时候天天练功也没能达到的程度，她自己也觉察到身体的确出现了奇迹。有时文慧很感慨地说起从前，似有深深的不堪回首的隐痛。参加现代舞《生育报告》排练的北京现代舞团的舞蹈员和舞蹈编导王玫说，一九九六年，文慧给他们团做练习，她的动作还是硬硬的，很猛，中间和缓的东西不是很多，也持续不了多久，可是现在，文慧的身体里好像要什么有什么。

我第一次观看现代舞，是一九九三年，在北京保利大厦，金星和文慧几个人，演出金星的现代舞专场《半梦》。这是不是新时期以后中国大陆的人第一次在国内演出的现代舞个人作品专场，我不知道，触动我的是，我看到舞蹈员也是有思想的，当然这是基于我对舞蹈完全陌生，知识储备差不多等于零，基于往昔留给我的残酷记忆所造成的心理上的深涸距离。金星和文慧，以各自灵与肉的伸缩，在舞台上创造着时空里的可能性，创造着人的生息和肢体动静，一切混沌如初，是人在梦里才有的感觉。她们的舞蹈把人引向认识的艰难地境，使看舞蹈的人不知不觉地开始思想，感觉到生命在自己的躯体里涌动，而此时，浑脱的人性显现了……一股雨水从你的心里流泻出来，贮满了你的眼睛，恍然觉得舞台上的人就是你自己，你的内心世界和她的，在这个时刻融会贯通。这一切竟是因为舞台上的几个人，她们的头脑与她们的个体一起顽强地生长，你甚至看到，生长本身的与众不同。在整个欣赏过程，因为被舞台上的人牢牢抓住，因为投入的欣赏，你已经由一名观众成为一名参与者。

喜欢她们的专心致志。我兴奋不已，那天晚上从十条回和平里的家，本来该打车迅速回家，孩子一个人在家睡觉，我担心他有什么麻烦，我们住一个大筒子楼，万一他出去上楼道里的公共厕所，梦里糊里糊涂找不着家、回不了家呢？但是我激动得不想一下子缩短这段路程，就这么度过那段时光。于是在心里为孩子祈祷、祝福，但愿这个美好的、星星躲在黑幕里的夜晚万众吉祥。我走着回去，十来里地的路，在黑夜里，在脚下，我奢望一步一步地走完它。当走进黑洞洞的北京城，发现有那么多窗户，那么多暖洋洋的灯光，那么多人尚未入睡，深夜的北京宁静、安详，都像是我的家，都像是我的家人。真是好，就如那个剧场作品像是你自己创造的一样。

几天后，文慧对我说，我们一起做吧。她说她想做的现代舞，是要非舞蹈者的内涵，要你的质感，要你带着自己的思想跳舞……她说，就是要你的生活本质、状态，要你对生活的理解。“冯，你正合适。你是最合适的人选。”这是一次令人愉快的谈话，但她的建议，我不能够当真。我离舞蹈实在太遥远了。现代舞对于我，就像我的一个女友面对她八十几岁的父亲突然和一个年轻女子展开的婚外恋，同样不可思议。我跟舞蹈，那位女友看着年迈的父亲每天寄给浪漫情人一纸誓言，这些事情，中间隔着的距离，和距离产生的荒诞与威严，对我来说，不可逾越，不可捉摸。

文慧鼓励我，说我身上有种特别的东西，天然的、没有后天装饰的，是她希望引入她的排练中的。比如，舞蹈演员经常是往上拔，身体飘惯了沉不下去，她觉得我能够与土地相接，身心是安静有力的。文慧非常想要与大地靠得更近的东西。我说，我想拔拔不上去呢。她说，你别，别丢掉你的东西。她还想要我投入时的状态。可我觉得，我投入时整个看起来像个衰老的人，身心全都陷落进去。过去是忧郁，现在除了忧郁，还有陷落，沉浸之深已经不太容易拔出来了。听别人说话，或者我在做一件事情的时候，全是那种样子。幸而讲述者跟我一样也那么投入。于是我想，那时候我们是平等的。倾诉和倾听，都身临其境，心里的感受甚至分不出彼此，一样感同身受，能够传达，能够理解，并且不知不觉中已在承担。我投入时的那个样子，是文慧想要的吗？

不过还是心动了，我想可以试试。这些话，文慧已经说过好几回，一九九六年底开始吹风，她说想请我做《生育报告》的编剧，也做舞蹈员。我听取了她讲的希望我承担编剧的职责，至于做舞蹈员的建议并没在意，跟我关系不大。一年后，她从美国回来，多次讲起她想要做的关于生育报告的作品，需要对女性、尤其是身为母亲的女性做大量采访，而我是她确定第一个采访的对象。她的生活舞蹈工作室于一九九八年七月开始了常规训练，同时为《生育报告》做准备。她告诉我，她还要从我身上发掘东西，我的潜质远远没有出来。以后的日子，她常让我就某一点做练习、做下去，比如，和一面墙发生联结。让我的身体与那面墙以自己的方式去接触，她要从中看我的理解，看我的身体对墙这一物体的实地反应。那一天，我正对墙壁，紧贴在墙壁上，真有点像我曾经掉进深水井里的情形。那是三十多年前，我的两手紧紧扒住井壁，身体绝大部分没在冷水里，一点声音也发不出来，头顶上的时间像死去了一样，等到比我大两岁的哥哥救我上来时，我已经僵硬地钉在井壁上，他使出全力才把我拽下来……我做这段练习时连自己的呼吸都听不到，也忘了文慧的存在。

我们的练习内容很多，而且每天会有变化，有时会放些音乐，每个人怎么理解那段音乐，就把舞跳成什么样。有时是几个人之间在动作上接受、传导、承接、发展……还有一次，训练间隙，她们利用歇息的时间打电话、接电话，我一个人觉得还有力气，就原地跑步。文慧看见了，说："冯，再做一遍好吗？"此后，连着几天，让我增加原地不抬脚跑步。后来文慧见我坐着跑，觉得一种能量蕴藏在相对宁静的情境中，更有表现力，就把我坐着奔跑做进了《生育报告》。坐在原地摆动双臂，速度越来越快，从十几分钟，发展到后来的半个小时，直至耗尽全部力气，并且一边跑，一边叙述，持续不断，像回忆、像报告，语调平稳，声音不大，但很清晰……等我终于停下来，同伴们说，那个过程有一种让人不得不跟着你进入的魅力。而我说不出自己的感受……汗水印在眼睛里，确实生生不息。越往后，我练习时候做出来的很多东西，被文慧做进不同的舞蹈剧场作品，成为那些作品的支点和架构环节。

到今天，我写作这篇文章的二〇〇一年四月，我们的训练场地换过好多次。偶尔没地方排练，我说来我家吧，她没作选择。在这之前，我感觉到因为场地的困扰，给她带来不小的压力，提议过去我家排练。那是一九九八年冬天，一支二十几人的演员队伍，两个月以后，只剩下文慧和我两个人了，我们住得比较近，在我家训练，对我没有不方便。她说："最好不在家里，在家里人的身体是松懈的，状态不对。"她出去找地方，跑过不下十几家，甚至答应每周去给那里的学员上一次舞蹈课，以换取让我们一周使用半天排练厅。那时，我感到文慧是真爱这件事，即使只有一个队员。一个人真爱一件事，为这件事坚定不移、吃苦耐劳，在北京的寒冬为带领一个队员继续训练做尝试、做努力，这一切在我心里产生了影响。我比较在意了。她说的另一句话，也给我留下深刻印象。我们每次去排练厅，总看见舞蹈演员用过的排练厅一片狼藉，我们二话不说先打扫卫生，使用完离开时保持排练厅整洁干净。文慧讲，在国外也是这样，芭蕾舞演员还有别的舞蹈演员，对自己的排练厅使用、糟践，不会亲自动手打扫，只有现代舞演员不作践场地。她见过的欧美和亚洲其他国家的现代舞团，都非常自觉地去劳动，人也很朴素，平易近人，不管他们的名声有多大。

我相信，这一切和现代舞的精神实质有关系。所以我风雨无阻地做了这件我爱的事情，全副身心进到里面，并从一次次排练中走过来，带着不同的原创作品，应邀在国内和国外的国际艺术节、舞蹈节、戏剧节，以及欧洲、北美、亚洲多国的国家舞蹈中心及大中小城市传统历久的剧场和舞台上，与其他几位专业舞蹈员一起，从容而富有创造性地展开我们的“舞蹈剧场”。

在国内，金星的现代舞与文慧的现代舞不同。金星的舞蹈有更多的肢体挑战，技术含量高，讲求动作幅度和细节，动作的至善尽美；文慧的舞蹈剧场作品比较生活化或者说由外化内，与舞者的现实处境有关，即带着真实的自己进入，排练和交流具有同等的重量。两位现代舞编导各有千秋，追求的高度、难度、幅度都比较大，她们是目前国内优秀的现代舞编导。现在，文慧越来越多地倾向做舞蹈剧场，舞蹈、戏剧、电影、装置、音乐等因素综合发展。就她已经完成的舞蹈剧场看，比如《同居生活》《生育报告》等，作品的表述临界于现实与超现实之间，具有很强的实验性，内部张力的确有点儿蛊惑人心。另一方面，文慧主张的现代舞对演员的素质要求，说简单，也确实是这样，你心里有什么可以抒发出来；说苛刻也不为过，排练中，舞蹈员有时会感觉身心疲惫，心被掏空，就要承受不住了，而且，抑制和约束实际上存在于舞蹈员的艺术素养的根本之处，存在于作品的内外时空中。我以为，它不在于演员做了什么动作，而在于为什么个体有了这样的行为，“我”心里边的东西可能是这样的，或者反过来；为什么非得这样，不这样行不行呢……

就自身情况而言，文慧的舞蹈、舞蹈剧场，方式和传达，与我比较契合。我在舞蹈，也在尝试戏剧的表现可能，还有对于装置艺术出其不意的整饬。而我，本质上是个忧郁的人，愿意在阅读、思考和劳动中生活，心里面相对安静，有时候比较好动，那是因为小学、中学、大学，当过学校几种球类运动队的主力队员，甚至做过四五年地方乒乓球主力队员，真心喜欢体育运动。但文慧觉得，在排练厅，我动的时候，还是有点儿沉默。有好多次，文慧要求舞蹈员发出声音，她总是听不到我的声音，后来她跟大家笑说这件事，说那时“冯的声音小得除了她自己谁也听不见”。于是文慧让我出声，让我唱，甚至让我倒立的时候发声。

于是，我一点点打开自己。在肢体和心灵的修习中，一点点地找寻人原本的意义，存活的意义。

我的过去，就像白天黑夜，没有多少意义。

生活在白天和黑夜的时间太长，我不喜欢。

我说过，我的地方。风呼啸而过，房子外面的东西掀翻上天，挪到了别的地方，我们的心和眼睛也被摘掉，放逐到远方。但是几里以外的房子还是传来睡死的老人长一声短一声的鼾啸。天亮后，我们的眼睛陷进头骨里，我们的门窗陷进黄沙里。我和哥哥妹妹拼命喊，没有人听见。风倒是停了。我们的嗓子沙哑，一动就出血，于是用手刨，或者用铲子挖。高音喇叭的线和电线杆子被刮到蒙古国和苏联，战备防空洞和那些流浪汉也全部消失，我们的天地死寂一片。我们完全想象不出父母此时此刻怎么样，我们在这边，他们在流放和监禁。风沙埋葬了一座又一座房子，人们常遗弃断墙残壁，拉大扯小，在看不见路的飞沙荒野行走，想找到一间死了主人的房子。每回沙尘暴过后，沙坝下没有父母的孩子，或者没有孩子的老人，总有冻死饿死的，他们腾出来的房子谁抢占了谁住。沙尘肆虐依旧。后来，我因为放声高唱小常宝的“八年前，风雪夜……”被招进学校文艺宣传队，第二天我交回宣传队老师让填的表格，老师看到我父亲的名字，收回了想吸收我做宣传队员的决定。跟后半晌的风一样，这件事迅速刮过来、一下刮过去，天一亮销声匿迹。以后，我除了呼喊哥哥、叫唤妹妹，没怎么出过声，也没唱过歌曲。那些舞蹈，草原上的什么见到了什么的舞蹈，当时没来得及操练，以后再没往那种美丽方面想。

初中的时候，偶尔从文艺宣传队的教室经过，看到一些切断的动作和笑脸，我在脑子里拼接过这些开怀或者割裂的画面。我能连到一起的是他们的笑。我不太确定宣传队的同学跳舞时一直笑着是什么意思。书上说劳动创造舞蹈。劳动的舞蹈是有欢欣，但专注的基调被抽掉了好像不那么对劲。舞蹈过程立足专注可以避免简单概括、繁华图解，而笑好像帮助遮掩了不少回心不在焉，要不然演员下去以后对谁都是一副横眉冷对的面容如何解释？从头到尾欢笑，指向了单一的方向，昭示了单一的面貌，支撑生活和心灵的真实而集约的因素反而散落不见了，人的复合性的血肉、魔魅的质能也被丢失殆尽。不是否认欢笑，欢笑没有什么不好，是说只有欢笑的舞蹈远不足够表达更多的东西，假如只是作为姿态和表情，欢笑也不足以映衬舞蹈。一味欢笑，使舞蹈简单化、表面化、形式化，而且舞蹈格局也有些机械化，再说，一味欢笑也不是舞蹈的全部啊，之所以欢笑的深入的根由应该是在现场，但是，欢笑被规定下来，现场发挥的余地就不大了，而有余地的笑意，总能打动人。我想起，我母亲劳动的时候，还有别的人劳动的时候，不尽是那种咄咄逼人的表情，那种用动作表达态度的模样。据我观察，劳动的人再苦再累，脸上也是平静的，人很专注，比如劳动了一辈子的米德格的奶奶，她唱忧伤的歌，脸上没有忧伤的表情，她爱的男人在她年轻的时候抛下她和他们的儿子远走高飞，但她忘不了，有一次男人喝醉酒抚摸她的脸，他流下了眼泪，因此，米德格的奶奶一生在哼唱那支歌子：“你的泪珠好比珍珠，一颗一颗挂在我心上。”

我不明白，笑那么厉害的舞蹈，是不是好舞蹈。笑，是不是单纯为了舞蹈发笑。笑那么厉害的舞蹈者，是不是真的高兴，真的喜欢正起劲表演的舞蹈，真的想那么笑，是从心里自然而然地笑出来，具有诚意和相当的稳定性。当时，我想：你在舞蹈里，怎么能一直笑不算是舞蹈里的东西呢？是不是你担心你的舞蹈不够打动人？不管你把舞蹈跳成什么样，你只管笑？直到十多年前，我的思路还停留在这样的地方。我看过一场歌舞晚会。那次，突然感觉到舞蹈演员的笑有时候不那么可靠，他们笑的时候思想和意识是游离动作本身的，那样笑法，感觉上只是想让观众看见演员，争先恐后地表演作为个人谁笑得更好看，而不是专注于自己的舞蹈在做什么，这个舞蹈是什么样的舞蹈，他对舞蹈有什么想法，在这个舞蹈里他想表达什么，他自己给予了舞蹈什么，这些内容基本看不出来。他和舞蹈的关系局限在外部，深入不到舞蹈的实质里面，演员和舞蹈之间没有建立起本质的关联。演员不承担作品的更多意义。

但我不知道，有一天我会成为一名舞蹈员，并在实践中经受锻炼，做了比较自由、宽敞的舞蹈剧场的编创者和表演者，与舞蹈尝试着建立一种积极的实验关系。因为过往粗陋、偏颇的经验，我差点儿失去体会个人和舞蹈、生活和舞蹈交往磨砺、相互协助、互为促动、萌生创造的机会。其实那些画面在我心里过滤了无数回，因为中间缺少环节去过渡、缺少内容去联结，画面之间思维混乱、沟壑横亘，贯连不到一起。后来我想，如果当初我能从容地站在宣传队的排练教室里面，没准儿以后就能连缀自己的想象？那时候虽然风沙侵蚀，但心里透彻，渴望被阳光浸融。但是阳光没有照到我。

我不知道那年在西藏拉萨跳舞，对我今天去跳现代舞有没有帮助，那是我第一次跳舞。大厅里响动着一支迪斯科舞曲，我肆无忌惮地跳，疯了一般，跳得全场的人都退下去，静静地看着我，然后掌声突起。在那之前，我和朋友们坐在一个地方，听他们说话、唱歌。有蒙古血统的裕固族青年诗人贺中吟唱了一首流传在西北地区的蒙古民歌，我听了，有点想哭，但又不是完全能够哭出来，心里的东西很简单、透明，源远流长，发不出哭那样的声音。我感到美好，就走进去跳了，跳得有些忘我，不小心摔倒了。摔倒了也是我的节奏和动作，我没有停下，身体在本能的自救运动中重新站立起来，接着跳。那个晚上，在整个舞动过程里有一种和缓而富有弹力的韧性，连接着我的自由。这是没有规范过的伸展，我的内在力气一点一点地贯注到里面，三十多年的力气，几个年代的苍茫律动，从出生时的单声咏诵、哭号，成长中心里心外的倒行逆施、惊恐难耐，到今天，悲苦无形地深藏在土地里，人在上面无日无夜地劳动……此时此刻，我在有我和无我之间，没有美丑，没有自信与否，只有投入的美丽。我一直跳，在一个时间突然停顿下来，因为我的心脏快找不着了。

我对文慧说，原来我想，如果自己生的是女孩，不会让我的女儿学习舞蹈，但是现在不这么想，真能生一个女儿的话，一定先经过舞蹈训练。舞蹈也好，音乐也好，绘画也好，文学也好，所有的艺术，都是在心身里完成个体的长大成人过程，建立和生活、和人的良性关系，培育和建设发现的能力，创造性地实践心灵和思想的成长。

但是，我还不能用语言说清楚现代舞。所以每一次排练，我随身携带一个录音机，它帮助我把更多关于现代舞的内容、特质，以及文慧的现代舞不同于别人的地方记录下来，帮助我把每一天的感受，每一种练习，甚至是那些过程里的某一个灵动，聚拢起来。希望有一天，我能比较准确地理解现代舞，可我不知道那是哪一天，那一天何时能够出现。

我想在未来做的事情，一是当编辑，一是写作，一是拍纪录片，再有就是做现代舞。一辈子可能就做这几件事。

这几件事，是我热爱的。但跳舞，确实因为我悲伤。

生育报告

二〇〇三年秋天，第三次来巴黎演出舞蹈剧场作品。一九九九年，第一次来巴黎，是应法国国家舞蹈中心的邀请演出；二〇〇一年、二〇〇三年再来，是参加以当代艺术为展演主题、在西方影响很大的巴黎秋季艺术节（写这篇文章之后的二〇〇九年，又受邀参加过巴黎秋季艺术节）。

二〇〇三年的巴黎秋季艺术节，我们展演的两部作品是《身体报告》和《生育报告》。

十一月十日晚上，是我们的第三场演出，也是第二部受邀作品《生育报告》的首场演出。前面两场，我们演出了舞蹈剧场作品《身体报告》，观众反映热烈，来的人不少，媒体报道也比较多。令生活舞蹈工作室全体演职人员欣喜的是，除专业人士以外，比如艺术家同行，艺术节组委会相关人员，欧洲其他国家和世界各地前来观摩的艺术节主席、艺术总监及其工作团队，还有职业艺术批评人士、新闻媒体等，除此之外，还来了很多普通观众，这些购票观看演出的普通观众，可以说是真正意义上的舞蹈剧场这种艺术形式的观众，拥有他们，赢得他们的认可，对于演员来说，是一件很荣誉的事情，不亚于专业人士的认可，之所以普通观众如此重要，是因为他们的支持和鼓励，犹如鱼儿见诸水、有水方有鱼。

二○○三年十一月十日晚上，第二部作品《生育报告》在巴黎首演，我保持着状态。

下午彩排，来了不少巴黎和其他欧洲国家的媒体记者。通常，记者拍摄安排在彩排期间进行，观众席大部分空闲，他们可以自由走动，想拍什么，随机调换位置，基本上都能实现拍摄的准备和愿望。

我问艺术总监吴文光（也是演员和影像制作），可不可以抽空拍一点图片。他先说可能顾不上，后又有点犹豫，说："给我吧。你的机子可以挂在脖子上吗？"我说可以。他说："拿来吧。"不管怎么样，他拍了十来张，时间过于紧促，要顾及的事情过于多，他拍的照片虚的有一半，还好吧，我们又留下一点演出过程的资料。

我没能拍摄这部作品的演出过程。这是没有办法的事。有遗憾，想做的事情只能作为念想留存着。我喜欢拍摄现场，很希望我的镜头如同眼睛那样，能够看到实战现场，能够记录实战现场。对舞蹈剧场，最好是在作品进行中抓取，但苦于自己那段时间正处在演出过程，做不了这件事。倒是拍过一些别的国家艺术团的演出现场。以前没有好一点的机器，无法拍得更好，现在有了机器，人却在舞台上，我没有机会、也不能分心去拍片。

前面演出的两场《身体报告》，在彩排时，我曾跳出情境，抽空拍下一些图片。

《生育报告》完全没有可能，这部作品，是以我的叙述为线，穿插点与面衍进，包括我在内的五位演员，或独舞、双人舞和群舞为复合叙事的框架展开的，我不能有些微的脱离舞台现场的意念。这部作品不同其他，个人的状态，是整部作品不可松动的重要机件。严格维护演出的状态，我才能全力以赴，不受任何影响地发挥出自己应有的作用。前面《身体报告》的两场演出，我做到了认真、投入，内心安宁，心底有持续的力量和激情，既冷静、又有节制，从始至终，保持着节奏往前、往深处推进。我沉浸在舞台的时空里，没有想别的，只是把握着这个时间里，我的心灵朝向、我的伙伴们的位置，还有时间……时间概念于理性中犹如身心里的一些纤维，随投入的心灵而存在，它最大的作用是保障人的精力集中并能异乎寻常地体现，从而使它能够包含应有的内质容量。我在内心的波动中，扭转自己的身体，让身体随同我的呼吸而呼吸，起应我的每一个来自心底里的知觉而舞动，并且表达出此时此地它们面临真实可触的情境时的生活状态。直接的东西，在人的内里过滤以后，变成真实的另一种存在，它仍然是直接的，但变得更加厚实而有魅力。那是人的生命流程中没有个人杂念的一段时间、一些瞬间，但是，正是因为一种“个体”，而使生命具有了不同的质感。作为舞蹈员，作为艺术工作者，我体会到节制的重要，体会到细微的动静与人内心的消耗，体会到生命被唤醒时，事物慢慢还原如初的道理，体会到有声和无声。体会到活着与死去。

我有生以来主演的第一部作品就是《生育报告》。它是文慧和我从一九九八年夏天起，一点点进入，探索、磨合出的现代舞蹈剧场作品。到一九九九年中后期，另三位国内优秀的专业舞蹈员陆续加入进来，经时三个多月紧张艰苦的排练而成。

作为唯一的非专业演员，我与大家一起努力，尝试着做我们想要的舞蹈剧场作品。

这部作品，在国内外的舞台上，已演出上百场。首演三场，一九九九年十二月初，在北京人艺小剧场进行。其中，第一场演出，我盘坐在一张一米多高、铺着棉絮的大床上，奔跑着，越跑越快，但声音平缓地讲述丢失孩子那场戏，我不禁流出了眼泪。我寻找孩子的影像打在舞台正后方悬挂的用四张大棉花被套拼接成的屏幕上。

那晚演出结束后，金星对我说，冯，眼泪不要下来。

观众陆续离去。金星留下来，和我们一起交流。

去吃夜宵的路上，金星又对我说起刚才看演出的感受。

“……你的话已经很强烈了，你干吗还要‘说’那么多呢，对吧？”金星是指流出眼泪这件事。我明白，在舞台上，一个行为，即是一种表述。从这个意义上讲，演员流出眼泪，无论如何已构成强烈的“叙说”。

“我再收敛一下。”

金星说：“眼泪不要下来。你知道眼泪要出来了，想办法控制住。刚才我跟文慧讲了，我站在那个角度看，我站在冯的背后，你在床上坐着跑嘛，我能看到你的脸，看到你的背，同时这边发生的事情我也能看到，但是站在那个角落里的观众就太偏了，所以在国外搭台的时候，要让观众能看到你的后背，也能看到你的脸，特别好看。”

我说：“你觉得在节奏上，作品有没有松散的感觉？”

金星说：“有一点点。有很多现象发生。每个作品的连接不同，每个人处理事情的方式不一样，理解也不一样。现在是节奏稍有一点散，节奏一散，大家就把里头的东西忘了，顾此失彼。明天我再看一遍。有个地方我忘了，再发生什么情况的时候，那一段完全不必要发生……”

“是跟我有关的部分吗？”

“不是。”金星说，“亚男用手套的时候，冯，你那会儿干吗呢？”

“我揪郑福铭的后脚筋呢。你感觉那段戏有没有来由？”

金星说：“那一块多好看啊！你知道吗，太好了。但那块，光闪掉了，那块的光也暗，那块……”

揪郑福铭后脚筋的那场戏，做的是空手道，但那是一场用心磨刀的戏，表演过程累极了。我和郑福铭相隔两尺多距离，我弯腰曲腿，

“抽”郑福铭的脚筋；他趴在地上，小腿向后、向上，随着我在意念中揪拽他的脚筋，身体向后磨蹭，他双脚、双腿向后退的动作，与我的力道配合默契。这一组非现实的荒诞情节，是我看到郑福铭躺在排练厅地板上歇缓的时候，突发奇想，走过去，和郑福铭发展出来的。郑福铭和我两人都是倒退着行进，两种倒退的方式，由想象中的“抽筋”联系起来，虽然看不见对方的面目，但意识、力道和气息，包括理解力，全部放置于间离谬误，聚精凝神，缓慢地筑建起脚踏实地的行进。我在心里使出了耐力和韧性，劳累得几乎站不住。郑福铭一路汗水涂地，皮肉青紫，摩擦着地胶发出的艰难困顿的声音，混入于清静的剧场，很好听，出乎意外的，自然的，排除万难的，生命原初的，独特而有力量，确实惊心动魄。

我们在人艺小剧场演出三场，金星连看了三场。她说在三场演出中，她变换了不同的角度观看。

金星的艺术感觉很牢靠，很在“地儿”，总是稳、准、狠地点击到穴位。

于我，是难得的学习、体会时机。艺术创作讲究节制，最难的是在把握分寸上，找准艺术感觉。舞台作品，很忌讳演员不管不顾，为着个人过瘾而挥洒无度，忌讳演员表演自我。

以后的演出中，我再没有流过眼泪。有过眼泪蓄在眼窝里，但在表演进行中，理性知觉在帮忙我吸收眼泪、消释眼泪，让它淡化下去，而没有流出来，也没有表现出任何与哭泣有关的大小不等的心理姿势。泪水没有成为分散人注意力的“标点符号”，没有让人跟着表演者去到事物外部，关注“眼泪”这件事物的本身。

我揣摸着，在舞台上找到人活着的形状。从日常生活中学习到的，和从舞台上学习到的一样多，一样地不同寻常。

排练和演出是艰苦的。它磨炼我，让我有耐心回到出发的地方。

我愿意守候在如家一样的原生地。很多时间，我在一个地方待着，心动的时候，想到出发。十二三年间，发生了许多变故，但我经常去感知原初，仍然能够从原处起身上路。即使是在心里面出发。

在路上走，知道为什么行走。我活着，扛着生活，往前赶路。然后回来原处，思想众生万物的本来和源渊。

《生育报告》，在巴黎首演，其中一场，是我倒立在一把椅子上独舞，身后是一张用四块棉被的棉花套子拼接出的大屏幕，我一边倒立在椅子上舞蹈，一边叙述生育巴顿那一天经历的事情，我的影像打在棉絮拼接成的大屏幕上。现场的法语同声翻译低声而清晰地传递着我倒立身心的讲述。

这一段表演，是痛苦的。但每一次演出，做足了准备，把自己调整到最佳状态，我的表演都是超常发挥的。回过头想，如果我不是创造性地演出，或者在演出过程出现了哪怕是几秒钟的懈怠，我会度不过去，无疑也过不好在舞台上的这一段时光。没法想象，假使没有给到作品最好的东西，会是怎样令人失望、对个人来说也无比沮丧的情况。再者，没有灵感的话，我的表演达不到浑然天成的效果，我倒立的时候、倒立着舞蹈时，被压偏的嗓子是发不发声音的，更不用说自然地发展出连我也想不到的高难度舞蹈动作。文慧多次说，我的身体语言能够表达出很多很深的东西，而且越来越丰富和自然，身体越来越有表现力。她注意到我在身体语言表达方面也有了节制的意识，同时，大与小，疾与缓，刚与柔，动与静……她认为也能够是谐和、有序的。

在我心里，在椅子上表演生育、讲述生育的那一段表演，如同身负重伤穿越枪林弹雨的阵地。人在死亡的边缘行走，在生死场上独自挣扎，在绝望中朝着渴望的图景冲刺，求生的念头几乎是看不见的，但是求生的信念一刻也不曾消失过。因为疼痛，因为疼痛之剧烈而淹没了自己，因为裂变中死亡的气息笼罩在头顶上，因为空气中没有可以抓住的哪怕一根稻草，没有能够跨上可以驮驾自己到达彼岸的车和马，没有一只能够依靠的臂膀，或者是一只手，一个胸脯，一句安抚，一种声音。全部的内容，回旋、汇集在一个词上：活着。活着，应该就是理由。

听我母亲讲，女人生孩子，就像是在水缸沿上跑马，说掉进去就掉进去了。

每一次演出，做出来的动作和前面表演的有很多不同。从“椅子”那一片土地上生长出来，枝叶往哪里伸屈，枝叶又如何延展，每一根枝杈不同，每一根枝节的每一轮生长也不一样。土地和阳光，给予枝条融解、再生，枝条给予土地和阳光以补充和映照。

不过，在舞台上，想不了别的。舞台上，集中于我经历的故事，而故事背景里包含了我能理解和消化的。不到十分钟的这段舞蹈，穿插的叙述虽然有限，但是实实在在的历程，而非虚幻的情绪、闲适的比喻或者是形容辞藻。《生育报告》首演后的次日，当我在巴黎的公寓里，试着记述头天晚上演出时我内心里的动静，竟花费了一个上午，从早上七点到十二点，整整五个小时。

在虚幻与现实中，我又一次面对了生命的课题。

这是我经历的“生育报告”。是我结构和演出舞蹈剧场作品《生育报告》的一部分真实的个人经验。

……

此时此地，我还没有见到孩子。他踢踹我好几个月，和我朝夕相处了好几个月，我与他同在一个物质世界，却抓不住他的手，抓不住他的胳膊，抓不住他生命的根须，不能把他顺利地带到这个世界上来。我在这一刻，没有了力气。那一时节，瞬息万变，他能够出来吗？他的生命能不能成全我的生命；我的生命，能不能支撑住他的生命，全是未知数。他就在我的身体里，而我不能够帮助他。我是唯一能感觉到他全部动静的人，却使不出力气去帮助他，我真没用，什么也做不了。绝望差点儿埋没了我的心跳。我赶紧恢复理智，让自己清醒过来。除了尽自己的全力，几乎想不出我还能做什么，所以，我没有哭泣，没有去想“想要哭泣”的事情，没有过多指望谁能给予我帮助，只想望自己能够帮助孩子，帮助他安好地出生。当然我信任医生，我不怀疑这一点。但是对于孩子来说，体会到我自己的主观能动是关键。

那些时间里，我感觉不到自己的存在。自己已经无足轻重，只是为了孩子而存在其间。只有孩子，孩子真实地存在着，他在我的肚子里。我有些绝望。焦虑追赶着我，可是跑不动，跑不起来。我帮不上他的忙的想法，又一次冒出来。事实上，只有我能够帮助他，所以不能放弃努力。我的力气还没有全使出来。给我一点时间，只需要一些时间，去唤醒一个东西，积攒出一些东西。让我努力。以尽我的全力。

我进产房前，住在妇产科病房。对面病房里住的女孩，没有结婚，那个生下来已经死亡的男孩八个月大了，因为他的母亲未婚，不得不做引产，他被医生注射的一针管药液熄灭在母亲的肚子里。他生下来之前就已经死亡，他在母亲的肚子里被终止了生命。他不知道一根细小的管子挤进来，是为结束他的呼吸。他以为那是他的妈妈递给他的粮草运输线。他一定惊吓着了，因为没有几个孩子在这种时间里能被脐带以外的另一根细线接通，他是一个例外，他被这根细线连带起来的一小会儿工夫，停止了呼吸和心跳。

不知道他是不是用脚或者手拍打过他妈妈的肚皮——他的密室那层壁纸。

他妈妈被她的父母亲包围着。他们说，不能生下来，我们不能养一个私生子，我们家不能做出这样的事情让人家睄面儿，脸没地方搁。

我们不能让这个孩子毁了名声，你爹你妈两个家系，条条缕缕沿袭至今，没出现过这种伤风败俗的事情。你不能让我们老了老了，没脸出门。我们死了可以，不能没有脸面见人。我们活着，迈不开腿脚，抬不起头啊。往后，我们人不像人，鬼不像鬼，你怎么能忍心，让我们的老脸丢得没处掖藏，嗯？你想一想你的爹妈父母亲吧。我们怎么得罪你了，一把屎一把尿拉扯你成了人，我们有罪了？你让我们怎么活下去呢……求你啦，我们的祖宗！孩子的事，有什么呢，你以后好好找个人，成个家，还能生，想生什么样的，生他一个。现在千万不要，这种的，生什么生啊。你对自己也得负起责任对不对。你做了对不起我们的事，你以后也没法好好地生活啊，你自己也会被人的手指头戳疼喽。你现在小，不懂得，想不到以后的日子怎么个过法，我们好歹是过来人，我们得为你着想。爹妈这一辈子该你的，不为你想，还能为谁想呢……话说回来，你也得为自己想一想，为我们想一想。一个孩子，没生下来，就不算个人儿。女人一辈子想生孩子，时间有的是，这个时候咱们不要他，是因为条件不成熟，等条件成熟了，再要不迟嘛，咱们什么都没有少……那多好，啊？你说这样好不好？只要一点时间，绕过去现在，往前头走，跨过去这一段，咱们的路面就宽敞了，就又展悠悠的了。现在的情况是，这么走，越走越是别进了死胡同啊，孩子，你想想是不是这么个理儿？咱们不要这种做法，啊？你爹妈给你跪下了……

于是，那个被他们称作孩子的青年女子，坚持到不能够再坚持，同意引产，把她的孩子解脱出去。婴儿生下来是个死胎。但是那个女孩一直昏睡，迟迟不见醒转回来。她住我对门，她的身体一直往外渗血。她中间苏醒过来一次，跟大夫说，你给我也打一针，让我一块儿死吧。女孩的父母说，那哪儿行啊，你得好好活着，有爹有妈呢，你是我们的宝贝疙瘩。不能这么想。你死了，我们怎么办，我们还活不活啦？净说阴雨天撮泥堆儿的话。爸爸妈妈在，你见天价好好的，啊？咱们都得好好地活着……

我不用想我的身体怎么动，只管我怎么想，只管我的感受是什么，把它们控制在正常的状况中。我在自己的回顾里，在自己对于身体和生育的感受中。身体不受规范的限制，它是自由的，柔韧的，沉重的，魔幻的，毁灭的，艰难困苦而后再生的。那种自身与新的生命一体的、经受考验与磨炼的过程，把过去的自己，和新的历史阶段的自己，以及生育中和生育以后的自己，骤然间锻造成一个完整的、诚实可信的人。

这是谁的决断权利呢，生或者是死？大人无法决定，孩子自己也无法决定，他有点可怜地待在一个角落，等着谁来决定他能不能够生，或者是不是非得死。只是不知道他自己愿意不愿意生，或者愿意不愿意死。他还没有能力、没有机会表达他的愿望。

我一面跟随孩子的节律深呼吸，一面想办法看见他，感觉着他的意见。我觉得他想生。因为我深呼吸的时候，他让我感觉到了一个整夺整的生命的存在，他配合着我一起呼吸呢，他骤然减轻了我的疼痛，他传递给我面对活着的方法：让我感觉到生理的疼痛不算什么，我们可以超度过去，这是我们的必经路途，我们要走的路的其中一段。这段路，我们能够度过去，能够继续往前面走。我们两个人一起走，没问题的。我们的力气是因为我们捆绑在一起而聚集出来的。他支持我，我感觉到了他的心意、他的爱护。他把自己缩成一个小团，等着穿越那个地心里黑暗窄小的隧道。他是从容的，他准备着启程，他准备着艰难地爬雪山过草地。他以所占份额最小的“团体”，等待着上路去长征。他的道路幽深、危险，但他做好了准备。天哪，这个孩子对这个世界，对我，是这样的态度。

那一时刻，我体验到了世事存在中的大和小、多与少。

我清醒过来，我是唯一能够引领他穿越深地土层和冰川、穿越沼泽和沙漠的人。我不是死亡之谷，我不是魔鬼，我是他的血亲。我领着他一步一步地迈过血肉模糊的隧道，去看见现实世界阴沉沉的天空。

外面在下雪。产房的两扇窗户敞开着。有雪花往房子里飘。

他们把孩子带走了。产房里只有我一个人了。右胳膊上仍插着吊针，催产素继续滴答注入我的身体，协助子宫收缩。身上没有遮盖的东西。两个多小时以后，我感觉到清冷。肚子瘪进去了，人空前地瘦小。溅到身上的血渍干了不少。身体仍停泊在血水里。血把我和床单粘连在一起。我试着把身体从血水里分拣出来，没能完成。伤口疼痛得动弹不了。我想拉出床单覆盖身体，只拉出了床单的一个角，盖在够着的地方。很久以后，进来一个打扫卫生的女子。我说，能帮我找点东西盖吗，有点冷。她说，可产房没有能盖的。看见风中飘动的窗帘，她说盖不盖窗帘？好的。她一把扯下窗帘，抖一抖，搭在我身上。一块黑红黑红、土腥味十足的绒布，把我埋住，只露出一张疲惫、安宁的脸。

再次见到孩子，他饿着，双眼紧闭，张大嘴巴“啊啊”地叫，身体往一个方向倾斜。没有吃的东西给他。他又往另一个方向找，“啊啊”地将头朝向那个方向，身体跟着倾斜过去。我还是没有奶水给他。我跑出病房找护士，护士说不用喂，这会儿吃不了什么。我急得满头大汗，我给不了孩子这个时候他想要的帮助。

他的小胳膊上戴着一枚小牌，写着他的名字，写着我的名字。他确实是我的孩子。

我给他起名叫巴顿。

我不知道他喜不喜欢自己叫这个名字。

我曾经给我的侄女起名叫“冯蓁蓁”，她长到十三四岁的时候反抗我，说她想叫冯海燕。

少年巴顿

小学三年级，开了作文课不久，关于写作文，我和巴顿就没法说话了。

谁造成的这种局面，怎样造成的，我常无能为力地想。

最初几篇作文，他写完拿给我看，问作文这么写行吗。比如和孩子们玩拔根，他写道：

“首先要选好根。好根就是棕色的，焦黄的，不老也不脆的根……”（《拔根》）

另一篇，这样展开叙述：

“一上火车，我就想爬到二层床上玩耍，从上看外面路旁飞跑的树，看下面的人玩扑克。而从前我是不敢上二层床的，现在不怕了，但还不敢上三层床待着，更不敢从三层床上往下看……

我骑马进了黄花沟，那里的小道和悬崖很险，稍不小心就可能滚下去，即使不滚进沟里，就是摔到草里，也得扎出泡来。不过，起泡是小事，要是摔到草深的地方，被蛇咬一口，就完蛋了。”（《在内蒙古》）

五年级时，老师布置写“你是如何爱护小动物的”。他写了自己经历的一件事：

“前几天放学回家，我写完作业，复习了复习各门功课，就抱着足球下楼，和一帮说是哥们儿也算不上哥们儿的哥们儿踢球。”伙伴们走了以后，他不想回家，坐在筒子楼门口的台阶上，看地上的蚂蚁。他发现有些蚂蚁行动迅速，有些“则缓慢得多……我想逗逗这些蚂蚁，就捡起一根手那么长的树枝，找了一只爬得快的蚂蚁，用小树枝截住它的去路，它冷不防碰了一下小树枝，退了一步，从左边绕着走，这样重复了两三遍，它走得不耐烦了，就干脆掉头，改道……我又去堵行动慢的蚂蚁，它往阴凉石缝里一待，根本不吃这一套。可把我气得够呛。我想用小树棍把它从石缝里拨出来，心想轻点，别把它弄伤，越这样想越紧张，一哆嗦，小棍碰到这只自作聪明的蚂蚁。这一下，蚂蚁真动了，不是向前走，也不是往后退，而是原地‘做操’。我纳闷地仔细一看，它正在用剩下的四条脚在那儿挣扎——另两条脚被木棍碰掉了。我差点乐了：这蚂蚁怎么这么不经碰，说残废就残废呀……看它拼命挣扎，我非常后悔，怎么才能给它安上两只脚呢？”（《我用树枝碰伤了蚂蚁》）

后面这篇，他没让我看，是我去开家长会，老师拿给我看的。评判的分数刚及格。开完家长会回来，他一副警惕姿势，问我：“老师跟你说什么？”怎么跟他讲呢？怎么讲，与老师、与他，才恰当合适呢？我说，老师说你写的是真话，字面干净，内容生动，有个性，就是检讨自个儿做的还不够……我把我的想法当成老师的话说出来。他没听完就把我顶撞回来：“得了吧，老师不是这么说的。她说，我不爱护小动物，说‘哥们儿哥们儿’，流里流气不像话，不积极向上，伤害小动物，还幸灾乐祸。”

我只好面对现实。我说，妈妈觉得，你说了真话。你不想回家，跟蚂蚁玩儿，事先没想会伤害到蚂蚁，蚂蚁受伤以后，你以为蚂蚁想出另外的主意跟你过招，你没意识到它已经受伤了，正忍受疼痛呢，它的遭遇是因为什么。虽然你是无意的，但是结果是它受到了伤害。你想这些的确想得不够。你要学着从蚂蚁的角度去想一想，它的实际处境怎么样啦，这种情况跟你有关，你无意中导致了这样的结果。要记住蚂蚁遭遇的困境。妈妈相信，以后你会做好，也能写得更好。不过，你能写出“说是哥们儿也算不上哥们儿的哥们儿”，写出“做操”，我挺惊奇的，想不出那个时候，用哪个词，比用这几个词更准确，更有动作性，更准确，很有想象力。这些细节，这些描述，是你的眼睛发现的，你心里感觉到的，你找到自己的语言，用自己的话表达出来。现在看，也是比较合适的语言，用在这里，这些词语是恰当的，用得蛮好。

我肯定他这些描述。这么写，比说书上的话，比说别人的话，比说公共性语言要好。

我以为，孩子能够在自己的轨道上做这件事，没有人为矫饰，没有人和环境对于他的干扰，他能使用自己的语言，保持自己的叙述节奏，以自己的头脑和心理维度，写出他那一时刻能够表现的内容，也比较诚实、朴素。虽然这篇作文有些局限，思维有缺漏，没关系，指出来，提醒他，慢慢地他会有所注意，会做出修正和弥补，会去建筑更合理、更人性化的思维路径，并能付诸行动。但他的作文是有童趣的，也有幽默感，这一点需要保护，既不人为夸张，也不随意抹杀，对写作、对做人，尽量不造成损伤。

我想，巴顿的作文，还表现出另一些特质：不人云亦云，不矫揉，没有阴暗。他能有这些元素，是我在意的。

上幼儿园的时候，有一次，他拿回来一张纸，上面画了一摞相隔四五厘米的圆圈，在这些圆圈不远处，单立着一根棍子；画的右下角写了一大一小两个字："巴屯"。

我意识到，自己忘记教孩子书写他的名字了。他模仿我绣在他小手绢上的字，写下自己的名字。但是"巴顿"的顿字，他只写了"屯"，没写后半部分的"页"。我不由笑出声来。他也笑了，小脸满是他又学会一些小本领的自豪。

我压着惭愧，说：嘿嘿，屯田，屯兵，为了屯垦。巴顿将军，果然厉害。不过，咱们得一顿饭、一顿饭地吃，一天、一天地长大喽，再去做这些个事情。来，咱们建造一个将军营出来。屯，后面再加上一页两页的页，屯和页放到一块儿，就全有了，巴顿的胳膊腿儿就全乎了，这回就像个战士的模样了。我赶紧教他，一笔一画写自己的名字"巴顿"，补上这一课。

问他，隔一段距离摞一个圆圈圈，画的是什么。他说"糖葫芦"。

这是糖葫芦？我吃了一惊，心里更加羞惭不迭。我只想着不惯纵小孩，不让他骄奢、铺张那样生活和成长，平时没让他习惯去买零食、吃零食，但是我忘记了带他去体验北京的冰糖葫芦，忘记了让孩子见识一下京城这个传统的小吃食，忘记了帮助孩子积攒对传统文化的认识经验，类似的生活和传统里的细微内容，我竟然忽略了。他没接触过这些物质生活，便在幼儿园的图画课上，自己想象出一根棍，在棍子旁边，画一串规整的、但并不挨着的车轱辘形状，那就是三岁多的巴顿想象出的冰糖葫芦。我真想抽自己一下，这个母亲当得……唉，实在看不下去。

暗自难过了一会儿，我又忍不住笑了，无地自容的感觉即被欢笑掩饰过去。

巴顿，走，我们去买糖葫芦。我说。

我的愧疚至今想来还像是第一次经受，不过内心深处，真觉得孩子挺结实的，挺健康的，他默不作声地建造了他的意识，也教育和补苴了我。我的欣喜、检讨和修正，他的很少麻烦的质地和脚步，确实都在朴素如常的生长中。

但是升到小学以后，为什么他只信任老师、不信任家长，这中间，哪个环节上出了问题？为什么信任老师越多，对家长的怀疑也越多？学校教育和家庭教育缘何对立起来？孩子能在多大程度上保持独立、保持自主判断？

学校和家长习惯从公共的、成年人的角度看问题。我觉得，这不等于两方都认识和掌握了科学和理性，真的能够与孩子成长的方向保持一致。

是大人们悖逆了孩子的纯真天性，还是孩子搅乱了大人们的方寸？

我说，巴顿，好作文都是写自己发现的东西，说心里的话，写出自己感觉到的东西。以后，你再长大一些，愿意写小说的话，可以构造人物，让不同的人做他们想要做的事，说他们能够说的话。你去帮助他们生活在他们的故事里。你可以展开想象，大胆虚构……现在呢，你试着去看懂一个东西，看透一个东西，看出一个东西里面还有什么不同的内容……怎么才能说出来、说好这些内容……比如，你看地上跑来跑去的蚂蚁，看出一些故事来了，它们的故事，和看它们的人，这两方面之间的有些事情自然而然就产生了……

孩子怎么才能信任我呢。

那时候没有想到我和孩子之间的沟通会有困难，甚至是麻烦。连孩子对我说的事情会产生怀疑，说真的也没想到。我做长篇小说编辑和报社编辑、记者有些年头了，自认为鉴赏力、判断力不会出什么差错，而且我的艺术感觉一直为人们认可和称道。现在，不得不承认，我遭遇了摧折。

我在犯自以为是的错误。我忽略了一个小孩的目力和心力，忽略了一个小孩已经面临着挫伤与困扰。

家长、学校和社会三方，对现行的应试教学有不同的理解，三方的隔阂和矛盾不可谓不尖锐、不深刻。这些挑战和刺激，深深地烙印在孩子的身上和心里，他能做出什么选择呢？巴顿在学校是个不坏的学生。

巴顿写的这篇关于蚂蚁的作文，是他小学阶段最后一次认真写的作文。那天开过家长会回来，我们进行了上面的对话以后，他对我宣布了他的决定："我以后再也不听你的了，你说好，结果是不好，你说不好，结果是好。"果然，这个男孩从此往后就按照书本上的用语和样式写他的作文，而且再不让我看这些能交差、老师说好的"公共"作文了，他也失去了写作文的兴趣。拔根、踢球、画画、游泳、骑车……一切他感兴趣的事情在继续，只是和真实的"人"有关的事情和感受，再不选择写进作文里了。老师再也没有因为写了什么作文的事情，喊我去学校谈话。

我投入地做着自己的事，也不时分出心来去想巴顿的事。

我意识到，我信守了自己的经验，却没想到给孩子留出足够的空间，他的反应无声而强烈。除了对老师权威的不容置疑的服从，这个上了四五年学，正往十岁靠近的男孩，已从心底开始反叛所谓规范，有意无意地保卫自我。他不想在大人规定出的路线上按部就班行走，即使大人们说得没错，他也希望伸展自己的小臂膀，在自己喜欢的一部分天地里扑腾，在自己感受到的那个天地里去长大，去呼吸自己触摸到的空气，而不全是靠父亲、母亲，或者靠老师输送给他空气。所有来自环境和他人的信息，他保持着冷静，做出分析、判断和感受的准备，他很想有一点距离，想望成年人允许他经过自己的头脑，有选择地接受他理解了的东西，起码他想这样去做。他在下意识里要求具有个人自主的、独立的意识。

那时候，他还不具备去判别成年人接受的东西为什么不全是对的。借鉴这些事物及其因果关系的能力，是他的年纪尚不能完整地承担起来的。他能做的，是回过头来，怀疑和抗拒那些硬性的、强加给他的东西，而与他最接近的人，他先跟他们要求他的自由和自主的权利，然后随着年龄和力气的增长，慢慢地再向外转身，怀疑、抵抗，调整、修正，然后与外部社会取长补短，磨合并且协作。

这一段日子，对我来说有些沮丧，有些无可奈何，也成为他成长过程中磨炼心智和承受力的艰难时期。

直到二〇〇一年暑假，巴顿十四岁，即将升初三的这个夏天，练跆拳道实战时，大他三岁、比他高一个段带的对手，因遭遇巴顿——年龄尚小、实力尚佳，被教练单拎出来与高级别的大男孩交手，大男孩心中不悦，加之取胜心切、而取胜竟然存在一定风险，于是，趁巴顿踢出腾空旋转时，他在巴顿的后背上踢了一脚下劈。这个犯规动作，使巴顿失去重心，身体横着摔下去，右肘肱骨当即两处骨折，神经也受到挫伤。

在痛苦的手术治疗过程，和之后修复自己的漫长时日里，巴顿的整条右胳膊打着石膏，吊着绷带。疼痛自不必说，不能写作业，不能料理自己的日常生活，不能继续参加暑期学校田径队的训练……上一年参加海淀区运动会时，教练看重他的悟性和潜质，决定他由径赛项目转到四项全能项目，标枪、跳高，课余时间参加训练，不到一个月，比赛时丢了一点分，但因一千五和跨栏成绩突出，最后他还是拿到了海淀区中学生四项全能比赛的名次。在随后将要到来的这个秋季，学校在这个项目上对他寄予了更高期望。这一系列迫切的现实问题摆在他的面前。

巴顿烦躁郁闷，情绪忽好忽坏，不时波动起伏。

调整了一段时间以后，他坐下来，用左手在电脑上一个字一个字地写出，为什么热爱跆拳道，练跆拳道以来他的切身体会，受伤前后和医治过程的心理、生理反应……他又开始说一个少年的真实语言。后来，他开始写小说。

有几次，巴顿主动和我聊天。他说，妈妈，我想过了，要是不能面对练跆拳道意外受伤这件事儿，我就会一直郁闷，愤怒，老想那小子他怎么能背后下黑手、玩阴的，故意犯规伤人。说不定以后不想再练了。我这么想，还得把这件事放下，把它放到一个地儿。他做的不合适，伤一回我足够了，我不能再伤害自己，更不会像他那种的去伤别人。这件事到此为止。我要做自己的事。现在心里不生气了。我想起你经常说，小孩磕磕碰碰就长大了。好吧，就当遇到个难事、坏事、烂事，越早从这个事儿里跳出来越好，让坏事变成动力，去做好自己的想做的事，走自己想走的路。你不是说，看一件坏事有没有真正伤到你，是你有没有因为这件坏事而使自己变成不合适的人，变成一个坏人。你说得还是有一定道理啊。不因为遇到坏事就变成坏人，那坏事就不那么坏了，对吗？现在，我心里感觉，比原来宽敞多了。

我说，好样的，巴顿。妈妈真的为你骄傲。

我从心里高兴，为巴顿的劫后重生。

我说，没有过不去的坎儿。别管怎么难，也能过去。只要扛住时间，咬一咬牙，跺一跺脚，你愿意它过去，它一定能过去。天无限大，心里的空间也是无限大，韧性没有远近，无限地强。

做母亲，我不愿意说多，说该说的，说到了，打住。下一回，或者就着前面说的递进一点，或者反衬着说一点经验和教训，看情况。

我做他的“哥们儿”，是他的朋友。但终归我是一个母亲。所以还有好多事情需要去做。

巴顿写累了，就去读家里的藏书，还读了当年出版的、面向中学生的《同学月刊》。有一天，他跟我说，他又喜欢上写作文了。他读了刊登我那个夏天去同学月刊杂志社给夏令营的孩子们讲课那一册，发现刊物上他喜欢的简洁、真实的表达，跟妈妈对他讲的是一回事。他确信这个当妈妈的人，说的那些话是诚实的、有益的，他以往防范和拒绝的母亲，拉开距离看，确实没有强迫哪个同学，而是补充他们忽略或者丢失的一些东西，把她认为什么是好的写作告诉给大家，让他们自己判断好的写作有什么不同之处。让每个人亲身体会和发现，去建立看这个世界的兴趣，寻找看世界的方法；感觉到说自己的话，用自己的眼睛发现，用自己的头脑思考，用自己的语言去表达，可能产生的效果和魅力，看看自己有没有兴趣往不同的地方再走出一步，或者是往前迈出大步。

巴顿嘴上不说，在心里，还是放松，或者说放下了一些跟我的对抗。他说，这个因为意外延长的假期，他想了很多问题，有很多痛苦、挣扎，也有不少收获。这些他都写下来了，还重写了一只蚂蚁和一个人之间的故事。他又一次从“自己”入手，去看生活，试着发现，试着整理和表达内心复杂的感受，试着去正视自己的认知系统。他意识到，自己有了想去修筑一些东西的愿望。

我深深地感受到现行的教育模式带给孩子的困惑和压力，也从孩子身上看见了顽强的、生长和选择的真实力量。

作为母亲，我所能给予孩子的有限的东西，在孩子又长大一些年岁，在这个身心特殊的夏天，最大限度地与孩子有了良性的衔接，令人感慨。

孩子给了我不少信心和鼓励。我想好好学习，和孩子一起成长。

没有哪种形式是唯一的

——巴顿《屠夫的想法》读后

巴顿，写得不错。思想的脉络清晰、层次分明，层层递进，而且写法上也有不同展示，有叙述，有议论；有设问，有推导。就是有柔、有刚，有急、有缓，柔性、刚性结合得也比较好。是一篇自己内心的言语流动以后凝结成的文章。就是有作者个人情感、思想和趣味的文章。能看见作者的灵魂闪耀小星光呢。妈妈很高兴。这是一个新的阶段，是一个小小的里程碑啊。

可以说，你能通过语言，表达出很深入的思想和艺术感觉。艺术效果其实就在你表达过程中完成了。你表达的讲究，表达的深化、准确，表达的有理有序，都是一种不错的艺术表现呢。艺术就是把想到的说出来，说好它，说到位，分寸恰当到具有了魅力，让读它的人感到震动、触发深思。这样就是艺术的阶段性完成。

你可以做下去，你有自己积累知识的方式和方法，你读过的东西，以独特的方式丰富了你的思想和认知，你可以把它梳理出来，通过一种方法写下它。就是篇有意思的写作。

形式在于自己想象和创造。没有哪种形式是唯一的，形式没有边界。只有一个人不能想到的，世间原已存在的东西，我们还远远没有发现它。所以，人生活得越积极，发现的东西可能会越多一些。

二十多年前，妈妈在作家出版社当编辑编过一部翻译作品，是一个美国的家庭妇女写的，书名和作者的名字我一下想不起来了。她从没有想过写书，突然间丈夫患癌症去世，她的生活被打乱、被改变了，苦不堪言，她干完一天的活儿，安顿孩子们睡觉以后，试着把压在心里的话说一说，对死去的丈夫讲，或者是好朋友，或者是谁，也许是孩子们？她把那些话写在小本儿上了。在那之前，她不得不面对生病的丈夫，一群小孩子，一个生活压力极重的家庭，度过那些不可想象的艰难日子。在丈夫离开以后，她拯救自己的方法，就是一面承担起家庭重责，让孩子们和她自己能鼓起勇气生活下去，让笑容回到孩子们脸上，让信心回到她和孩子心里；一面开始记述她得知丈夫生病、直到他离开，以及离开以后的日子。她整理了自己的生活，整理了作为一个女性、作为一个人的内部秩序。她发现了自己的柔韧潜力和美好，她跟孩子们相互鼓励，支撑起他们的日子与天空。她完成了一本拯救自我的书。没想到，这本她都不知道是书的书，竟然成为八十年代美国社会人们争相传阅的读本，因为她在说真话，说自己通过心、通过灵魂清理出来的感受和爱，叙说她曾经沥血、浴泪体会了一遍又一遍的生活内容和重量，她在记录真实的生存和生命影像。她写出了对一个个体生命来说真正重要的东西。

其实这就是写作。写你的切实处境，写你心里的东西，写你的思考和想象，写生活的理想和信念，写你的发现和追寻，写你对于生活的态度和愿望，写你观察和实践的体会与经验。你若能在这个过程里，把个人的写作，和更多的人联系起来就更好了，就是说，你写的，不光对你自己有益，也能对更多人有益；你不光关心自己，也关心别人，为更多的人去努力，为更多的人去争取和平和幸福，争取人的责权、尊严和自由。写作的人，应该是一个有责任心的人，应该是一个能装得下别人的人。如是，你已经是一个社会和时代的守卫者和抗争者。

写作的人，一定要超越小小的个人的界面，想通个人的事情，翻过自己的重重壁垒，到大的世界里去。就是说，把个人的命运延伸到更多人的命运中去综合考虑，去作综合思想，去分析和把握一个人和一个社会，个人的命运与更多人的命运之间的滋味和意义。

这就是我们要拍的纪录片，要写的东西的意义。

前面说的美国妇女，她在书中，表达出来诚实，勇敢，责任，理解，关爱，和善，美好，表达出来她作为一个有良好价值观和教养的文明人的觉悟，所以她的故事感动和鼓励了更多的人。人们从书中不仅体会到一个人在绝境中的真实形态，还有一个人无穷无尽的力量和耐性，爱心，支持，帮助，以及一个社会能够维系下去的重要元素，都有传达。这是它超越个人痛苦，对整个社会有所帮助的地方。人们接受它，一定是从它感觉到更多好东西才喜欢和珍惜它的。所以，要想方设法给人们创造好，保存好，建设好，给人们信心和力量。这是写作重要的责任。一方面参透世事，为了写出真正的生活质地、生命质地，一方面从最坏的事情里发现和寻找到活下去的理由和勇气。给出理解和支持，是美国电影长盛不衰的价值砝码。

谢谢你，让我分享你的想法。

妈妈

2010 年 8 月 10 日晚上

附1：

巴顿的信：

妈妈，

我感觉写的状态还可以。

不知道这篇文章算是什么文章？散文？随笔（随便写就叫作随笔吗）？议论文？

晚上聊。我去帮姥姥。

巴顿

附2：

巴顿的《屠夫的想法》：

一个屠夫，想想看，一个屠夫会想些什么。恐怕要先知道一个屠夫平时做什么吧。也许现在该称呼他们为“屠宰场工人”，不过做的事情是一样的，那就是把养殖户送来的牲口杀死，换取报酬。

《水浒传》中给我印象最深的“屠夫”就是郑大官人了。不过我喜欢鲁达的叫法——郑屠！一声大喝，两个人的形象都栩栩如生。郑屠实际上是个肉贩子，他的肉铺子管不管杀猪呢？想必是管的，鲁达既然称为郑“屠”，那么说明那个郑大官人的肉铺子也是集屠宰、加工、销售于一体的企业了。如果说郑屠是个屠夫，那么他已经是个成功的屠夫。杀猪、削肉都有他的手下去做。郑屠可以享受他成功后的果实，每天看看属于自己的肉铺子有条不紊地运转，身边随时有员工可以使唤、指挥，甚至对家里那个脾气暴躁的母老虎厌倦了，也可以花上三千贯钱买来一个清纯粉嫩的小妾。可惜他的好日子没过多久。母老虎终究是老虎，容不得自己的地位和尊严被挑战。金翠莲被赶出家门，据说到头来连那三千贯钱的一文都没见到。郑屠作为一个市井之徒，一方面，对母老虎没有半点威风，不敢抗争；另一方面，对被赶出家门的金翠莲父女露出无赖嘴脸："还我三千贯典身钱。"

老金头带着女儿无奈地在茶楼卖唱，可怜得很。人和人本来就是这么不公平，老金头只能接受悲剧命运了。可是金翠莲一哭，改变了父女俩的命运。这种改变的后果是郑屠的杀身之祸和鲁达的流落江湖。

再看郑屠这个角色。市井小人，他的事业和势力，不管是老子留下来的还是自己干出来的，都离不开自己的努力。他欺负弱小，是出于他的本性。爱占便宜嘛，你是个弱势的人，我不欺负你就是对不起我自己了——就像顺手碾死路过的小蚂蚁，反正你没有还手的力量。放心，抬手碾死你就像端起杯子喝水一样，不会让我有任何心理障碍，何况，我欺负人心里还有快感。

鲁达，你无疑比我郑屠强，你是官府的提辖，且有一身武艺，我惹不起你。可我平时也没惹你，你来了，我毕恭毕敬，又是唱喏，又是让座，你让我东我不敢西。我平时飞扬跋扈，人称"镇关西"，可也从来没有对你有过半点放肆。我欺负的都是我能欺负的，都是该着被我欺负的人。你说你来找我的麻烦，是因为我叫了"镇关西"冒犯了你，还是霸占了金翠莲惹了你了？是我不讲理，还是你不讲理？我被你三拳打死，我找谁说理去？

是啊，郑屠这话没能说出来就被打死了，他也没告诉过《水浒》的作者。这话是我揣测的。一个市井无赖，抓住了机遇获得了一定的地位，平时做着合法并且还公道的买卖，偶尔钻钻制度的空子，欺负一下弱小的老实人，找找乐子。他也罪不至死吧。

鲁达你若是个侠客，也就不该对我郑屠这样的小人下手。你这样野蛮地打我，也不符合侠客的身份。侠客是主持公道的，你连我的话都没有问，就凭一面之词打死了我，就是不公道。我在你面前也只不过是一只小蚂蚁。你打我，就像DOTA职业选手上浩方虐菜一样容易。

好了，不让郑屠说话了。想想《水浒》整部书，又写了几个真正的侠客没有？每个人都是有缺点的，每个人都有自己的麻烦，有自己的悲喜，其中还是悲多一些。快意恩仇的江湖人，员外、都头出身的名侠，都不能摆脱人间的不公平。刀不管有多快，也救不了悲剧中的别人和自己。时代的局限和人的追求，这是隐藏在作品背后巨大的矛盾。

郑屠本性如此，造成了他会欺负弱小。然而我相信《水浒》写的不仅是一个郑屠，也不仅是这么一个故事。这样的人和这样的事在任何有人的地方发生着，从没有停下来过。郑屠的本性也反映当时社会的形态，制度不完善，强的欺负弱的没有道理讲。这种事情太多了，不平、不公太多了。鲁达就是所有的愤怒，所有的不平的化身，三拳打死了郑屠，不和你讲道理。然而，所有的不平，所有的不公，随着不断改朝换代，随着不断的制度改变，从来不曾停下过。这不是制度的完善可以彻底抹去的，因为这是人性的一部分。说到人性，就比较难以继续了。人性好像是一座云雾缭绕的大山，你总是不能了解它的全部。

鲁达是个不平凡的人，因为他惊人的武勇。同时他是个平庸的人，莽撞、冲动，虽有火热的心，却不能做济世救人的侠客。人无完人，鲁达的朋友林冲同样武艺超群，但是他遇事思前想后，能忍则忍，反而毫无果断和魄力。上了梁山那是被逼的，王伦如果对他好一点，林冲决不会杀了他投靠别人。林冲只不过想找一个对他好一点的主子，靠工作赚些报酬，过舒服的小日子。可见矫枉过正，一个人做得到什么都“恰当”太难了。真玩命去做，先要有天赋，还要肯牺牲，恐怕这要牺牲很多东西，有自己，有别人。

郑屠若是个屠夫，就一定杀过猪。那么他杀猪的时候会想些什么呢？他若是杀过猪，就一定有过第一次杀猪的经历。那么第一次杀猪时他又是怎么想的呢？我从没有亲手杀过猪，以后估计也不会。所以我好奇，一个屠夫的想法是什么？他是保持冷静的，还是会兴奋？他一定是无情的吧？有情的人又怎么下得了手？那么他至少是果断的。有情的人至少没法做到足够果断。有情的人必定有无奈，或许有悲伤，也许悲伤得发抖。当他下不了手的时候，是不是会对自己说什么？不管说什么，我想都一定是呐喊。我打死蚊子的时候通常是比较冷静的，但是当到了不得不亲手拍死一只蟑螂的时候，就不能不挣扎了。不知道是我怕蟑螂，还是怕死亡。死亡就是死亡，不分别人的还是自己的。能冷静地绑着一身炸弹走进一群不认识的人的集会地的人才真是不怕死亡的人。我也想象我的同学们，估计没有几个能毫无心理障碍地拿起刀杀死一只猪。可是这样是好是坏？我们这些人毕竟离这样的残酷太远。从古到今永远存在着的残酷，我们都不知道是什么，只能无聊的时候想一想：“屠夫是怎么想的呢？”

《水浒》不写杀猪，写杀人。杀人都很干脆。“只一刀”，短暂的发力，冷酷的爆发力。这不断地杀，是针对人世间的不公、不平？看这样一部书，仿佛能感受作者的视界、经历，和他深刻的认识。这些都在这爆发的暴力中抒发。没错，一个写作的人，无论如何不能掩饰自己的内心。也只有经过内心的作品才有灵魂。

杀人的人是干脆的，一刀劈出，决不会拖泥带水。拖泥带水的人没有过一次机会；掌握他人生死的人在决定他人的生死的一刻，也是干脆的，做不到无情的人不可能掌握他人的生死。我们真的离这些残酷远吗？如果觉得远，也许只因为你是一个失败者。残酷的斗争每天发生在我们身边，好像每个人握着一把无形的刀，捍卫着属于自己的利益，窥视着别人的地盘。这个世界上，资源永远是有限的，而人性的不满足是无限的。这也是制度不论如何完善都永远无法改变的，胜利者没有工夫抒发感慨，只有不断争斗，才能保住已经取得的利益。残酷本身是可以历练人的，人斗争，不管是和别人斗，还是和自己斗，终归要斗争。这也是人性的一部分，是这个世界选择的我们的人性的一部分。

如果有一天，我也能够成功，我想这应该是我斗赢了我自己的结果。我是一个很懒的人，又懒惰又没有长性，从来都不愿意去和别人斗，去争，也就再也不愿意和自己斗。当任由自己懒散，我发现我很痛苦。我都几乎不能克服自己的弱点，我还何以生存？是我看不到吗？现实就是这么残酷，当我放任懒惰，不在乎自己的无能，现实绝对公正地痛击了我。所以我看到了，机会还有，现实对待不同的人不可能公平，但对一个人是绝对公平的。

或许我已经想通一个屠夫的想法了。

2010 年 8 月 10 日下午

冯秋子补记：

巴顿从北航毕业了。专业学的是应用物理学，但想从事的工作不是物理或其他理工科类的，他想从文。毕业后的一段时间，他一面找工作，一面读书、写作，有时，我们一起拍摄纪录片，作现场采访……他喜欢纪录片，愿为之吃苦耐劳，不偷懒、无怨言，用心钻研，承担了前期设备、资料的准备，中期我负责采访，他负责拍摄，后期转录、剪辑、制作等工作。七月底，姥姥洗澡时滑倒，腰椎骨折，他回到内蒙古昼夜照顾姥姥（待我回到母亲身边，她告诉我，巴顿无微不至照料姥姥，嘘寒问暖，白天姥姥睡着时，他搬一个小桌在姥姥房间，面对姥姥伏案写字，随时观察姥姥的动静，若有需要，第一时间上前，伸出他的手；晚上睡在姥姥身边，随时起身，协助姥姥）。这段时间，他写了什么，从内蒙古发到我的信箱，让我分享，我写信跟他聊天。

《屠夫的想法》写完，巴顿第一时间发给我，我看到后即给他回了信。以上是巴顿的随笔和我写给他的信。

夜宿复兴村

我经历过一些停电的夜晚。

塞北高原的山石缝隙，草芥穗花，矿苗晶片，尸骨沙砾，皮棉毛麻，埋伏很深，时常相互纠缠。再往外走一两公里，坍塌的石壁夯墙和烽火台，裸露在绵山旷野。天黑了，电没有来。有时电来迟了。大小孩子们拥挤在一起，等待共同的命运。一盏煤油灯亮起，总有东西跟随进来。人们盼望最好进来光。没有光，进来的是不得见光的东西。屋外吼叫的风，把人最后一点看重的东西拿走，不给留存念想。

三五个人、七八个人，总是在黑黢黢的深夜、停电的时候，敲门砸窗，突击检查户口。十天半个月就会闯进居民的屋地，没有任何商量余地。只是每回神兵天降，都像是第一次遭遇，家家户户皆是猝不及防。主要是半夜三更，在属于个人的时间和空间里发生这样的事情。睡了一炕的老老小小人们，只有无辜、无奈和惊恐万状。一群男子身高树大，寒气逼人，对着火炕一字排开，用尺把长的手电筒的强光，照射出一炕大小人醒不过闷儿来的弱势和颓败景象。一家之主的男子以一件衣物遮体，从柜子里翻找出户口簿，查户口的队伍主管，把户口簿上的名字和炕上的人一一对照，若这户人的老家正好来了探亲的人，即使是他们的姥姥姥爷或者是奶奶爷爷，不管年岁高低须钻出被窝下地站立，抖擞着那副单薄的老干树皮一样的躯体，惊魂难定。听见代表革命委员会盘查户口的人的叫嚷和吼喝，知道在生活中，自己是多么卑微、低贱、不足以道。黑暗里，在手电的聚光下，缩减躯体尺寸，否定自己。人和鬼，在某一些时间，被自己连贯起来，竟能和谐地安放于自身。看不见的、听不懂的，对方予以审查和检验。手电的光照耀在脸上、身上；灵魂里的光，连续起一个信念：做一个不怕夜半鬼敲门的人，将来，永远。我就这样念想。

一些东西被磨损，包括面容。好多胆识被摘出来、种下去。而想象，一茬又一茬地生长和埋葬，在今天，倒没有要说道的，确实日益简略。寡话。寡的你。寡说甚。北方有好多话形容本可以简略而不能够节制的人。大部分人一旦感觉到自己寡谝、扯淡呢，起手就放弃了。默然遵守的规则，在白明黑夜的循环交替以后，牢牢地潜入意识，习惯养成了自然。

二〇一四年九月十四日，夜宿四川省洪雅县瓦屋山镇的复兴村，经历的无论怎么讲也是一个常规性的黑夜。那是土著居民青衣羌人，和公元前223年秦灭楚后，遭逢押解被迫至此的楚严王后人的杂居地。“复兴”村名，缘起公元231年，不堪回首的流放之人，存立的对丧失家园的祭奠和复兴梦想。一个事实是，落难的楚人，进入到世代依傍瓦屋山密林清水恬淡栖居、敬奉自然的青衣羌人的家园，被接纳、受感召，此后相与而生，互不惊扰，互为尊重，取对方所长补自己之短，进而衍生出瓦屋山的另一类文明形态。从活化石一般的四川省非物质文化遗产“复兴耍腰鼓”，即见识到羌风楚韵，山歌和锣鼓一类响器如胶似漆，金银铜铁浇铸的天作之合，了无间隙，滚滚流泻，弥散四野，撼魂振魄。倾听和观赏“复兴耍腰鼓”，山神活，人心阔，谦恭谨致，万物萌发。一支相宜的渔猎且农的古羌民族，一支开化的农耕汉族人群，联手锻炼出制造三星堆文明器形的青铜材质，连年供给，并塑造了今日瓦屋山，比如复兴村强悍的民骨、朴直的民风。

进村以后，我们在村委会参加了一个小会。天色将暗，赶去一公里以外一处旅馆吃饭。返回驻地，我探访了木楼附近几处低矮的旧木屋，木楼主人家的老人、亲戚住在这边。旧屋昏暗潮湿，用具简陋，老人或坐或卧漫吸土烟；门窗外面垂挂起一串串大红辣椒、玉米棒子，每一间木屋顶铺盖着深灰、趋向蓝黑的老瓦，房屋侧脊悬挂着一幅木雕灵鱼的图腾。

傍黑，雨不期而至。木楼前的土台子，那天是要演一出戏的，几个男女青年说笑着张罗即将开始的戏场。无奈雨越下越大，一小时、两小时……雨水追逐木楼屋檐下躲雨的小孩们往里退缩。十来个小女孩身穿彩衣、手执鲜花，以排练的名义，一回又一回在潲雨的屋檐下预演她们早已排练妥帖的歌舞。

我跑回小屋，就着朦胧的自然光，速写窗户外面的山石树木房屋。刚画一半天完全黑下来，外面层林与黑夜浑沌一体、漆黑一团。没有凳子，挎坐在低矮的床边，伸长脖颈面向窗户外面。仰望茫茫黑夜，骤生恐惧。童年黑夜的经验适时涌现。玻璃窗的内外，映衬着密密麻麻的蝗蛾蚊蝇，为屋里一根度数不高的灯管给出的尖锐而又落不到实处的白蓝光亮，把玻璃窗撞得噼噼啪啪山响，而飞行的轰鸣掀风鼓浪、此起彼落，小屋静中有动。两片短小的薄棉布窗帘象征性地遮掩了一些阴森无底的黑色。我关了灯管，去楼下看叽叽喳喳、踢踢嗵嗵唱歌跳舞的女孩子们。

山里的雨，把黑夜中的小村庄冲洗得冷清寒寂。奔波一天山路，疲惫难耐，同来的作家们退回各自栖息的农家旅店歇息。小女娃娃们坚持在屋檐下、在房东的门庭里唱歌跳舞，度过本来要演出、因下雨迟迟演不成这件事的兴奋回响中。她们不舒服，不喜欢，不甘心，不情愿，不舍得脱掉为演出穿戴齐整的彩色衣裤和饰花，不肯没演出就告辞，四散而去回自己的家。听到有人喊喝“回家睡觉”，她们说“再等下”（“下”，发“孩儿”音）。捆扎好的一束束鲜花，早涣散、败落掉了，她们挑出一枝两枝捏在手里，或是将一朵花捏在手里，继续“排演”事先准备下的节目。我做观众，观赏老师教给她们的埋伏了些微羌风楚韵的歌舞。大的刚上三年级，是房东家闺女；小的五岁，身穿家常带襟小褂、宽脚小裤，正饶有兴趣地混杂在小姐姐中间，认真观察小姐姐们的招式，把动作学下来、做下去。这个小姑娘不是歌舞节目的正式队员，现操练、现表演，很多时候跟不上大女孩们的节奏，但没有停下不唱，哪怕是停下一个动作不做，不介，她不认为自己多余，即使没跟上大家的步伐，也没表现出难为情，从始至终保持着跟自信与否没有关系的“我在这里表演唱歌跳舞”的感觉，一个节目又一个节目，她跟紧小姐姐们，往下排演。

五岁的姑娘，是羌人，和小姐姐们一样是青衣羌人的后裔。她及时找到了自己的位置，或者硬挤进去挪借出自己的位置，参加非正式演出中的正式表演。也许五岁的她最爱见那个夜晚下雨，她在屋檐下一米宽的地带、或者是移到一楼的门庭，唱歌跳舞甚是欢喜。若是今夜没下雨，演出正常进行，她上不了场，表演不了这些节目。

欢腾到九点半钟，女房东出来清扫门庭，女孩们嘻嘻哈哈协助收拾了“台面”，不得不各回各家，五岁的女娃腼腆地回应我，说“再见”。

房东家的女孩领我去看她、她妈妈和外婆住的屋，在我隔壁。

这是一栋三层木板楼，羌人的家庭旅店。我住二楼把角一间小屋。我开灯前，先打开一扇窗，用一个本子驱逐蚊虫部队，木板那边，刚在楼门口唱歌跳舞的女孩失笑，“嘎嘎”不止。我隔着木板墙说，姑娘，家里有蚊香吗，支援一片？嘭嘭拍门，女孩递进一片蚊香。我刚插上电，电蚊香刚要开展工作，电停了。全楼停电。女房东说是全村停电。她也不知何时通电。我借随身携带的小手电照的亮，匆匆洗漱一下。手电的光罩里，百十几只大大小小的蛾蝶虫蚊蝇活跃地飞行，偶尔撞击到我，露在外面的皮肤全被光顾到了，不一会儿肿胀出丘陵那样的面貌。我招蚊子，只要有一只蚊子，也会从人堆里把我翻找出来，叮住不放。形势不容乐观。地面和四块木板墙壁小虫子们星罗棋布停航待飞，我赶紧上床囫囵身躺下。

四点半闹铃响了，我起身收拾，准备赶到昨晚用餐的一公里外的旅店和大家会合，六点钟出发。可手电竟然不给照亮。电耗净了。我再次记住忘带一块备用电池的教训，待到用时方恨少。即使带了一百次有可能一次没用过，也得带上。屋里没有一星亮光，手机未能充电，此时也发出缺电警告。我拉开棉布帘，窗户外面黝黑一片，忙把遮不严实的窗帘重新拉上。歇脚的蛾蝶蚊蝇被我惊醒，顶撞玻璃表示它们的存在。

蛾蚊身后的黑，我没有办法忽略。

问题是隔壁的小姑娘也醒转了，笑了两声。我低声说，还早呢，睡觉。她“哧哧哧”又笑，你不敢走，她说。我确实不敢出门，正愁肠百结。小姑娘出主意，细声细气说，喊你朋友帮下。我脑子里过了一遍，喊谁？不能，不能行。小姑娘讲，我起来。我说，不要起来，睡你的觉。她说，给你开大门。

北京来的三位今早提前离开，我们分别住在不同的羌人家庭旅店。

想起四川作家沈荣均住一楼。请他帮忙带我走这段夜路？

小女孩帮我打开一楼门锁——她说，哎，外面有雨。

我说，没关系。谢谢姑娘，接着睡觉吧，做个好梦。

沈荣均把我送到约定地点。

有机会，还来复兴村，没待够，没看够。我发现，自己惦记复兴村。

后 记

散文是我选择的表达方式

这是我散文集《冻土的家园》的再版。

审订后，说几句和散文相关的话。

散文是我选择的表达方式，是想用相对少的语言，表现相对多的内容及分量，也就是给出应有的东西，表达对于事物的认知与感受，少铺张、不铺张，以尊重生活本身，尊重读者，尊重理解的事物和人物。做了几十年文学编辑，体会那些好的作品，是把一个东西表达出来，表达到位，而且用最少的动静呈现它，也就是用自己的语言，自己的头脑，自己的眼睛，说出想说的、思考的和发现的。

人有着落，散文也是。贴着地面行走，无声的力量，潜藏在与大地相接的每一道缝隙中。

前行中，必要检索自己的走过的路，步伐和文字如同脚印，只须不断学习、修正，持续、创造。

感谢北京联合出版公司的诚挚努力，以不容易有的魄力出版这套散文丛书。我很荣幸参与其间。

冯秋子

2024 年 4 月